KB266300

딕
씬

딕 씬

풍경의 발굴

최희영 지음

좋은땅

차례

마음의 풍경

낮에 출발할 때는 손으로 만지기만 해도 바삭 부서질 것처럼 보이던 반달이 지금은 꽤나 밝은 빛을 내며 단단하게 하늘에 떠 있다. 구름이 꽤 뜬 날이어서 빛이 흐려졌다 밝아졌다 하는데 운전하는 신랑 옆에 앉아 하늘을 가만 보다가 또 문득 쓸데없는 생각이 떠오른다.

지구에 달이 둘이라면 어떨까?
혹은 목성처럼 달이 네 개쯤 된다면 그럼 달들의 이름도 각각 다르겠지.

'오후 내내 머리가 아프더니 오늘 큰 달이 저녁에 뜬다니 그래서 그랬구나! 큰 달과 작은 달 그리고 지구가 질량 중심점 주위로 빙빙 돌다 보니 큰 달이 뜨는 날이면 나는 더 어지럽더라' 식의 이상한 말을 주고받기도 하겠지. 그럼 두 개의 달이 같은 쪽에 위치하는 날은 파도가 아주 높게 쳐서 위험하다며 산으로 동네 사람들이 다 대피하는 날도 있고 두 달이 서로 반대쪽에 있는 날은 아주 평화롭게 잠이 들지도 몰라.

어쩌면 지금은 신윤복의 월하정인처럼 사랑을 고백하기 가장 좋은 달

빛 아래라는 말이 지겨운 달, 또 내 머리 위에서 나를 감시하는 듯 따라오고 난리야 할지도 모르지.

　어쩌면 몇 년만 있으면 사람들은 휴대폰처럼 휴대용 달을 하나씩 가지고 다닐지도 몰라. 어둡거나 혹은 뭔가 마음이 슬프거나 외롭거나 하면 가방에서 달을 꺼내어 공중으로 휙 던져. 그럼 얘는 나를 인식해서 내 머리 위 1미터 지점에 항상 떠서 빛을 쏘아 주고 걸으면서 책을 보거나 폰을 볼 수 있게도 해 주고 음악으로 위로도 해 주고 가끔은 헛소리로 웃겨 주기도 하고. 그럼 어쩜 사람들은 휴대폰보다 달을 더 좋아할지도 모르지.
　가끔 누군가와 부딪혀서 서로의 달에 에러가 생기기도 하고 간섭 현상이 일어나면 인연이 생기기도 하고 또 된통 싸우다가 정이 들어 연인이 되기도 하겠지.
　헛된 생각들… 이 오늘을 함께 했다(2020. 10).

*그 1미터쯤 내 머리 위에 뜬 달이 아니라 1미터쯤 내 뒤를 따라오는 드론이 생겼단다. 에이, 그래도 아직 내 감정을 읽어 음악을 들려주고 빛을 쏘아 주고 좋은 글귀를 들려주는 거까지는 아닌 거겠지. 이 드론의 이름이 설마 '문moon'으로 정해지는 건 아니겠지?
이런 말을 하는 순간 또 내 생각을 훔쳐 갈지도 몰라(2024. 03).

만일, 어떤 약이 있어. 이 약은 암에 특효약이야. 한 번만 먹으면 머리도 빠지지 않고 몸도 힘들지 않으면서 암세포가 파바박 줄어드는 거야. 그러나 주의할 점이 있어. 이 약은 암의 적절한 단계에서 적절한 시간에 정량만을 먹지 않으면 그 반대로 암세포에 내성이 생기게 해서 그다음엔 절대로 어떤 치료나 약에도 약효를 나타내지 않는 거야. 치명적인 약점이지. 그래서 의학자들은 그 적절한 시기와 환자에 따른 정량을 추측하는 능력을 가졌는가가 주된 능력으로 평가받게 되지.

돈이 많은 사람은 약을 구해 놓고 먹지 못해서 안달이 나고, 성격이 급한 사람은 미리 먹어 남은 인생을 망치게 되고, 약을 좋아하는 사람은 적절한 처방 없이 약을 과용하는 어리석음을 범하고, 그 약의 효용이 의심스러운 사람은 괜한 두려움으로 터무니없이 적은 약으로 치료를 망가뜨리고, 의사는 오늘일까 내일일까를 가늠하다가 무능력자로 낙인찍히고, 그 약의 날짜와 양을 제대로 찍기만 하면 돈방석에 올라앉게 되는지라 의사, 약사, 점쟁이, 조상 꿈은 골고루 사회에 큰 영향을 끼치게 되는 거지.

의사는 다른 치료를 병행하지도 못해. 그래도 실력이 없는 의사로 찍힐까 봐 이 약을 처방하기는 하는데, 번번이 실패하니 환자들에게 고소를 당하게 되고, 환자는 이번엔 약사에게 말고 사이비 보조식품으로 이 약을 해독시킨다는 허황된 문구에 현혹도 되는 거지. 결국 암을 치료하는 것보단 약의 해독과 다시 약을 쓸 수 있을 거라는 헛된 희망에 하루하루를 버티는 거야. 그러다가 죽어 버리고 전 세계의 의료인들은 이제 내성이 생기지 않는 암 치료제에 돈을 쏟아붓고, 제2기의 암 환자들에게 무료로 신약의 모르모트가 되어 주길 희망해. 돈이 없는 이들은 혹시나 나의 시기가 그 약의 치료 시기와 맞아떨어질 수도 있다며 기대하게 되고, 그런 약은 애초에 만들어질 수 없었다며 양심고백을 하는 연구진들이 생기고, 경찰은 그런 사람들을 감옥에 집어넣고, 정치인은 연구 의료시설 확충을 공약에 내걸고, 세금은 불어나고 우리는 또 허덕일 거야.

청년들은 곤궁해지고, 그들을 부양하고 세금을 내야 하며, 병든 노부모의 치료비를 부담해야 하는 장년들은 힘든 어깨의 짐을 덜려고 자살을 하기도 하고, 세상은 환자와 환자 아닌 이의 세계로 나뉘게 되는 거지. 새로운 고려장이 생겨나고 처음에는 세상이 반세상을 짊어지는 에너지가 강했으나, 결국 인간의 도리라는 무기를 든 반세상이 세상을 집어삼키지.

이 모든 혼란은 한 알의 약에서 시작된 거야.

누가 이기게 될까. 늘 영웅은 한 사람이야. 최초로 개발한 사람. 혹은 버그 없는 약을 재개발한 사람.

다시 시작되겠지. 약의 효과로 불어난 노인 인구를 감당하지 못해 이번에는 그들을 합법적으로 해치울 수 있는 정부가 지지를 받을 수도 있게 되겠지. 그리고 그런 사회가 된다면 나는 제일 먼저 장엄하게 해치워졌으면 해.

1. 자판기 커피와 처음 만났다

처음으로 커피란 걸 마신 건, 아무래도 대학생이 되고 나서인 듯하다.

어쩌면 첫 번째 미팅이었나.

아직 고등학생 티를 못 벗었지만, 그래도 남학생도 만나고 무려 커피를 마시는 어른들이 다니는 다방도 간다는 게 너무 뿌듯하던 대학 생활의 시작이었다. 과 선배가 주선해 준 4대4 미팅에 앞서 '우리, 상대방이 마음에 들면 커피를 주문하고 아니면, 우유를 주문하자'라고 친구들과 약속하고 갔었기에, 맞은 편의 우리처럼 또 촌스럽던 남학생들이 마음에 안 들어서인지, 커피를 마실 자신이 없어서인지, 친구들의 눈치를 봐야 했기 때문인지, 우리 네 명은 우유를 몽땅 시켰으니 그게 첫 커피를 만난 때는 아닌 듯하고, 경북대 제2과학관 앞의 율무차가 다른 건물보다 맛났다는 기억이 있는 거 보니, 나는 커피를 즐기는 쪽도 아니었던 거 같다.

친구들과 함께 격일 두세 시간씩 알바 체험처럼 일했던 경북대학교 후

문 앞 카페 대학촌에는, 자기 딴은 멋있는 커피 전문가인 양 커다란 깡통 안 원두를 한 국자 푹 떠서 들들 갈고, 커다란 필터에 쏟아붓고 주전자에 끓인 뜨거운 물을 넣고, 커피 가루를 담아 놓은 필터 위에 물이 찰랑찰랑 그득해지면 나무막대로 휘휘 한참 저어 뽑아 주던, 그때는 엄청 나이 많은 아저씨라 생각했던 총각 사장님의 커피가 있었다. 우리는 커피 맛도 모르면서 원두라서 더 맛나다며 아낌없이 크림 둘 설탕 둘 듬뿍 추가해서 달달한 맛으로 홀짝이곤 했었는데 생각해 보면 그것도 그다지 즐기지는 않았던 듯하다. 너무 쓰고 진하기도 했고 남학생들이 담배를 피우고 연기 자욱해진 카페 안에서 마시는 커피인지라, 이게 커피 맛인지 켁켁 숨 막 히는 담배 냄새인지 모를 찌뿌등한 탕약 같은 맛이었다.

　전공이 본격적으로 재밌어진 2학년 이후 칸막이 없는 중앙도서관 5층 이라도 주변을 신경 쓰지 않고 수학과 물리, 지구과학을 마음껏 공부하게 되고 새벽에 버스 첫차를 타고 가서 스스로 맡은 자리를 하루 종일 지키 며 열람실에서 가장 늦게 나감을 뿌듯해하던 시절, 새벽 해가 길게 떠오 를 때 해의 반대편이어서 얼굴은 안 보였지만, 현관에 나가서 담배를 피 던 누군가의 긴 다리 실루엣 때문에 설렜던 즈음부터, 아마 담백한 에이 스 크래커와 더불어 자판기 커피잔이 늘 함께 있음이 어색하지 않게 되었 던 듯하다. 아, 커피는 무언가 씹을 거리와 함께 조금씩 홀짝거리며 먹으 면 맛난 거구나. 아, 담배 연기로 얼굴은 자체 필터 처리되고 휴지통에 얹 은 한쪽 다리가 남들의 세 배는 되게 길어 보이던 키다리 그림자 아저씨 는 이후에 한 번도 본 적이 없었다.
　되돌려 생각해 보면 다 마시면 가라앉은 설탕이 1센티는 되는 그런 허

끝의 달달함으로 남은 대학 시절의 자판기 커피로, 나의 커피의 추억은
시작된다.

2. 노랑이 커피믹스가 나왔다

직딩 시절 전기

대학을 졸업하고는 모든 이가 겪는 혼란의 시기가 온 듯하다. 내 자리가 어디일까에 대한 확신이 없던 시절, 재수학원 시간강사와 사립고등학교 시간강사를 겸했던 대졸 후 1년 차, 대학원생과 중학교 임시교사를 겸했던 대졸 후 2년 차, 점심시간이 따로 없었을 만큼 하루가 빡빡했던 나의 직딩 초기에서의 커피 한 잔은 한 끼 밥이었고 에이스 크래커 한 봉지는 그 위에 내린 축복이었고 아직은 커피 크림 설탕이 둘 둘 둘이었던 시대였었다.

그럼에도 자잘한 추억, 음 서서히 피자집이 생겨나던 때이며 나의 의사를 표현함이 아직은 어려워 눈빛으로만, 혹은 고개 끄덕임으로만 '예, 아뇨'를 표현하던 때였다. 아니, 예가 아니라 네라고 사투리가 아니라 서울말로 수업해야 한다고 하시던 직장의 교장 선생님을 쳐다보지도 못하던 때였다. 서울, 학교의 교무실에서 순수한 영혼의 총각 영어 선생님의 사정없이 커피잔을 다그락 달달 떨며 타 주시던 커피의 기억이 가장 찐하고 행복했었던 듯하다.

그래, 이 시절의 커피는 그 달달 떨리던 소리로 기억되는구나.

상대적으로 안정되었던 직딩 시절 후기

대학원은 사치였다. 시험만 치면 재수 없게 어디든 덜컥 합격해 버리던 20대, 1회 교원 임용고시에 합격하고 결국 대구에서 공립 중학교에 발령이 났다. 서울에서 내려와 얼마 안 되어 우리말을 하는 게 얼마나 편안했던지 나는 사투리가 아주 심해졌다. 과학이 전공이었으나 선생님들과 점심을 먹으면서 이제는 쓰지 않는 사투리 조사도 하고 다녔다. 그만큼 서울에서의 표준어 삶이 힘들었나 보다. '수금포'니, '띠비'니, 하는 사투리들을 '뜻이 뭐게요?' 누군가 던지면 '얼측이 없게' 밥알이 튀어나올 정도로 '디비지며' 웃어 댔다.

출근 후 커피 한 잔이 본격적인 편안함으로 인식되던 시절이다. 여러 가지 것들의 과도기 시절이었다. 90년대 초에서 2000년대 초기까지였다. 수기에서 컴퓨터로 업무가 바뀌어 가던 때이며, 순수한 학생과 좀 더 힘 있던 교사 관계에서 학부형 > 학생 > 교사로의 파워 부등호가 서서히 형성되던 과정의 시대였다. 삐삐를 거쳐 핸드폰이 반짝반짝하던 시대였고 서태지가 나오고 현진영의 후드티가 유행하던 때였다. 설탕은 빼고 커피와 크림을 둘 둘만 넣어 마시던 때, 그리고 드디어 2000년대 초기 노란 봉지 커피믹스의 시대가 열린 때이다.

그런 오래오래 걸린 거 같은데 지나고 생각하니 후다닥 이었던 거 같은 혼돈의 시절, 결혼을 하고 아이를 둘이나 낳고 출퇴근이 기계적이던 초기에서, 아, 이러다가 정말 재미없는 내 인생으로 끝나 버리겠다 싶은 불안감과 새로운 마음으로 둘째의 육아휴직 기간이 끝난 이후 아직은 괜찮았던 학교와 학생을 진심으로 사랑하게 되었던 때였다.

따뜻하고 멋있고 특별한 방면으로의 능력을 가졌으나, 아직은 자신의 소질과 재능을 모르던 학생들을 만나고, 너의 재능은 이쪽이구나 발견해 줌으로써 무지무지하게 행복했던 시절이었다. 물론 과학 방면의 재능을 가진 아이들을 대상으로 한 추측이었지만 그런 반짝이는 아이들이 어찌나 멋있어 보였던지. 출근 후 남들보다 따뜻한 물을 1.5배는 넣어서(그때

도 물욕이 강했던 나는 아주 묽고 양 많은 그랑데 사이즈의 커피를 좋아
했다.) 바라보던 '창밖 아침 풍경'으로 기억되던 직딩 시절의 커피.

　운 좋게도 비 오는 날이면 그 남학생 반의 떠들썩함 가운데 혼자 비 맞
고 서 있는 것 같은 초공간적 느낌으로 기억되는 시절이다. 보이지 않는
무언가를 바라보는 느낌, 아, 생각났다, 어떤 이들은 그런 나를 신비롭다
고 해 주었다.

3. 밀레니엄, 커피의 진화

<u>2000년부터 5년 동안의 커피</u>

냉커피를 잘 타던 친구가 있었다. 나는 아무리 노력해도 그녀가 타 주던 냉커피의 맛은 도저히 흉내 내지 못하겠더라. 곧 얼음이 녹을진대 얼음이 녹아도 농도가 딱 맞는 커피의 맛을 유지하도록 만든 그녀의 냉커피, 말이 안 되잖아, 이용은 똑같은 맥심 노랑 봉지 커피믹스였으나 맛의 차별화를 선언하듯 참 뭐라 말할 수 없는 그녀만의 농담 조절은 아직도 미스터리다. 단, 우리가 생각하는 일인 한 봉지의 양은 훨씬 뛰어넘는다는 거. 아주 진해지면 좀 묽어져도 원래대로의 그 맛이 혀에 느껴지는 건가.

하여튼 '냉커피로도 맛있어요' 같은 커피 광고가 나오던 시절, 더불어 차가운 물만 넣어 휘휘 저으면 복숭아 맛 아이스티가 뚝딱 만들어지는 립톤 아이스티 분말이 잠깐 주목을 받는 듯했으나 역시 거대 팬층을 이미 확보한 봉지 믹스의 힘에는 도저히 따라가지 못하던 시대이기도 했다.

봉지 믹스의 시대에서도 살아남을 수 있었던 인스턴트커피 병, 그 이유는 무엇이었을까. 믹스 커피를 이용하던 행태에 대해 주목할 필요가 있을 듯하다.

봉지 믹스 커피를 좋아하던 사람을 두 개의 무리로 나눌 수 있었다. 일인 일 봉지라는 간편한 면에서 본다면 봉지 뜯고 컵에 넣고 온수를 붓는다, 봉지를 빳빳하게 펴서 두 번 젓는다만 하면 되는 '한 봉지 파'와(후에 카라멜 마끼아또의 신도가 된다.) 봉지는 뜯었으나 봉지 끄트머리 쪽에 담겨있다는 설탕은 빼고 커피와 크림이 주로 있는 봉지의 앞쪽 삼 분의 이(2/3)만 컵에 들어가게 손가락에 힘을 주고 부어 주던 정신 차린 '반 봉지 파'가(후에 카페 라테족이 된다.) 있었다.

그리고 봉지 커피를 좋아하던 사람 이외에 또 엄청난 세력이 있었으니, 그 양으로 따져보면 미미하나 의외로 많은 층이 오래 그 세력을 유지한 '알갱이 파'가 있다. 인스턴트커피 병을 기울여 익숙한 손목의 스냅을 이용해 톡톡 몇 번 흔들다 보면 뜨거운 물 위에 딱 자신이 원하던 몇 개의 알갱이로 알맞은 농도의 묽은 아메리카노가 만들어졌다.

(물론, 그대들이 충분히 추측하고 있는 대로 이들은 커피의 고급화 이후 아메리카노 커피의 신봉자가 된다.)

대부분의 사람들이 순서대로의 과정을 거쳐 커피족으로 진화했다. 나의 경우도 역시 마찬가지였으나 내가 처한 상황에 가장 큰 영향을 받아서 교무실이나 화실에서는 '알갱이파', 집에서는 '반 봉지 파'였음을 밝힌다.

그러므로 역시 '봉지'로 기억되던 시대였다.

나의 경우, 봉지와 알갱이 두 가지 커피 사이에서 갈등하던 시절임과 동시에, 갈등과 결단의 시대였다. 나와는 별로 맞지 않는다고 생각하였으나 직업을 내던지고 취미를 선택했던 시절이었다. 타의에 의한 삶에서 어쩌면 내가 선택한 삶을 시작했던 시절이었기도 했다. 희망에 들뜬 20대이거나 사회적 안정감을 가진 성취한 장년도 아닌 30대의 미지근한 시대였더라도 나에게는 가장 뜨거웠던 시절이었다. 새벽에 떨리는 마음으로 아무도 없는 화실에 뛰어가서 그림을 그리던 절실했던 시절, 기억할 수밖에 없던 시절이다.

물론 화탁 위엔 늘 커피가 함께 했었다.

아직은 카페에 들어가서 드립커피를 혹은 카페 블렌딩 커피를 폼 나게 주문해서 자연스럽게 마시지는 못했던 때였다. 어라, 집 뒤에 카페가 하나둘씩 생겨나고 요즘은 흔해 빠졌지만, 그때는 왠지 있어 보이던 직업인 바리스타를(저거 해서도 늙어서까지 밥 먹고 살 수 있을까 싶은 눈으로) 보던 시절이었고 아, 현재 아무리 잘 생기고 이쁘고 분위기 있고 해서 커피의 모델이 되었다는 조인성, 김태희, 강동원, 하정우, 공유 등은 아무리 많아도 90년대부터 있어 왔던 나의 선택, 테이스터스 쵸이스의 윤정 씨와 아내와 함께 맥심을 마시는 안성기 씨를 넘어설 수는 없을 듯하다. 한때 쇼트커트 머리를 유지했으며 또각또각 구두 굽 소리를 내며 미술관을 드나들던 나의 별명이 윤정이었음을 밝힌다.

* 큰일이 있었다. 2025년 겨울 이순재 선생님의 부고 소식이 있더니 2026년 1월에는 안성기 선생님의 부고 소식이 들렸다. 이렇게 우리가 알던 시대는 가고 우리가 좋아했던 별들도 진다. 내가 너무 좋아했던 '하늘을 닮은 그대에게'를 부른 유열 씨도 투병 생활을 하였다 하고, 이러다가 내가 알던 시대와 사람들이 낙엽처럼 다 떨어지겠다. 언제까지 아무 일 없이 살 수는 없겠지만 이런 소식을 접하면 힘들어진다. 조금 더 지나면 무뎌질 수 있을까. 아, 생각해 보면 고등학교 때 친구 정혜도, 대학 동기도 몇 명 일찍 세상을 달리했다. 자연스럽게 받아들여야 하는데 너무 이룬 게 많은 사람일수록 헤어짐이 어려운 것 같다. 조금만 욕심내고 조금만 이루어야겠다. 남은 사람이 힘들어지지 않게.

4. 수많은 맛의 원두 춘추 전국시대(사실은 쪼끔씩 다르다지만 다 그 넘이 그 넘 같은 맛)

　사표를 쓰고 나니 조금 막막해졌다. 이제 난 경제적 홀로서기에 대한 막연한 두려움이 생겼다. 몇 번의 전시를 통해 어머나, 내 그림도 누군가가 좋아해 주는구나 싶은 놀라움도 있었지만, 좋아하는 것만 하지 말고 무언가 재화를 만들어 낼 수 있는 경제활동을 해야 하지 않을까 고민도 했다. 머리는 그러했지만, 가슴은 내 아이가 가지고 가지 않은 노트 한 권 챙겨다 주는 일에 훨씬 더 뿌듯함을 느끼는 엄마였다. 집안일, 엄마 노릇, 그리고 그림 그리는 친구 몇과 함께 우리만의 작업실을 계약하고 세팅하고 채워 넣고, 그러면서 그전까지는 내가 모르던 아줌마들과의 낮의 세상을 알아가던 시기였다. 카페에 들르면 언제나 포슬포슬한 거품이 가득 채워진 카페 라테를 주문했다. 마음속에 부풀어 오르던 상상마냥 거품 가득한 라테를 마시면 곧 무언가가 이루어질 듯한 시기였다.

　조금만 참아야지, 아이들이 크면 나는 이런 지금까지와는 다른 쪽의 꿈들을 내어 보일 거라고 야무지게 생각하던 때였다. 몇 년 동안 커피의 종류에 대해서도 많은 것을 알아갔다.

　인스턴트의 시대가 지고 원두의 시대가 시작되었다. 짝퉁의 시대가 가고 오리지날의 세계가 시작되었고, 커피를 격식에 맞춰 마시게 되었고 커피값이 밥값을 추월하였고 카페의 수가 식당의 수를 넘어서게 되었다.

　풍부한 원두커피의 세계에는 라테와 아메리카노만 있는 게 아니라 원산지에 따라 깔끔한 맛의 케냐도, 신맛의 예가체프도, 구수하고 무난한 맛의 시다모와, 개 중 내 입에 제일 맞다고 느꼈던 고소하며 끝맛이 달고

나 같은 향이 나는 콜롬비아나 만델링 같은 드립커피가 있었다.

밤에는 카페인이 적다는 더치로 마실 줄 알게 되고 여름엔 아메리카노가 겨울엔 라테가 어울림을 경험으로 알게 되었고, 이제 주변 아줌마들은 대충 문화센터 등지에서 바리스타 못지않은 드립의 기술을 습득했다. 자, 그러니 나는 입만 가져가면 어디서나 향기로운 커피를 마실 수 있게 되었다. '어머, 맛있다, 맛있다, 너 완전 바리스타구나'라고 하면 한껏 격식을 갖춘 사람들이 더욱 좋은 원두를 가지고 와서 또 커피를 내려주었다. 어디에서 파는 커피가 더 맛있는지 가늠하게 되었고 내가 선호하는 카페가 생겼다.

커피 맛을 모르는 일은 이제 죄악이 되었다. 장금이도 아닌 우리는, 커피 맛을 잘 모르면서도 잘 아는 척하는 일이 무척 중요해졌다.

다시 말해, 거품의 시대, 라테의 시대였다.

5. 캡슐커피가 나타났다

돌이켜보며 정리해 보자면, 인스턴트커피 시대의 말미에 믹스 커피가 도래하였다. 스푼으로 폭폭 떠서 물을 부어 맛을 내는 그 일련의 과정이 성가셔서 사람들은 봉지 커피에 열광하였고 물의 양만 어느 정도 맞추면 일정 수준 이상의 맛을 낼 수 있으니 편하고 쉬워서 너도나도 봉지 커피를 200개들이 박스로 사서 먹었다. 이후 서로 다른 입맛과 양이 아닌 질을 추구하게 되면서 더구나 남들과 다른 나만의 맛을 찾게 되면서 사람들은 원두커피를 찾게 되었고 드립을 어찌하느냐에 따라 그 사람의 지적 수준과 더불어 삶의 수준까지 가늠하게 되었다. 이는 2000년대 초기에 나타난 와인 애호가나 동호회같이 맛과 빈티지를 모르면 무식한 이로 취급하는 것과 비슷한 시대적 양상을 나타내었다.

근래에 보면 너무나 살짝 인간적인 면모를 강조하던 커피의 시대가 지나가기도 했다. 착한 커피의 등장이 그것인데 주로 커피콩의 원산지가 아프리카, 남아메리카, 인도네시아, 인도 등 더운 지방이다 보니 후진국의 아이들이 커피콩을 따느라 형편없는 임금에 노동력을 착취당하고 있다는 취지에서 시작된, 공정무역으로 산 커피콩을 취급한다는 매장이 하나둘 나타나기 시작한 것이었다.

그러나 내가 보기에는 아무리 동물애호가들이 삭발하고 단식하고 데모를 해도 거센 수요를 등에 업고 명품 백이 사라지지 않는 것처럼 커피값이 상대적으로 급등을 하여도 막강한 수요가 사라지지 않는 한, 공정무역 카페가 몇 개 나타났고, 우리가 한두 잔 거기서 마시는 것으로는 노동력

착취가 해결될 거 같지는 않았다. 매일매일 내 입맛은 더 고급화되고 그러니 순환이 빠른 보통 매장의 자주 볶아 대는 커피가 더 신선할 수밖에 없는 것이지 않을까. 좋은 취지가 번성으로 꼭 연결되지는 못할 것 같다.

하여튼 카페는 너무 많아졌다. 그리고 드립이 살짝 심드렁해졌다. '언제 술 한잔 같이합시다'라는 인사가 '밥이라도 한 끼…'라는 인사로 바뀐 지 몇 년 만에 '커피 한잔해요'로 바뀌고, 이제 사람들은 밖에서 커피를 너무 많이 마셔 댄다. 즉, 집에서는 그 귀찮은 과정의 드립커피를 마시기 싫어하게 되었다. 물론 어떤 이는 외국에서 푸르스름한 커피 생두를 직접 사서 집에서 볶아 드립을 해 마시는 경우도 있었다. 인스턴트커피의 마지막에 봉지 커피가 나타났듯이, 요근래 원두커피의 마지막 세대로 캡슐커피가 등장하였다.

(이 글을 쓴 시점에는 캡슐커피가 마지막 세대인 줄 알았다. 몇 종류의 캡슐이 만들어진 후 내 입에 들어오기까지의 몇 달이 걸리는 게 찝찝한 사람들은 내 입맛에 맞는 신선한 원두를 갈아서 마시고 싶어 하게 되었고 귀찮은 건 싫으니 이후 자동 커피머신을 들여놓기 시작했다. 현재 나의 화실에서도 커피머신을 이용한다. 원두 분쇄와 에소프레소로 고압 추출을 해서 적당한 온도의 적정량의 물까지 타 주니 세상 편리하다.)

간단한 과정인 버튼 하나로 가장 맛난 드립커피가 여러 입맛에 맞는 다양한 종류로 나타났다. 나도 역시 시대에 맞게 집에서는 캡슐커피를 즐기게 되었다. 변화와 간소화, 두 가지 반복과정에 의해 커피에도 몇 세대가 지나간 것이다.

자, 이 캡슐의 시대가 또 한동안은 거세겠지. 그러면 그다음 시대는 어떤 시대가 나타날까. 어떤 카페가 등장하고 사라지게 될까.

사는 거 너무 재미있지 않나. 나도 진화의 일부이듯 우릴 둘러싸고 있는, 우리가 영위하고 있는, 먹고 싸고 마시는 것도 아울러 진화한다는 거, 그 방향의 예상이 늘 적중할 수 없다는 거, 무엇을 예상하든 늘 그 이상의 변화가 나타나는 과정이 너무 재미있다.

* 먹는 것, 마시는 것에 대한 얘기를 했으니, 이제 싸는 것에 대한 얘기를 할 차례인가. 아니, 나는 언젠가 청바지에 대해서 얘기를 하고 싶다. 요즘의 나는 거의 청바지만 입는데 이거 우리가 젊었을 때는 격식에 맞지 않는다며 얼마나 천대받았던가. 그리고 중학생이었던 나의 눈에 청바지를 꽉 끼게 입고 나타난 국어 선생님이 얼마나 멋있어 보였던가. 심지어 교사들은 여행에도 선생님들은 정장을 입고 갔다. 청바지에 핑크색 패딩을 입고 간 나는 얼마나 눈총을 받았던가.

하하, 기억이 또 퐁퐁 솟아난다.

6. 커피 이야기 번외편 - 남도 코리아노

'잠이 안 올 때는 억지로 자려고 노력하지 않는다'가 요즘 나의 규칙이다. 그래서 뭘 할까 하다가 책을 한 권 가지고 오고(음, 알랭 드 보통의 『젊은 베르테르의 기쁨』같은 책이다.), 알랭 드 보통의 글은 아주 자세한 묘사와 더불어 형이상학적 혹은 철학적 사고를, 비철학적이며 과학적 혹은 수학적인 수식과 말도 안 되는 숫자와 함수로 설명하기도 하는데 대부분 희한하게 들어맞아서 재미있는 글이 많다. 유일하게 이 책은 몇 번의 시도에도 진도가 나가지 않는 책이라는 점에서 따분하며 잠이 오지 않을 때 들고 있으면 숙면을 돕는데 아주 적절하다는 장점이 있다.

그리고 아, 이런 시간에 커피를 뽑아 놓으면 내일 화실에 들고 가기 편하겠구나라는 생각을 한다. 그래서 바로 드립한 커피를 아주 아주 아주 묽게 탄 아메리카노 한 잔을 앞에 놓고 있으니 재미없는 책이라 글 안으로 파묻히진 못하고 또 나 혼자 희한한 상상을 하고 있음을 발견하게 된 거지.

나는 말이지. 커피를 거의 보리차 수준으로 묽게 마시는데 이렇게 묽게 마시면 커피에 숨겨져 있던 구분하기 힘든 맛이 엷어지면서 고소한 맛, 달콤한 맛, 신맛 등을 구분할 수 있게 되더라니까. 마치 크로마토그래피의 그림처럼, 분필이나 거름종이에 잉크 한 점 찍어 놓으면 그 안에 무슨 색깔과 무슨 색깔을 합쳐서 그 색을 만들어 놓았는지 쫙 번져나가 알 수 있는 것처럼, 진한 커피 한 방울을 물에 묽게 타면 그 커피의 구성이 되는 맛들을 느끼게 되더라고. 그렇게 알아내다 보니 결국 나의 입맛은 고소하다가 끝맛은 달콤한 콜롬비아커피가 많이 포함된 원두에 끌리더라는 거지. 사실 그래서 카페에서 주는 아메리카노를 진하게 한잔 다 마신 날은 이렇게 밤에 여지없이 잠을 못 이루게 되더라니까. 그러니까 앞으로도 보리차처럼 마셔야지 하다가 문득 의문이 들었지.

　만일 말이지, 우리가 처음에 카페에서 커피를 팔지 않고 보리차를 팔았다면 그래도 이렇게 미친 듯 열광하며 사 먹게 되었을까를 생각하게 된거지. 우선 아주 더운 일부 지방에서만 커피콩이 생산된다는 점과 그리고 수확할 때 손이 많이 간다는 점에서는 보리랑 다르기도 한데 만일 우리가 보리를 슴벙슴벙 자르지 않고 아주 엄선된 환경에서 자란 보리에게 전혀 스트레스받지 않도록 클래식을 들려주다가 부드러운 손놀림으로 한 대궁씩 꺾는 식으로 심혈을 기울여 이삭을 따고, 한 알 한 알 소중히 일정 온도에서 볶아 정성껏 갈고 물을 내려 보리차를 만든다면 그래서 드립할 때는 우선 500원짜리 동전만 하게 물을 부어 뜸을 들여 보리 가루가 부풀어 오를 때까지 기다려, 그다음엔 중심에서 바깥쪽으로 원을 그리면서 85도의 물을 3밀리의 가느다란 줄기로 딱 5바퀴 돌린 후 다시 이번에는 안쪽으로 원을 그리는 의식 같은 것, 그걸 딱 두 번만 하고 남은 까슬한 보리 가루는 아깝지만 버리는 걸로 한다면 그럼 스타 보리에서 기다리는 사람들의 숫자는 현재보다 줄어들 것인가. 빈티지를 알고 와인을 먹는 사람들처럼 이 보리차의 원산지는 한국 남도 지방인데 그 지방은 태평양의 연안이지만 다도해 근처인지라 자주 바뀌는 온도와 바람의 영향으로 한 품종의 보리이지만 다양한 맛 거친 맛, 쓴맛, 구수한 맛, 특히 오래 입안에 머금고 있으면 달큰한 맛을 골고루 느끼게 되고, 특히 바닷가 지방에서 재배되었기에 짠맛도 나타나므로, 단짠단짠의 최고 품질 보리인 관계로 다른 보리 코리아노보다 두 배쯤 비싸지만, 이 정도 맛을 알고 먹을 줄 아는 사람에게는 이 남도 보리 코리아노 한 잔 마시고 왔다 하면, 아, 저 사람은 이미 럭셔리 코리안이구나 생각하게 되지 않을까, 그리고 어쩌면 커피라는 음료는 역사의 뒤안길로 사라지지 않았을까 내 멋대로 상상을 했다는 말이지.

커피가 아니고 보리였다면! 왜 아니라는 법이 있냐고.

(아, 신선하다. 아메리카노와 다르게 보리 코리아노는 공깃밥 옵션도 있다. 보리 코리아노에 밥을 말아 오징어젓갈을 한 젓가락 올려 먹는 맛이란, 상상 이상일 것이다.)

*이 글을 2018년에 썼는데 이후에 블랙 보리라는 음료가 나왔다. 에이 또 생각만 하고는 첫 번째 프리미엄 보리차를 파는 카페를 만들었어야 하는데 선수를 놓쳤구나. 나는 늘 이렇다. 그래도 럭셔리 보리 코리아노를 파는 곳은 아직 없으니 우선 남도에 땅을 사야겠다.

와샤샤 별 샤워

책을 읽다가 갑자기 이런 생각을 했지.

이른 아침에 일어나서 커튼을 열어젖혔는데 햇빛이 들어오듯이 별(별빛이 아니라 가볍고 와샤샤한 별 자체)이 쏟아져 들어오면 어떤 느낌일까 생각해 보았어.

그건 아침별moningstar이라 불러야지.

그리고 그 아삭아삭한 별들이 내 몸에 닿자마자 체온 때문에 부드럽고 몽글몽글하게 녹게 되면 얼굴에 잡힌 주름이 부드럽게 펴지고 관절은 녹지근해지면서 피부는 투명하니 속에서부터 빛이 나는 거야. 그것을 사람들은 '별광'이라 부르게 되지.

그러면 사람들은 아침 별을 좋아하게 될까, 아니면 언제나 아침엔 별 샤워(moningstar shower 어쩜 줄여서 mss라 부를지도 모르지, 몽스타 샤워 내지는 음쓰? 라는 신조어가 생길지도 몰라, 음쓰라니 어감은 되게 별로네.)를 할 수 있으니까 공기나 물처럼 전혀 소중함을 느끼지 못하게 될까? 그런 게 궁금해졌어.

어쩌면 빛나는 자신의 얼굴도 몽스타 샤워 때문이 아니라 나는 원래 동안이야 정도로 생각해 버리게 될까? 그리고 얼굴이 찌든 사람은 저 사람은 일찍 일어나서 별 맞이도 하지 않았다고 게으른 사람으로 찍히고, 1월 1일 새해 아침 산에 올라 일출을 보는 사람이 생기듯, 10월 내지, 11월 유성우가 많이 떨어지는 날의 새벽이면, 별을 맞이하는 '성하절'이 생길지도 모르지.

어쨌건, 내 경우 마지막 별은 이마나 속눈썹 정도에 맺히게 되면 좋겠어. 골똘히 생각할 때 조금 찌푸린 이마에서 반짝, 흥미 있는 책을 읽느라 고개를 숙일 때 눈에서 반짝 나타났다가 언제 있었냐는 듯 사라질 수 있게.

mss라고 부르게 될 수도 있다고 생각하니, 갑자기 쏟아지는 별들은 어떤 냄새가 어울릴까도 생각해 보았어. 물론 음쓰 냄새는 아닐 것이고, 내 얼굴과 몸에 가볍게 와샤샤 하고 부딪히는 것들이니까 가벼운 향이 나야 하겠지. 가벼운 것! 하고 발음해 보면 항상 생각나는 천이 있어. 가볍고 부드러운 망사 같은 것. 어릴 때 할머니는 그런 천을 보면 샤라고 불렀어. 파리가 된장이나 고추장에 달려들지 못하게 그 샤 천을 항아리 뚜껑 안쪽에 두 겹으로 덮고 고무줄을 묶어 두기도 했지. 여름날 할머니의 속치마이기도 했고. 그 샤 천에서 나는 독특한 냄새가 있어. 그런 냄새가 쏟아지는 별들에서 나는 거야. 그럼 나는 정말 아침 일찍 별 샤워를 하면서 할머니 치마에 코를 박는 상상을 하게 되는 거지. 사람이 죽으면 하늘에 별이 된다더니 정말이구나 따뜻한 아침을 보내게 되는 거지. 참 좋은 느낌일 거야.

1. 바게트를 만났다

파리바게뜨의 담백한 감자빵이 표절이라니 갑자기 바게트를 신기해하던 옛날이 떠올랐다.

1988년 우리나라에 파리바게뜨 1호점이 생겼더란다. 그리고 4년 만에 전국 100개 지점이 문을 열었다니 아마 그즈음엔 꽤 유행에 민감했었던 나는 바게트가 뭔지 정도는 알았던 '베이커리계의 모던걸'이었다. 다른 말로는 '빵순이'라고 한다.

그래도 혼자 들어가서 사 먹을 용기는 없었다. 집 근처의 밀탑은 팥빙수가 유명하고 서울에서는 리치몬드과자점의 밤식빵이 맛있었다. 아직은 파리바게뜨를 일부러 찾아가진 못했지만, 우연히 들른 그곳은 동네빵집에서 고르고 골라 사 오는 곰보빵이나 팥빵이랑은 다른 뭔가를 늘 기대했던 곳이었다.

대구에는 아직 연탄을 때는 아파트도 있었다. 《응답하라, 1988》에서처럼 아파트라도 현관문은 거의 열어 놓고 지냈고, 같은 층의 아파트 주민들이 무엇을 하는 사람인지 곧 알게 되었다. 우리는 얼마나 정 많고 촌스러웠는지, 첫 발령 난 학교 선생님들은 새 양말만 사도 웃으며 전 교직원에게 요구르트를 돌렸다.

그런 1990년대 초에 나는 결혼을 하고 대봉동의 대구에서 가장 먼저 생겼다는 고층아파트에서, 그리고 휴직 후 아이 아빠를 따라간 포항 사택에서, 아이 둘을 차례로 낳았다. 밤낮없이 바빴던 아이 아빠는 이제 꽤 느긋한 과장님으로 나는 아줌마에서 사모님으로 막 변화한 시기였고, 우리 인생의 첫 해외 여행의 기회가 왔었다.

1996년 무려 프랑스 리옹에 아이 아빠가 참석해야 할 학회가 있었고, 그 기회로 인터넷도 없던 시절 아이 아빠랑 전화로 파리 개선문 근처에 있다는 호텔을 며칠간 예약하였다. 음, 프랑스어는 꽝이고 영어도 잘 안되면서 '몰라, 어찌어찌 되겠지' 하며, 배낭여행을 떠났다. '젖과 꿀이 흐르는'이 아닌 벤치에 앉아 이것도 사치라며 빵과 물만의 식사로도 매일이 행복한 프랑스 여행이었다.

리옹 학회가 시작되고 시장님이 주최한 리셉션에서 먹어본 바게트 샌드위치가 오늘의 주제임을 아직 밝히지 못했구나. 바게트빵과 햄 치즈만 들어간 그 짭짜므리한 샌드위치가 얼마나 담백하고 맛있던지 그 리셉션장에서 빨간 원피스를 입고 두 개나 먹었다. 배가 볼록 나왔겠지. 물론 이후에도 바삭 촉촉한 바게트는 열흘간의 주식이었고, 한국에 돌아온 후 계속 그 프랑스에서 먹었던 빵 맛을 잊지 못해 바게트 맛난 곳을 찾아보았던 기억이 난다.

(프랑스의 국민 샌드위치란다. 고기 좋아하는 내가 야채 하나도 안 들어

간 햄 치즈 샌드위치를 먹었으니 어찌 좋아하지 않을 수가 있었겠냐. 더구나 달콤한 맛보다 짠맛을 좋아하는 나였으니 완전 내 스타일이었다.)

　미안하게도 이후 십 년 넘게 파리바게뜨의 바게트는 한 번도 그 맛을 내지 못했고 입천장만 까졌다. 입안에서 버석거리며 맴돌았다. 근래 지금 집에서 조금 떨어진 동네에 라땡땡 제과점 바게트가 맛이 비슷하길래 근처에 갈 때마다 사 와서 어느 날은 갈릭버터로 또 어느 날은 허니버터로 다시 한번 구워 내기도 했다. 학교 다닐 때의 우리 아이들이 참 잘 먹었다.

　각설하고 지난번 우리 세대 커피의 역사에 대해 이야기해 본 지가 너무 오래되었다. 이제 내 기억 속의 빵의 역사에 대해 얘기할 때인가 보다.

2. 보름달과 카스텔라

　이건 순전히 내 기억 속의 빵의 역사이다. 시대적 시간적 오류가 있는 부분도 있을 거고 앞뒤 안 맞는 사건의 나열도 있을 거다. 따지지 마라. 그냥 읽던지, 말도 안 돼 하며 패스하던지, 지금부턴 읽는 자의 선택이다.

　여튼 내 머릿속 빵의 역사는 이러하다.

　내가 처음으로 기억하는 빵은 뭘까. 초등학교 때 학교에서 나눠 주던 보름달. 그런 게 있었던 거 같은데 아쉽게 특별한 기억은 없다. 갑자기 생각났다. 보름달은 2단이었다. 둥글고 얇은 빵 두 단 사이에 하얀 버터크림이 발라져 있었다. 오래 생각하면 기억이 들춰지는가. 고소하고 부드러운 빵 사이에서 혀에 미끈거리던 크림이 느껴지는 것도 같다. 그때는 무조건 하나씩 나눠 주던 시절이었나? 요건 생각이 안 나는구나.

　사실 보름달 빵 이전에 학교에서 나눠 주던 무슨 빵이 있었던 것 같다. 팥빵 같은 거였는지, 크림빵 같은 거였는지, 여튼 반 학생 숫자만큼 빵을 세어서 넘겨 주고 간 기억도 난다. 1970년대에 초등학교에 다녔으니 불과 한국전쟁이 끝나고 20년도 안 된 때였다. 아마 보급용 밀가루로 만든 가난한 나라, 못 먹는 아이들에게 빵 하나씩의 먹거리 아니었을까. 지금 티브이에서 가끔 등장하는 당신이 기부하는 얼마가 이 아이들을 한 달 동안 먹을 수 있게 해 줍니다 식의 동정심에 호소한 밀가루였을까.

　학교에서 교훈을 써 오라는 숙제에 누군가는 '분식'이라고 쓸 만큼, 모자라는 쌀 소비를 줄이는 방법을 찾게 되었다. 오죽하면 점심시간에 도시락 한 숟가락을 떠서 그 안에 쌀과 보리쌀 개수를 세고 쌀이 더 많으면 점심을 먹지 못하게 했다. 엄마들의 아이들을 생각하는 마음으로 인해, 아이들은 점심을 굶었다. 다음부터 엄마들은 위쪽은 보리밥을 아래쪽은 쌀밥을 넣어 주었고, 뛰는 이 위의 나는 이들인 교사들은 도시락을 뒤집어 뜨게 하고 표본조사를 시켰다.

쌀이 부족하니 어쩔 수 없이 국수를 많이 드셨나. 그래서 어른들은 밀가루 음식을 싫어하였고, 그쯤 막 세상에 처음 나온 라면은 마른국수를 파는 가게에서 팔았는데 동네 국숫집에 가서 하나씩 사 온 라면은 공부 잘하는 오빠에게만 끓여 주어야 할 내 숙제 같은 거였다.

(다른 얘기지만 여기서 드는 의문 하나가 있다. 왜 엄마는 밤에 오빠와 남동생은 놔두고 나만 연탄불을 갈게 했을까?) 한 젓가락 얻어먹지도 못할 라면 냄비를 연탄불에 얹어놓고 보면 가끔 스프가 빠진 봉지가 있기도 했는데 그런 때는 그동안 라면이 다 불어도 국숫집으로 쫓아가 스프가 없던데요 하고 기어코 하나 받아와서 마저 넣어 끓여 주어야 했던 기억도 있다.

엄마가 끓인 김치밥국에는 김치와 밥, 떡국떡, 국수, 그리고 한 봉지 분량 정도의 라면 가닥이 들어 있었고 온 가족이 둘러앉아 먹을 때면 그 라면 가닥을 어떻게 조금이라도 더 많이 먹으려고 오빠 동생과 보이지 않는 신경전을 벌이기도 하였다.

그런 시절에 왜 보름달 빵에 대한 기억이 별로 없는지 신기할 따름이다. 부잣집 아이와 가난한 집 아이의 차이는 아마 학교에서 한 번에 북 뜯어 먹거나, 고이 가방에 모셔 집에 가지고 가는 정도의 차이였을까. 우리집은 꽤 가난하였는지, 가방에 넣어 가야 아직 학교에 다니지 않는 동생이랑 나눠 먹을 수 있었다. 누가 시키지는 않았는데 동생은 내가 챙겨야 했다.

(왜 나는 동생도 챙겨야 했을까? 오빠도 같은 학교에 다녔는데 오빠는 빵을 안 갖고 왔을까? 왜 우리만 늘 나눠 먹어야 했을까?)

이후 동네마다 있는 구멍가게에서 샤니인지 삼립인지 회사에서 나온 둥그런 팥빵 말고 부드러운 롤케이크 스타일의 잼까지 발린 하얀 빵을 팔았을 때 왜 그리 사치스럽게 보였는지 모른다.

결혼하고 애를 키우다 보면, 혹은 회사를 다니다 보면 한 번씩 충동구매를 할 때가 있다. 나의 젊은 직딩 시절 어떤 때는 때가 꼬질꼬질한 계산기이기도 하고 신랑에게 선물을 줘야지 챙겼던 메이커가 이상한 면도기이기도 하고 또 딱 그만큼의 나이를 살아 내던 우리 엄마 세대에는 빵 굽는 기계였나 보다.

계란을 흰자 노른자 분리해서 오래 거품기로 팔이 빠지도록 저었다. 어릴 때는 공부는 죽을 만큼 하기 싫어도 그런 건 한 번씩 해 보고 싶어 죽을 거 같은 나이였는지라 엄마에게 거품기를 넘겨받기도 했지만, 열댓 번 젓는 걸 기다리지 못한 엄마에게 다시 거품기를 뺏기고, 설탕 갖고 와라, 마가린 갖고 와라, 한 손엔 둥근 볼, 한 손엔 거품기를 들고 있어서 손이 자유롭지 않은 엄마의 말대로 설탕을 넣기도 우유를 따르기도 했다.

(갑자기 우유 따르는 아낙네를 그린 베르메르가 생각나기도 하네, 그만큼 경건했다는 말이지.)

따로 거품을 낸 흰색과 노란색이 섞이고 버터 설탕 우유 밀가루까지 폭신폭신해 보이게 반죽이 섞이면 그럼 내 기억 속엔 연한 아이보리색이었던 그 네모난 기계속에 반죽이 부어졌다. 지겨울 만큼 시간이 지나면 집에서 만든 경이로운 카스텔라가 손에 쥐어졌다. 맛은 왠지 좀 거칠고 뻣뻣했지만, 그런 카스텔라 한 조각이 나의 어린 날을 조금이나마 따뜻한 기억으로 남게 하는 거 같다.

(물론 한 번씩 시내를 다녀오던 엄마의 손에 들려 있던 커다란 옥수수 술빵도 내 기억 한 귀퉁이에 있지만.)

그렇게 집에서 잊을만하면 한 번씩 가끔 주어지던 빵이 슈퍼에 나왔다, 아니 구멍가게에 나왔다. 하얗고 폭신폭신한, 엄마가 만든 거보다 혓바닥에 녹는 느낌이 너무 부드러워서 이걸 감히 먹어도 되나 죄를 짓는 건 아닐까 싶을 만큼. 조금은 이상한 맛의 잼을 감싸고 있었기에 얼마나 다행인지. 나는 달달한 걸 어릴 때부터 크게 좋아하지 않았다. 물론 사 먹을 돈이 많이 없었기에 10원짜리 뽀빠이 가끔 20원짜리 자야 과자봉지 이상의 것이 내 것이 된 적은 잘 없었다. 그러니 하얗고 사치스런, 더구나 비닐봉지 안에 무려 빵 나이프까지 들어있던 롤케이크였다.

이상했구나, 맨날 똑같은 자리 똑같은 칸에서 팔던 빵은 왜 오랫동안 상하지 않았는지 모르겠다.

3. 중세

요즘 아이들은 빵셔틀이라 하던가. 내가 나온 중학교는 앞산 밑에 있던 생긴 지 10년째인 여중이었는데 여학생 깡패로 유명했었단다. 생각해 보면 중학교 1학년 때 박 대통령이 돌아가시고 난 후 동네마다 있던 어깨들이 혹은 깍두기 아저씨들이 한 명씩 사라지던 때였다. 싸움도 안 나고 동네가 평화로워져서 좋았지만, 뭔가 불안하던 시기였다. 꼬질꼬질한 먹거리를 팔던 구멍가게 앞 평상에 앉아서, 니 내 동생 할래? 껄렁대던 동네 남학생이 사라졌다. 하여튼 우리 학교 날라리들도 시대적 흐름 때문인지 다 잡혀서 어디론가 갔다는 얘기가 들렸다. 그래서 빵셔틀도 없고 등나무 벤치 아래에는 점심시간 삼삼오오 둘러앉아 50원짜리 쭈쭈바를 빨던 시기였다.

아, 물론 난 아니었다. 유명했던 서주 아이스주도 쭈쭈바도 내가 그리는 내 그림 안에는 어울리지 않았기 때문인지도 모른다. 그리고 달았다. 단 거를 먹으면 현기증이 생겼다. DANGER라서 그런지도 모르겠지만 그래서 나는 사탕을 싫어했다. 아이스크림도 싫어했다. 찐득한 단 것들은 생각만 해도 질척거린다. 촉감도 싫어했나 보다.

다른 아이들보다 키가 한 뼘쯤 작아 버스 손잡이를 겨우 잡고 차멀미를 하면서도 앞산 근처에 있던 우리 학교로 가던 길, 버스 창문 밖으로 백마를 타고 버스 옆으로 지나가던 여자를 유심히 쳐다보았다. 나도 저리 살고 싶다. 머리가 안 아팠으면 좋겠고 코피가 안 났으면 좋겠다.

고등학교도 앞산 밑으로 갔다. 왜 학교는 모두 산 쪽에 있는가. 학생들의 체력 단련을 위해서인가. 중학교보다 조금 더 동쪽으로 치우친 학교는 도로포장도 안 되어 있는 동네에 있었다. 비만 오면 뻘건 뻘밭같이 변하는 길로 열심히 걸어 다녔다. 그 찰흙같이 쫀쫀한 길은 흰색 운동화를 무지하게 좋아해서 비 오는 날 우산 들고 파란색 쓰리세븐 가방을 들고 도시락을 들고 체육복도 들고 교복을 입고 흰색 스타킹도 신고 가는 내 운동화를 늘 채어 갔다. 다음 순간 스타킹 신은 발이 물커덩하는 느낌에 보면, 오 마이 갓, 운동화는 한 발 뒤 빨간 찰흙에 묻혀 있었다. 그런 날, 학교에 가 보면 지하수가 나오는 공동 야외 수돗가에 아이들이 비를 맞아 가며 스타킹을 열심히 빨고 있었다.

(그래서 박수근, 밀레, 고흐, 고갱들이 그렇게 빨래터 풍경들을 그렸을지도 모른다.)

안타깝게도 그 시대는 처음으로 컵라면이 나온 시기여서 아이들은 빵보다는 밥 다 먹고 몰래 학교 뒷문 옆 제일 떡볶이집에 다녀와서 또 컵라면을 하나씩 까 부시던 시대였다. 아, 물론 나는 아니었다. 역시 내가 그리는 그림 안에는 그런 건 어울리지 않았고가 아니라 그때나 지금이나 겁이 많은 성격 탓에 점심시간에 학교 밖을 나가는 건 엄두도 못 냈다. 하지 말라는 건 하지 못하고 그냥 뒤뜰에 우리 학교에서 많이 기르던 비둘기장에서 나온 비둘기들의 기형적인 발 모양에 마음 아파하던 그런 여학생이었다.

그리고 나는 무엇이 될지 어떤 취미가 있는지, 되고 싶은 것과 되어야 하는 것 사이에서 갈등하던 시기였다. 음악과 미술 사이에서, 수학과 과학 사이에서.

고등학교 때 친했던 친구가 양씨였다. 아빠가 빵집을 한다고 했다. 왠지 양씨는 빵 가게랑 정말 잘 어울린다는 생각이 들었다. 몽글몽글한 양털 모양이 떠오르는 양씨 아저씨가 빵을 만들면 그 빵은 최고로 말랑말랑해질 거 같았다. 집이 학교 바로 앞이었던 그 친구네에서 빵을 얻어먹은 기억이 없는 걸 보니 친구 아빠네 가게는 무척 잘 되어서 재고가 없었던지 그 친구는 빵을 싫어했나 보다. 학년이 올라가고 반이 갈리고도 친했던 몇몇이랑 점심 저녁을 같이 먹었는데, 그 친구가 빵을 간식으로 싸 온 적이 없었다. 그 친구는 빵집을 하는 자기 아버지를, 나는 월말만 되면 싸우는 우리 부모를, 그렇게 우리는 자신의 것을 부끄러워했었나 보다.

나의 빵의 암흑기였다.

내가 중학생과 고등학생 시절 살던 동네엔 아주 오래된 빵집밖에 없었던 거 같다. 빵집이라기보다는 그냥 동네의 전파상이나 라디오 파는 가게 정도의 갈색 문을 가진 진열대가 있고, 그 위에 올려진 빵은 다양하지도 개수도 많지 않았던 그런 집. 대구여상 입구에서 버스를 내리면 집에 가는 길에 있던 고려당이라는 상투 과자를 팔았던 오래된 빵집이 있었고, 시장에 가면 금방 튀겨내어 설탕을 뿌린 달콤하고 기름진 도나스를 살 수 있었던 거 같다.

집 근처에 서점도 있었던 거 같은데 한 달에 한 번 용돈을 받으면 지란지교를 꿈꾸며 식의 책도 한 권씩 사면서 빵을 사서 집에 간 기억은 머릿속을 암만 헤집어 봐도 없다. 그에 비해 이제는 문을 닫았지만, 그때는 무려 방송국도 그 꼭대기 층에 있던 대구백화점 바로 맞은편에 살던 우리 친할머니의 최애 음식이 시내 빵집에서 산 곰보빵이라 불리던 소보로빵에 바나나 맛 단지 우유였으니 나의 경우는 돈이 부족해서라기보다는 맛난 동네빵집이 없어서라 생각하면 되겠다.

아, 오빠는 여전히 공부를 잘했다. 오빠가 친구 하나랑 같이 우리 집에서 공부할 때면 엄마는 무려 열대엇 개의 엄청난 크기의 계란 사라다 햄버그빵을 만들었다 물론 두어 개만 빼고 오빠 둘이 다 먹었다. 너무했네. 공부 잘하는 애들만 맛난 걸 얻어먹던 억울한 세상이었구나. 그만큼 먹고도 정말 공부한 게 맞을까.

오빠만큼은 아니지만 나도 공부를 잘했다. 아이큐가 우리 학교에서 제일 높으면서도 그만큼 공부를 안 한다고 구박을 좀 당했다. 안 한 게 아니었다. 내가 가고 싶은 대학교의 커트라인이 나의 성적보다 낮았으므로 크게 공부할 필요가 없었다. 너무 이과 성향을 타고 태어나서 외우는 과목은 아무리 보아도 머리에 안 들어갔고 수학 과학만 재미있었다. 물리와 화학 시간에는 전교 1등이라고 일어나서 박수를 받았고, 정치 경제 시간에는 시험을 못 쳤다고 선생님이 일어나라 하셨다. 키가 작고 통통했던 정치 경제 선생님은 빙그레 웃으면서 바라보기만 하셨다. 꾸중을 하지는 않으셨다. 나는 나름 좀 유명했는데 아이큐가 학교에서 제일 높았고 한자 이름이 학교에서 제일 어려웠고 과목별 편차가 너무 심했다. 그래서인지 선생님들이 신기해했다. 요즘 태어났으면 좀 다른 목표를 세우고 소질 계발이 가능했을까. 두 시간 연속 일어나서 박수를 받고 고개를 숙이던 나를 보고 아이들은 책상을 치면서 웃었다.

천문학자가 되고 싶었던 그러나 억지로 의대로 보내어진 오빠는, 역시 원하지도 않은 과에 장학금을 받고 억지로 보내어진 내가 부끄럽다 했다고 엄마가 말했다. 내가 가고 싶은 곳에 갔으면 나는 부끄러운 사람은 되지 않았을 것이다. 엄마가 마음대로 정하고 왜 부끄럽다 하였을까. 아무 말도 하지 않았다. 이미 내가 원하던 곳이 아니어서 어디든지 상관없었다. 그나마 과학과여서 다행이다 싶었다.

나의 대딩기를 한마디로 표현하면 에이스의 시대, 감자깡의 시대였다. 역시 빵보다는 동네 과자점에서 손쉽게 산 것들.

중학생 시절 친구 집에 갔더니 과자봉지를 대여섯 개 꺼내서 커다란 접시에 담아 주는 게 아닌가. 과자를 접시에 담아 먹을 수도 있구나. 이후로 친구들이 우리 집에 오면 내 방에서 커다란 쿠션에 둥글게 모여서 과자 몇 접시 올려놓고 공부하던 시기였다. 정말 좋았던 시기이기도 하다. 내가 좋아하는 과목만 공부할 수 있었다. 수학과 과학이 짬뽕된 수리물리를 참 좋아했다.

빵의 자리는 없었다.

4. 르네상스

  '밥 먹었나 빵이라도 먹지'라는 말이 사치가 된 지 오랜지다만, 한땐 '그런 거 먹지 말고'란 말이 당연하던 시절이 있었다.

  나는 성공했다.

  드디어, 딸이어서 그리고 공부를 잘 못한다고 억압과 멸시가 가득하던 집에서 탈출했다. 대학을 졸업하고 학교와 학원 강사로 몇 군데를 빌빌대면서 교사 발령을 기다리다가 서울로 가서 대학원을 다니면서 또 임시교사를 했다. 그런 시절이었다. 대학교까지 졸업했으면 뭐라도 해서 집에 손을 내밀지 않아야 하는 그런 시절이었다. 삼성병원 그때의 고려병원에서 1년 차 레지던트를 하던 오빠가 짐을 풀어놓은 열 평짜리 오피스텔, 마포경찰서 바로 맞은편 고려아카데미텔에 비집고 들어갔다. 오빠는 거의 열흘에 한 번 정도 나와서 겨우 몇 시간 자고 옷 갈아입고 가면, 오빠가 나오는 날에는 오빠 오피스텔에 빌 붙어산다는 죄책감에 아현동 산동네 시장으로 가서 오빠가 좋아하던 (정구지 아니고) 부추 한 단 사 와서 몇 장씩 전을 구워 주고, 세탁기도 탈수기도 없는 방에 옷이랑 수건을 손으로 빨아 주고 커튼에 빨래집게로 대충 걸어 말렸다. 오빠를 위한, 나에 의한, 오빠의 빨래이자 오빠의 부추전이었다. 오빠가 나를 위해 무엇을 해 줄 건지 묻지 말고 내가 오빠를 위해 무엇을 해 줄 수 있는지 생각해야 하는 시기였다. 지금 생각하니 나는 공부하고 직장 다니고 손빨래하고 음식도 해 주고 정작 내 먹고 입을 건 아무도 걱정해 주지 않는 희한한 시스템이었다, 에이 씨. 그 아현동 시장은 정말 기어 올라간다는 말이 딱 맞을법한

언덕 위에 있었는데 스물네 살짜리 여자아이 혼자 어둑한 저녁에 퇴근하고 공부하고 와서 그 시장에 혼자 가서 부추를 사 오는 장면을 상상해 보라. 나는 그때의 내가 불쌍하다. 좁은 한 짝짜리 싱크대와 음료수 냉장고 한 개가 집안 살림의 모든 것이었다. 아, 서울에 처음 가던 날 오빠와 청계천 시장에 가서 5만 원짜리 티브이를 4만 원에 깎아서 사 왔다. 임시교사 가기로 한 학교에 인사를 갔더니 사투리를 쓰지 말아 달라고 했다. 대구에서 나서 대구에서 자란 아이가 사투리를 쓰는 건 당연한 건데, 강남 8학군의 교장 쌤은 그래도 그런 게 신경이 쓰였겠지. 출근 전 주말 이틀을 티브이를 끼고 살았더니 정작 첫 수업 이후에 아무도 내가 대구 출신인지 몰랐다. 아이들은 '선생님, 충청도가 집이죠?' 했다. 일단 할 말을 머릿속으로 입력하고 생각해서 표준어로 번역해서 말을 하니 천천히 했나 보다. 오, 나름 통번역하는 시스템이었던 거지.

오피스텔의 좁은 냉장고는 딱히 반찬 넣을 공간도 없었고 라면 하나 끓여 저녁과 아침을 같이 해결했다. 점심을 학교에서 주니 사실 집에서 밥 해 먹을 일이 잘 없었고 가끔 작은 냄비에 미역국 같은 거 끓이기도 했다. 그것도 집밥이라고 홍대를 다니던, 나와 나이가 같은 5촌 수현이 아저씨는 가끔 우리 집에 들러서 니가 해 주는 밥이 맛있다며 외로움을 달래 주었다.

그리고 그리고 그리고 흐뭇! 나의 서울 생활에 버팀목이 되어 주던 리치몬드과자점이 있었다.

드디어 나의 빵의 시대가 시작되었다. 거의 폭격이었다.

비록 마포경찰서 앞의 설렁탕은 한 번도 못 먹어 봤어도 리치몬드과자

점은 일주일에 두어 번 다녔던 것 같다.

(쏘리 쏘리, 생각해 보니 나의 서울 생활기에서 리치몬드만 있진 않았다. 말랑말랑한 빵 사이에 소세지 하나 터억 끼우고 다진 양파 등의 야채에 소스를 듬뿍 뿌려 주던 웬디스 핫도 있었다.)

하여튼 잊지 못할 밤식빵! 일요일엔 하루 종일 밤식빵을 뜯어 먹는 벌레처럼 살았더니 살이 2킬로는 찐 거 같다. 물론 그때쯤 지하철 입구에 있던 문이 쾅 닫기는 바람에 발뒤꿈치가 찍혀서 며칠간 절뚝대며 출근도 하였다. 오빠가 하루 나와서 보더니 상이군인처럼 이렇게 다녔냐며 너덜거리며 아물어 가던 피부를 다시 죄 뜯어 소독과 치료를 하던 날에도 나는 빵을 뜯어 먹으며 아프다고 목 놓아 울었다. 신기하게 그렇게 헤집고 나서 하루 만에 절뚝이던 걸음걸이가 원래대로 돌아갔다. 배고프면 빵집으로, 몸을 다치면 병원으로 가야 하는구나. 돌팔이라 부르짖어 미안하기도 했다.

아, 리치몬드는 밤식빵 말고 빙수도 유명했다. 신기하게도 서울 여긴 빙설이 아니고 빙수라고 불렀다. 물 얼린 게 아니라 얼려서 눈처럼 갈아 주는데 왜 빙수냐며 라지 T답게 과학적 사고를 하면서 혼자 답답해 봤자 빙수라고 하지 않는 이상, 카운터의 알바 아가씨는 눈 똥그랗게 뜨며 '도대체 빙설이 무엇이냐, (외계어인 양 쳐다보며) 그게 무엇이냐, 너는 무엇을 달라느냐, 나는 빙설이라고 하면 알아듣지를 못해'라는 말을 눈으로 쏘아대며 아주 짜증 나게 계산을 해 주지 않았다. 제발 머리를 써라 머리를. '네, 팥빙수 주세요!' 악, 맛있어. 나는 서울말을 서서히 익혔다. 먹고 살라고.

겨우 탈출했다 싶었는데 교원 임용고시가 나를 다시 대구에 정착하게 만들었다.

오빠는 나에게서 해방되었고 나도 오빠의 빨래에서 해방되었다. 그리고 대학원 공부에서 해방되었고 대학원 중퇴라는 불명예가 남았다. 내 중학교 학생이었던 때의 교감 쌤이 교장 쌤으로 변하여 근무하시던 학교로 첫 발령이 났다. 이래도 되나, 어릴 때의 나의 선생님들이 지금의 동료들로 바뀌어 몇 분은 같은 학교 교무실에서 만났다. 서먹했다.

그리고 내 인생에 2차 빵 공격이 시작되었다.

다시 돌아온 그때쯤 대구는 크라운베이커리와 파리바게뜨가 장악을 하던 시기였다. 뉴욕빵집, 삼송빵집, 밀탑으로 대표되던 대구의 빵의 세계에서 동네 우후죽순 생기던 여러 빵집들은 비교적 수월하게 평정되었다. 크라운베이커리도 좋아하던 이 쪼끔 있었지만, 대구 거리는 파랗고 하얀 간판의 파리바게뜨와, 파랗고 하얀 포카리스웨트와, 파랗고 하얀 색의 옷들로 채워지고 있었다.

동네 어디 어디 빵 가게도 좋은 재료를 쓰고 맛있다는 말들은 무의미했고, 학교에 상담하러 오던 학부형들은 거의 대부분 파리바게뜨의 롤케이크나 벌꿀 카스테라를 들고 왔다. 교원 연수의 간식으로도 파리바게뜨의 빵들이 나왔다. 싸가지 없는 젊은 것들은 파리바게뜨에서 산 빵이 아니면 먹지 않고 휴지통에 버린다는 얘기도 나왔다. 빵은 서서히 파리바게뜨라는 대명사로 바뀌어 갔다.

그리고 역사적 사건이 터졌다. 내가 첫 발령 나던 1991년 가을, 겨울쯤 드디어 '피자헛 대구 상륙 사건'이 일어난 것이다.

5. 피자, 고흐의 그림 같았던

사실 그전부터 피자가 유행할 줄 알았다. 대구보다 몇 개월쯤 먼저 유행을 앞서가던 서울에서 학교 선생님들이 피자집에 모여 회식을 할 때 알았다. 대구에 내려와 발령이 나고 첫 번째 방학 때 바로 실험 연수가 시작되었다.

수성구 현재 우리 집 맞은편 쪽에 있는 교육과학연구원에서 각각의 전공에서 약 70대 1의 경쟁을 뚫고 교사가 된 나와 지금의 시누이가 하루의 연수가 끝나면 그 건물 바로 옆에 있던 피자헛에서 지금의 나의 남편인 그 친구의 오빠랑 셋이 만나 한 접시 가득 샐러드와 함께 피자를 먹었다. 아름다운 시대가 시작되었다.

대구 1호점 피자헛의 사진이라도 건질까 싶어 인터넷에 검색해 봤는데 지금의 황금동 어린이회관과 과학고등학교 바로 옆의 1층짜리 갈색 건물 그런 사진은 찾을 수 없었고, 대신 1991년 당시 피자 한 판의 가격이 17,200원이었다는 걸 알게 되었다. 거기다가 샐러드 한 접시 먹으면 2만 원이 넘었겠구나. 와 미친 가격!!! 그때 2급 정교사의 초봉이 75만 원 정도였으니 월급의 1/30 정도였다. 물가로 따지면 지금 돈으로 8만 원 정도라니 피자 가격은 너무 비쌌다. 아니, 교사 초봉이 그만큼 올랐나? 와아, 좋겠다.

결혼을 하고 상혁이와 승혁이가 태어났다. 아이 아빠는 친정 식구들에 비해 따뜻하고 배려 있고 나의 말을 귀담아듣는 사람이었다. 매일 나의 숨통을 조이던 6시 반 통금 같은 건 없었고, 내가 어떤 실수를 해도 너 때

문이다, 혹은 네가 잘못했지 식의 다그침을 하지 않았다. 나는 결혼에 성
공한 것이다. 눈물 나게 감사했는데 딱 하나 힘든 건 시간이 많은 사람이
아니었다는 사실이었다. 혼자 깨서 혼자 준비하고 혼자 아이들을 키우고
직장을 다니고 혼자 어른들을 챙기고 집안의 대소사를 처리해야 했는데
베이비시터 할머니들의 도움도 많이 받았지만 10개월이 되면서 말을 하
게 된 상혁이의 도움을 많이 받았다.

'상혁아, 엄마가 이번에 학교에서 무슨 일을 해야 되는데 어떡하지? 엄
마 잘할 수 있을까?' 하면 초롱한 눈으로 쳐다보며 '응!' 힘주어 대답하던
나의 아이. 힘든 학교 일에 녹다운되어 집에 가서 어깨를 들썩이며 소리
죽여 울 때도 옆에 와서 등을 토닥토닥 두들겨 주던 아이, 나는 드디어 성
공한 엄마도 된 것이다.

남편은 시간의 여유가 좀 생기면서, 학회가 열리는 프랑스로 데리고 가
서 바게트의 맛을 알게 해 주었고, 뭐든 잘 먹는 큰아이가 학교에 다니면
서부터는 아침으론 늘 빵을 구웠다. 빵을 별로 좋아하지 않았던 둘째 아
이가 학교에 가게 되면서 아침 메뉴가 밥으로 바뀌긴 했다.

그쯤부터 매년 해외여행 다니기가 시작되었다. 빵도 많이 먹었지만, 저
녁에 호텔로 돌아가 따끈하게 데운 햇반에 고추장을 비벼 주면 쪼끄맣던
승혁이는 '엄마, 너무 맛있어요. 우리 집에 가서도 이렇게 먹어요'하고 입
맛을 다셔댔다. 반찬으로 고추장만 준비하면 된다니 정말 육아에도 성공
한 것이다.

나도 드디어 빵을 구웠다. 처음 오븐을 사고 나서부터 마치 그것을 위
해 내가 존재한다는 듯 다양한 컵케이크를 구워댔다. 아이들은 갈릭버터

바게트나 허니버터 바게트를 무지하게 잘 먹었다.

　내 어릴 적 엄마의 카스텔라 기계처럼, 이때쯤 유행한 카이젤 회사의 식빵 기계가 있었다. 우유랑 가루만 넣어 놓으면 반죽도 발효도 저 혼자 알아서 해서는 식빵을 한 통씩 만들어 내던 기계 덕분에 여러 가지 재료를 더해서 따끈한 식빵을 많이 먹었다. 물론 밤식빵도 많이 만들어 먹었다. 탁탁대며 반죽을 때리던 날개가 식빵 속에 푹 파묻혀 구워져 나와서 그 날개를 빼내고 먹어야 했다. 조금 기다리면 따끈한 빵을 먹을 수 있다는 신호인 양, 묘하게 설레던 탁탁거리는 소리였다.

　1998년 3년간의 육아휴직 기간이 끝났다. 자투리 몇 달이 있어 두 학교의 겸임교사를 하다가 1999년 나의 교사로서의 좋은 기억들로 가득하게 될 이곡중학교로 발령이 났다.

　나는 다시 학생들과 빵의 세계로 돌아온 것이다.

　그동안 나의 생각이 좀 바뀌었다. 내 아이가 생기면서 학생 하나하나가 모두 그들의 집에서는 보물 같은 아이라는 생각을 먼저 하게 되었다. '스승의 날 같은 건 건너뛰어도 학생의 날은 꼭 챙겨 줄 거다' 다짐도 했다. 학생의 날은 보통 날씨 좋은 가을날이라 희한하게 교육청에서 학교 감사가 뜨거나 연구수업이 있거나 그런 날들이 겹쳤었는데, 그래도 어떤 방법으로든 아이들을 위한 일을 한 가지쯤 해야겠다고 결심했다.

　보통은 피자를 돌렸다. 파리바게뜨로 대표되던 빵의 시대는 단조로와서, 그 위에 야채, 과일, 햄, 고기가 적당히 섞인 콤비네이션 피자로 아름답게 정을 나누던 인상적인 시대로 접어들었다. 이후로 피자는 많은 진화

를 하였다. 단지 빵 위에 여러 가지 토핑을 얹어서 주욱 치즈가 한 삼십 센
티 자의 두 배쯤 늘어나면 너무 좋아 씩 웃다가 한입 베어 먹는 시대가 지
나고 가장자리에 치즈를 한 번 감싸 둔 크러스트로, 고구마무스를 한 번
돌린 것으로, 치즈 디핑 소스에 푹 찍어 먹을 수 있도록 엣지를 치즈 가득
한 빵으로 만들어 놓은 것으로, 고기와 해물, 닭고기와 갈비의 반반피자
로, 그러다가 네 가지 맛의 콰트로피자로. 이 모든 건 우후죽순 생겨나던
피자집의 제살깎기 경쟁 때문만은 아니었고 좀 더 맛있게, 좀 더 특색있
게, 좀 더 여러 가지 맛을 보고자 하는 사람들의 기호 때문이었을 것이다.

마찬가지로 빵은 피자의 진화보다는 조금 느리게 따라가고 있었다. 조
금 더 맛있게 보이는 여러 가지 크림의 빵. 바닐라, 초코, 커피, 땅콩크림
을 골고루 넣어 보더니 한동안 잠잠해지고 이제 빵은 모양을 바꾸고 크림
의 내용만 바꾸어서는 안 된다는 걸 알았나 보다. 조금 더 원리적인 접근
을 하기 위해 몇몇 사람들은 꼬르동블루니 파티시에코스니 하는 과정으
로 빵의 본고장으로 공부를 하러 떠나기 시작했다.

맛난 케이크가 그 자리를 지켰다. 빵이 지지부진하던 시절 케이크는 이
제 좀 먹고 살 만해진 사람들의 기호식품으로 아이들의 생일에도 사 먹고
서로의 특별한 무엇을 축하하기 위해 등장했다. 한 판은 너무 커서, 한 가
지 맛은 너무 질려서 발 빠르게도 파리바게뜨는 조각 케이크를 등장시켰
다. 왜 한 판으로는 여덟 조각을 못 먹으면서 다른 맛들로는 여덟 개가 가
능하냐고. 그리고 드디어 골라 먹는 베스킨라빈스31이 등장했다 아이스
크림 케이크로 고급스럽게 서로의 행복을 축하했다. 물론 가끔 예기치 않
는 순수한 학생들의 초코파이 케이크에 감동 먹기도 한 행복한 시기였다.
따뜻했던 아이들 욱병, 승모, 승훈, 영훈, 민식, 성호, 현호, 정우, 성기, 성

준, 경호, 기형, 경수, 강이, 은이, 언혜, 혜리, 기연이, 은빈이, 가연이 들로
가득했던 시대, 언제까지 그 시대가 계속될 줄 알았다.

2002년 온 나라가 월드컵의 열기로 가득 차고 티브이에선 너무너무 이
상하지만 너무너무 끌리던 복수와 전경이의 이야기, 네 멋대로 해라가 방
송되었다.

나는 이곡중학교에서 마지막 해를 채우고, 다음 해 우리 집에서 더 가
까워 좋은 위치의 학교, 정반대 성향의 아이들을 만났다. 매일같이 벌어
지는 사건들로 매일이 힘들었다. 딱 교사 생활을 10년쯤 채웠을 때 그렇
게 나의 한 시대가 피자와 함께 끝났다.

10년쯤 전 포크와 나이프를 들고 우아하게 썰고 행복하게 접어 먹던 피
자는 10년 만에 동네 가게에서도 만들어 파는 흔한 것이 되었다. 아이들
의 축구공이 되기도 했다. 그리고 그 축구공이 학생들에 의해 내 입으로
억지로 넣어지던 날, 나는 아이들에 대한 신뢰감을 잃었다. 나의 능력에
의 신뢰감도 잃었다. 나 같은 사람이 교사여도 될까.

비가 오는 날이면 우산을 들고 온 동네를 쏘다니는 날이 많아졌다. 그
리고 내 눈앞에 미술학원이 있었다.
정말, 내 멋대로 해도 돼?

6. 오래 돌아온 마티스 같은

십 년쯤 경쟁을 거듭하다가 피자집들은 피자헛, 미스터피자, 도미노피자의 3파전으로 어느 정도 정리가 되었고 교촌치킨, BHC, 페리카나로 정리되는 치킨집들과 더불어 야식계를 평정하고 있다. 새로운 떠오르는 피자알볼로의 8색 피자는 아직 자리를 잡지 못했고 고급스런 이미지로 어필하고 있는 푸라닭이나 60계치킨도 아직 나머지 브랜드들을 따라잡지는 못했다(2020년 기준이다).

그때 미술학원으로 들어가 그림을 그리기 시작하면서 학교를 그만두었던 나도 아직은 나의 또 다른 세계를 완전히 만들지는 못하였다. 그러나 과정만으로도 나의 그림을 그리는 순간은 너무 행복하다. 역시 가장 좋아하는 건 직업 말고 취미로 하라는 말을 항상 마음에 담고 살아야겠다. 그러니 그림은 너의 취미라는 말에 속상해하지 않겠다.

그럼, 나의 직업은? 나는 대한민국의 주부이다. 누군가의 말대로 프로하우스키퍼 할란다. 그러나 네이버로 내 이름을 검색하면 서양화가로 나온다. 어쩌면 나는 겸업을 하고 있는지도 모른다. 생활비 받은 만큼 마음대로 쓸 수 있고, 내 집을 마음대로 꾸밀 수 있고, 내킬 때 아무 때나 여행 갈 수 있고, 아이들의 일에 목숨을 걸 수 있는 완벽한 예술적 주부라서 나는 내가 참 좋다.

2005년 티브이에선 현빈 씨와 김선아 씨가 적당한 한국 드라마의 포멧을 이용해서 재벌 2세와 그렇고 그런 평범한 집의 딸로 나왔다. 이름에 한이 맺힌 김삼순의 직업은 파티시에였다. 그녀의 무언가 찾아가는 과정이 그렇게 시작되었다.

나의 무언가 두 번째의 인생을 찾아가는 과정도 그즈음 시작되었다.

2000년대 디저트와 빵을 배우러 프랑스로 가는 사람이 많아졌다. 프랑스는 아무 빵 가게나 불쑥 들어가서 어떤 빵을 먹어도 참 맛있었다. 이후로 천연 발효종을 이용해서 물과 소금과 친환경 밀가루로만 빵을 만든다는 집들이 하나둘 생겨났다. 어디서 상을 받고 어디서 빵을 배웠다는 현수막들이 내걸리고 파리바게뜨는 잊히는 듯했다.

떡보의 하루가 생겨나고 조그만 포장으로 간편하게 먹을 수 있는 떡집도 많아졌다. 우유 빙수가 맛있는 설빙의 유행이 파도처럼 몰려왔다 사라졌다.

예전의 달달한 빵들은 점차로 사라지고 달지 않은 식사빵들이 많이 생겨났다. 따아나 아아와 함께 먹으면 가장 맛있다는 크로와상이나 스콘, 앙버터들은 굳건히 자리를 지켰고 깜파뉴, 치아바타, 무염버터 곡물빵 같은 것들이 많이 생겨났다. 밥의 자리를 빵이 빼앗았다. 물론 마들렌, 바움쿠헨, 휘낭시에 같은 구움 과자들도 많아졌다. 7천 원짜리 칼국수를 먹고 다시 만 원짜리 커피와 디저트를 먹는 게 당연해졌다.

이제 다시 가훈은 분식으로 바뀌어야 할 시대가 되었다.

동네 고급 빵집에선 커피를 팔고, 카페에선 그 모든 빵을 팔고 있다. 결국 '우리나라는 카페 공화국이다'라는 말이 생겨났다. 그리고 나는 그런 카페의 한쪽 갤러리에서 전시를 하기도 한다.

이제 나의 애정하는 빵집에 대한 얘기를 할 차례이다. 처음으로 얘기가 돌아가 바게트와 샌드위치가 맛있는 라봉봉제과점, 고구마빵과 카스텔라 가루가 토핑된 쫀득한 크림빵이 맛있는 데일리 랑스 브라운이 요즘 대구에서 주로 가는 빵 가게들이다. 서울집 근처에서 주로 가는 빵집은 뉴질랜드 천연 버터와 무농약 밀가루를 쓰는 민이네 식빵과 집에서 조금은 떨어졌지만 먹는 빵마다 맛나지 않은 게 없는 솔라스이다. 그리고 사람이 끊이지 않고 밀려 들어오는 사당역 파리바게뜨이다. 짐작조차 할 수 없는 파리바게뜨의 힘이다.

(미국 맨하튼, 프랑스 파리를 포함하여 2024년 10월 기준 글로벌 600호점까지 오픈하였다 한다.)

감자빵이 꽤 담백하구나 하고 먹었었는데 안 좋은 소식이 들리길래 이런 글을 시작하여 쓸 수 있었던 것 같다.

이건 마치 그림을 처음 마음먹고 법무 관련 서류에다 붓꽃을 그리던 마티스가, 붉은 양탄자와 아라베스크 문양과 아프리카 가면과 푸른 이카루스를 그려대던 마티스가, 말년에 방스지역 로베르 성당의 벽을 자연의 모습, 꽃과 잎의 단순화된 선 모양으로 장식을 하는 것과 같은, 찾고 찾았더니 파랑새는 우리 집에 있었네 식의 현실판이 아닐까 싶기도 하다.

오늘 예전 이곡중학교에서의 동료 선생님들에게 빵에 대한 얘기가 있냐고 물었더니 유땡 언니는 씁쓸한 커피에 어울리는 달콤한 빵들이 좋다 하였고 희땡 쌤은 어제 핸즈커피에서 산 초코와플에 누텔라 크림을 발라 먹은 사진을 보내 왔더라. 빵을 너무 좋아해서 빵 쌤이라는 별명이 있었던 친구는 갑자기 명퇴 신청을 했다는 소식을 전해 왔다. 나는 그 친구에게 드디어 한 세계의 껍질을 깨고 나옴에 대한 축하와, 더불어 은퇴 후 생활도 잘해 나갈 거라는 다독임을 함께 했다.

　결국 우리가 겪었던 빵의 이야기는 사람의 이야기이다. 하이데거의 예술론의 기원에 대한 얘기를 해야겠다. 예술가의 기원은 예술 작품이고 또한 예술 작품의 기원도 예술가이듯이, 빵이 마음에 따뜻하게 자리 잡게 된 건 그 빵을 사 먹으면서 함께 했던 사랑하는 내 아들들을 떠올릴 수 있어서였고 한때 나의 세계였던 가족, 학생, 동료들이 또한 함께여서였고, 빵 안에 나의 따뜻한 마음, 슬프고 기뻤던 기억이 한때 머물렀기 때문이었다.

　내일도 나는 아마 예전의 나와 다른 세계에서의 또 하나의 기억을 만들어 내게 되겠지. 따뜻한 아메리카노와 빵 하나를 들고.

*이 글은 2020년에 쓴 글이다. 안타깝게도 대구 황금역 근처의 데일리 랑스 브라운은 2024년에 없어졌다. 서울 이수역 근처의 솔라스는 2024년 르팡으로 바뀌었다.
(사당역 근처에 W베이커리라는 소금빵이 훌륭한 베이커리도 있다.)
글의 시작이 되었던 사당역 파리바게뜨는 이미 오래전 없어졌다. 이후에 베이커리 카페가 되었다가 이제 좋은 재료의 우유를 써서 아이스크림이 맛있는, 유명회사의 빵과 콜라보를 하는 프렌차이즈 카페가 들어왔다. 이후 빵의 역사는 계속 쓰여지고 있다. 2025년의 나는 봉덕동 화실에서 커피머신으로 내린 따뜻한 아메리카노에 근처 빵의 명장이 운영하는 베이커리에서 산 소금빵과 크림치즈가 들어간 담백한 빵들을 즐기고 있다.

저녁밥도, 과일도, 빵, 과자, 떡도 먹고
그러다 또 열두 시, 컵라면을 원샷하고
낼 아침 보름달 얼굴 어찌 보려 그랬냐

아아아 배부르다 큰일났네 이 밤에
오늘은 말아야지 맨날맨날 다짐하고
한가득 라면을 먹고 후회하는 아줌마

자지 말자 자지 말자 차라리 자지 말자
어떻게 내 결심은 하룻밤도 못 가나
그래도 배부르다고 배싯 웃는 오늘 밤

밖에는 달이 뜨고 안에는 라면 끓고
신랑 몰래 숨어 먹는 라면이 대낄이라
오늘도 열두 시 넘어 혼자 꼴딱 먹는다

기억 속의 내 밥그릇 언제나 반 그릇에
서러워 참다 참다 이제 와 오십이라
이윽고 다이어트는 물 건넜다 하더라

참아도 오십 킬로 먹어도 오십 킬로
뭣 때문에 나는 홀로 끊임없는 다이어트
걍 먹자 먹고 죽으면 때깔이나 곱거러

컵라면 한 그릇에 죄의식에 시달리다
모르겠다 무릇 나도 시인의 자식이라
평시조 일곱 단락을 내리 적고 자노라

1. 양배추 찜

우리 아파트의 지하에는 대형마트가 있고 워낙 없는 시대에 커서인지 크고 싱싱하고 비싼 것보다는 그것보단 덜 싱싱하더라도 노란 딱지가 붙은 저렴한 것에만 손이 가는 나는 슈퍼도 느지막이 가게 된다. 9시나 9시 반쯤 슬리퍼를 질질 끌고 가면 막 이제 오늘쯤 팔지 않으면 질이 떨어져 곧 폐기해야만 하는 신선식품 같은 걸 세일가로 진열해 놓는데 그것도 세 차례쯤 가격이 떨어져 50 프로나 70 프로 할인하는 그런 거, 그러나, 내가 반짝반짝 푸릇푸릇한 새 야채를 사서 '오늘은 반찬이 많구나, 내일 먹자, 내일' 하며 3일쯤 미뤄 놓은 정도의 질을 가진 것이 진열대에서 '이것 봐요, 나는 아직도 먹을 만, 푸릇해요' 하며 나를 기다리고 있다면 나는 주저 없이 기쁜 마음으로 집어 와서, 하루의 식탁을 풍성하게 하는데, 오늘의 당첨은 천원도 되지 않는 양배추였다. 가격 딱지가 서너 개 다닥다닥 붙어 있는 넘의 랩을 쫙 벗기고 막 색이 변하려 하는 단면을 깎아 내고 배추랑 달라 켜켜이 농약이 들어간다는 오래전 누군가의 조언이 떠올라 하나

하나 이파리 따로 분리해 씻고, 라라라. 횡재했다, 라라라.

하여튼 그걸 살짝 쪘다.

김이 막 올라오는 양배추 찜.

'이건 우리 상혁이 참 좋아하는데' 하는 마음이 또 첫 번째로 들었다. 양
념간장에 쌈 싸서 먹으면 단맛이 올라오는 그 맛을 얼른 보고 싶어 식탁
에 올리고는 갑자기 그 뽀얗게 올라오는 김에 초점이 흐려졌다.

아, 또, '그 시간이 떠올랐다', 그런 느낌. 기억 여행이 시작되었다.

어쨌건 겨우 자의로 행한 첫 번째의 독립. 나를 챙겨 주는 이 하나 없는
세계로 나갔을 때, 서울 원촌중학교 임시교사 시절, 1990년 그 학교는 특
이하게 교사들이 돌아가며 식대에서 재료비를 책정받아 일주일 식단을
짜고 식당 아줌마가 그 식단대로 밥과 반찬을 해서 식판에 배식받아 점심
을 먹었었다.

학생들은 도시락을 싸 와도 선생님들의 점심은 바로 근처에 적당한 식
당도 없었을 터고, 아마 급식이니 영양사라는 단어가 없던 시절이니 학교
급식이 보편화되기 전, 지리상 강남 8학군의 중간쯤에 위치했던 그 학교
나름의 교사 식단 해결책이었나 보다. 일주일간의 식재료비로 어느 날은
풍성하게, 또 어느 날은 저렴하지만 알찬 구성으로 만드는 것도 당번 교
사의 역할이었고, 마침 내가 쭈뼛거리며 출근한 첫날의 점심 메뉴가 양배
추 찜이었다.

지금보다는 학교생활이 조금 여유로웠던 시절이었다. '안녕하세요', 대
구의 억양이 섞인 촌스러운 임시교사가 한 명 왔으니, 누군가는 '잘해 봐

요’ 격려해 주고, 누군가는 ‘몇 번째 시간 비어요? 커피 마시러 오세요’ 해
주었다. 그리고 몇 시간이 지나고 ‘점심 먹으러 가요’ 하고는 이런 그 학교
만의 시스템을 잠깐 설명해 주고 식당에 갔는데, 아, 그날은 정말 찐한 양
념간장과 막 쪄낸 뜨끈한 양배추 찜이 선생님들을 반기고 있었다. 그 학
교 있었던 모든 날 중 유일하게 그날의 점심만 기억에 남는 이유는, 그리
고 삼십 년이 지난 지금까지 저 김이 폴폴 나는 것 앞에서 항상 추억에 잠
기는 이유는 그렇게 갈망하여 집에서 떠났지만 이제 혼자라는 너무 무섭
고 불안한 상황에서 그날 받은 사람들의 따뜻함 때문이었을 거다.

　동향이라고 ‘커피 드시러 오세요’ 해 놓고는, 막상 가니 손을 덜덜 떨며
달그락거리는 커피잔을 내밀던 영어 선생님도 계셨다. ‘어, 자기 거기 다
녀? 나 그 학교 나왔잖아!’ 반갑게 맞아 주던 과학 선생님. ‘최흐이영 선생
님’ 나를 희한한 발음으로 불러 주던 전라도 출신 과학 주임 선생님. ‘들장
미 소녀 캔디’ 만화에서 바로 튀어나온 거 같은 굵은 뽀글머리를 등허리
중간까지 기르고, 큰 눈과 큰 입으로 웃어주던 옆자리 선생님. 자기는 어
떻게 치아까지 가지런하냐며 이뻐해 주시던 여자 교감 선생님. 조용한 인
사를 건네시던 체육 선생님. 이름은 다 까먹었지만 고마운 분들. 양배추
찜 하나로 다 생각나는 날이다.

2. 고구마

1990년 내가 스물네 살이던 때 임시교사를 하던 원촌중학교 근처에는 고속버스터미널도 있었고 뉴코아백화점도 있었다. 서울의 학교는 꽤나 자유스런 분위기였는데, 내 경우는 학교 퇴근 후 대학원 수업을 가야 했었다. 공립 중학교의 특성상 교사의 공부를 싫어하지 않았다. 교육대학원인지라 오후나 저녁에 수업이 있어 학교가 있는 신촌까지 가야 했었는데 그 수업에 늦지 않으려면 퇴근 시간보다 한두 시간 일찍 나올 때도 많았다. 일주일 중 회의가 있는 날만 제외하면 과학실로 출근하고 과학실에서 바로 퇴근할 수 있어서 꽤 자유로웠다.

학교 정문에서 지하철역까지의 길은 가을엔 낙엽이 쫙 깔린 길이었는데 그 바삭바삭한 낙엽을 조금 더 밟고 가려고 가로수 밑으로만 걸어 다녔었다.

공립학교로 발령이 나기 전이었고, 이전에는 사립고등학교와 재수학원의 강사 경험밖에 없었던지라 학교에서 선생님들과의 교류에 사실 익숙하지 않았었다. 공부하면서 일도 하는 상황, 끊임없는 시험과 과제와 학교 일에 마음이 여유롭지 못했었다. 그럭저럭 시간이 지나고 공강 시간에는 과학실의 다른 선생님들과의 몇 번의 수다도 있었지만 주로 교과에 관계된 토론이 주제였는데, 예를 들자면, 기억에 남는 한 가지는 검전기의 양전하와 음전하의 분포 변화, 그에 따른 검전기의 변화, 그 이유에 대해 명확히 설명할 수 있는가, 이런 걸 주로 토론했었다.

지금도 그렇듯이 임시 교사에게는 정규 선생님들이 먼저 학년과 반을 배정받고 난 후 남은 시간을 몰아주는 때여서 나는 중학교 1, 2, 3학년 물상과 생물, 골고루 3개 학년, 다섯 과목을 맡게 되었다. 그러니 과학과 선생님들 중에서 일도 제일 많았고 교재 연구도 가장 열심히 했다. 그리고 나의 공부도 해야 해서 정신이 없었다. 그럭저럭 한 학기를 마무리했고 대학원 학기말 시험도 마무리했다. 졸업 자격 시험도 치렀다.

1990년 가을에는 국립대학교 사범대 졸업생들의 공립학교 발령이 헌법재판소에서 위헌으로 결정이 났다. 전국의 사대생과 졸업생들이 서울대로 몰려와서 노숙을 하며 시위를 하던 때이기도 했다. 내일의 상황이 어찌 될지 모르는 상황이어서 학기가 마무리되면 일단 대구로 복귀하고 시대 상황을 함께 대처해야 하던 어수선한 때였다.

그러니 오늘 학기 마지막 날이 끝나면 내일 기차를 타고 대구에 내려가야 하는 날, 갑자기 아침 교무회의에서는 그동안 원촌중학교에서 근무했다고 나에게 마이크가 넘겨지고 깜짝 놀라서 어버버 인사를 끝내고 마지막 수업을 들어갔다 왔다. 학생들도 하교를 했고, 과학실 나머지 쌤들은 잠시 백화점 갔다 온다고 나가 버렸다. 혼자 남은 나는, 음 저 사람들은 좋겠다, 발령 걱정도 없고 방학 때 집에 그냥 있으면 내년에 또 그냥 학교에 근무하면 될 그들의 상황이 부럽기도 했다.

잠시 후 쌤들이 외출 다녀와서 간식을 사 왔다고 나를 막 불렀다. 겨울이었으니 백화점 지하에 갔더니 이거 팔더라면서 고구마 맛탕을 꺼내놓는 것이다.

사실 나는 달콤한 음식을 크게 좋아하지 않았었는데 큼지막하게 자른 고구마 맛탕을 왼손 오른손 하나씩 잡으랜다. 쌤들은 굉장히 빨리 먹으면서 나를 챙겨 줘서 막 웃으면서 쌤들의 얘길 들었다. 아직까지 기억나는 아줌마 선생님들의 압력밥솥으로 고구마 맛탕을 잘 만드는 법 강의가 시작되었다. 열심히 먹으면서 이렇게 떠드는 거 오늘이 마지막이구나 싶기도 했다. 그런데 갑자기 쌤들이 최희영 선생님 오늘 끝이지 하며 선물을 내놓았다. 아무도 챙겨 주지 않은 한 학기를 보내면서 몸과 마음으로 힘들었던 와중에 양손에 맛탕을 쥐여 주고는 이문세의 음반 선물까지 주다니 나는 갑자기 코가 시큰해졌다.

입에 고구마를 잔뜩 물고 양손은 고구마를 들고 가슴엔 LP판을 안고 "뭐예요 이거 사러 나갔다 오신 거…?", 고개를 푹 숙이고 우물우물 말하고는 그야말로 엉엉 소리 내어 울어 버렸다.

가관이었는지 '최흐이영 쌤 아직 애기'라며 과학주임 선생님은 나가시고 이화여대 선배님은 특유의 높은 톤의 목소리로 '괜찮아, 괜찮아, 울지 마' 하셨고 이라이자 머리의 옆 책상 선생님은 푸근하게 어깨도 두드려 주시고 나에게 그런 기억의 음식이다.

고구마!

시장엘 다녀왔다. 한 판 구워야겠다.

잘들 지내시겠지.

3. 시래깃국

　근래에 끝난 산후조리원이란 드라마는 나는 비록 아이를 낳고 산후조리원을 들어가진 않았어도 내가 했던 고민과 출산 직후에 느꼈던 감정들이 그대로 다 들어 있었던 드라마라서 공감도 되고 웃기기도 해서 무슨 일이 있어도 채널을 사수했었다. 다른 채널에서 하는 또한 재밌었던 드라마는 녹화해서 나중에 보고, 무조건 산후조리원 봐야 된다고 강력하게 주장했더니, 신랑이 재미없다면서도 꾸역꾸역 같이 보기는 하지만 공감은 하나도 못 하는 거였다.

　아 왜 저걸 모르지? 저 감정이 뭔지 모르다니…

　하여튼 한때 영어 회화 선생님이었던 케이티가 나에게 지어준 별명대로 드라마퀸으로 살았던 몇 주간이었다.

　아이가 태어났다. 어떤 면에서는 세상의 어른들이 강하게 권유하여 한 결혼이었으며, 양쪽 어른들의 강한 권유로 가진 아이였다. 경북대병원에서 가장 건강하고 큰 아이로 태어났다. 머리도 가장 큰 아이로. 의사 선생님이 그러셨다. 머리가 10센티가 넘으면 제왕절개로 아이를 낳아야 한다고. 아이가 예정일보다 3주 먼저 신호를 주었다. 머리 지름 9.8센티인 아이가 자연분만으로 태어났다.

　전날 수업 시간에 갑자기 배가 아파 교탁을 거머쥐고 수업을 했다. 학생들은 갑자기 선생이 수업 진행을 하지 않고 찡그리니 화가 난 줄 알았나 보다. 한마디도 하지 않았는데 학생들이 조용히 하였다. 잠깐 아프고 말길래 그래, 아직 3주나 남았는걸, 근데 좀 다르게 아픈데 이게 뭘까 했다. 수업이 끝나고 행정실에 잠시 들렀다. '혹시요, 갑자기 애기를 낳으면 어떡해요? 전화 연락만 하면 될까요? 아니겠지요? 아직 3주나 남았어요' 했다. 집에 가서는 혹시 진통일까 봐 청소를 했다. 화장실 청소도 하고 욕조도 닦았다. 밑반찬도 몇 가지 만들어 놓았다. 새벽에 또 진통이 와서 신랑을 깨웠다. '아니겠지? 이렇게 빠르진 않겠지만 10분 간격으로 배가 아파. 근데 또 안 아프기도 해.' 출산이라고 생각은 못 했지만, 병원에 갔다. 응급실로 들어가서 산부인과 진료 전 레지던트 선생님을 기다리며 복도에 서 있는데 아저씨 한 분이 지나가며 물었다. '아가씨 몇 시쯤 됐어요?' 배가 아파 으윽 소리를 내면서도 '아가씨'라는 단어에 좋아서 방긋 웃으며 '3시 40분이네요' 대답했다. 의사 선생님이 진료하더니 '진통 맞아요, 시작입니다' 하였다. 바로 입원하고 다음 날 낮까지 진통 후 아이가 태어났다.

나는 신기했던 마음과 더불어 산후우울증으로 마음이 찢어진 걸레 같아졌다.

어른들이 육아에 도움을 줄 수가 없다 하셨다. 시어머님은 '너희 애만 봐주면 형제간에 의가 상한다'라는 말씀으로, 친정어머니는 '네 인생은 네 인생, 내 인생은 내 인생, 서로 피해 주지 말자'라는 말로. 아, 큰일 났다 싶었는데 첫 발령지 경혜여중에서 같이 근무하던 과학 주임 선생님이 '최쌤, 애기는 누가 봐?' 가장 현실적인 질문과 함께 소개시켜 주셨던 베이비시터 할머니가 우리 집에 오셨다.

아이가 잠을 안 잤다. 밤에 스무 번씩 깼다. 시어머니는 너 곧 출근해야 하는데 힘들게 모유를 먹이지 말라고 권하셨다. 스물일곱 살의 나는 철이 없게도 아이에게 모유를 먹이는 엄마들의 모습이 엄마 소나 엄마 돼지 같아 보여서 얼른 '그럴게요' 하였다. 아이가 내가 낳은 사람 같지 않아 보였다. 이게 좋은 건지 아닌지, 아이가 귀여운지 아닌지, 나는 똑바로 앉지도 못하고 이게 뭔가 싶었다. 처음에는 시어머니가 한 달 정도 봐주셨는데, 기저귀도 못 갈고 시어머님이 나갔다 들어오시면 '애가 똥 쌌어요. 왜 인제 오세요' 울음만 났다. 아이가 앉지도 못할 때 하도 차만 타면 멀미를 하길래, 해님 달님 얘기를 해 주었다. 말도 못 알아듣는 아이가 울지 않고 얘길 듣고 있었다. 몇 달이 지난 어느 날 물컵에 비친 자기를 내려다보며 씨익 웃으며 '호랑이!' 하였다. 가슴이 쿵 떨어졌다. 설마 해님 달님 이야기를 기억하는 건가? 아이가 이유식을 하고 점점 말을 알아먹고 내 얘기에 대답하고 조물조물 형용사가 섞인 문장으로 말했다. 그리고 우리 할머니 이름은 배옥란이라고 아이가 말했다. 베이비시터 할머니였다.

'상혁아, 하늘 봐, 엄청 파랗다 그지?' 하면 겨우 10개월쯤 된 잘 걷지도 못해 계단에 앉아 있던 아이는 '파란 하늘에 흰 구름이 둥실 떠 가요' 하였다. 마침 집 근처 아파트 모델하우스에서 12간지 동물 주제의 그림 전시를 하고 있길래 안고 가서 '이건 소다, 그지? 이건 닭이다, 그지?' 하면서 '우리 상혁이는 닭띠잖아' 했는데 이후엔 '상혁이 무슨 띠?' 하면 '닭띠!' 냉큼 대답하여 온 가족에게 웃음을 주었다. 오, 우리 사랑스럽고 똑똑한 아이, 이제 나의 가장 멋진 말벗이 생긴 것이다.

그리고 배옥란 할머니. 젊을 때 남편과 사별했다는 할머니는 경북대 근처에서 하숙을 하며 아들 셋을 반듯하게 키우셨다 하였고 상혁이를 자신의 손자처럼 귀여워해 주셨다. 그리고 나를 딸처럼 봐주셨다. 하숙집을 한 경력으로 음식솜씨가 좋으셔서 밑반찬은 물론이고 아이의 반찬과 동태찌개, 생선조림 같은 신혼의 나에게는 어려운 반찬 만드는 법도 많이 배웠다. 평일엔 할머니가 반찬을 해 주시고 토요일엔 퇴근 후에 내가 해서 서로 나눠 먹곤 하였다. 손재주가 좋아 음식을 잘한다고 칭찬도 많이 해 주셨다.

아이는 배옥란 할머니의 손맛으로 키워졌다. 시래깃국을 끓여서 밥을 말아 생선구이를 하여 아이에게 먹여 주셨다.

청방배추로 김치도 담아 주셨다. 엄마보다 더 엄마 같았다.

이후에 나는 둘째 승혁이를 임신하여 휴직을 하고 할머니는 자기 친손자를 봐야 한다며 우리 집에 그만 오시게 되었을 때, 마지막으로 우리 집을 나가시며 막 우셨다.

둘째 승혁이를 낳을 때 포항까지 오셔서 산후조리를 해 주셨다. 갓 태어난 승혁이를 안고 '희한하다, 얘가 왜 나를 닮았을꼬' 하셨다. 같이 살 땐 우리랑 가족이었지만, 이후에 친손자를 보러 가시고는 가끔 전화 통화만 했다. 부산으로, 서울로 발령이 나서 아이를 키울 사람이 없다던 큰아들네로 가시고 한참 있다가 소식이 끊어졌다.

그분, 할머니 생각으로 재작년 수소문을 했다가 몇 달 만에야 소식을 들었다. 우리 상혁이를 그렇게 예뻐해 주시던 배옥란 할머니는 내가 애타게 찾던 바로 그 몇 달 전에 돌아가셨다 했다. 한동안 띵했다. 돌아가시기 전에 상혁이 소식을 궁금해하셨단다.

오늘 시래기 된장국을 끓였다. 배옥란 할머니가 가르쳐 준 음식이다. 아주 오래 생각이 날 분이다.

4. 잠봉뵈르

커피가 떨어졌다. 마지막 콜롬비아 원두를 탈탈 털어 갈아서 내리며 '오늘은 무조건 사야겠구나' 했다. 귀찮아서 제일 간단한 옷으로 바지 슥, 티슥, 파카 슥, 슥슥슥 세 번 만에 옷을 입고 마스크 휙 쓰고 내가 제일 좋아하는 맛의 원두를 파는 카페로 갔다. 호랑이 빵집은(예전의 디스커버리 카페) 빵도 맛있고 커피도 종류가 다양하지만 내가 먹는 커피는 늘 '노르웨이의 숲'이다. 디스커버리 카페에서 블렌딩한 콜롬비아커피가 많이 들어간 부드러운 맛이다. 아주 연하게 뜨거운 물을 붓고 만들면 끝맛이 고소하고 달달한 향의 달고나 맛이 쌰악 나는 그 커피는 못 끊을 거 같다. 하여튼 커피 원두를 한 봉지 사고, 이 카페의 좋은 점은 원두를 사면 아메리카노 커피를 또 한 잔 주는 거다. 그걸 기다리며 이번엔 빵을 스윽 훑어 봤지.

냉장고 안에 '어, 어! 저거 뭐지?'

'〈그것〉이다!'

둘째가 태어나고 백일쯤 된, 그러니까 나는 몸이 원래대로 돌아가지 않은 물컹하고 삐걱이는 상태였으나, 다행히 3년 육아휴직 중이었던 때라 시간이 그나마 자유로웠던 때였고, 그래서 아이 아빠의 프랑스 리옹에서 열리는 학회를 핑계 삼아 여행이 가능했던, 인터넷은 없었던, 그래서 파리와 리옹과 샤모니까지 가게 될 줄은 생각지도 못했던, 현지에 도착하고서야 우리 그럼 프랑스에 온 김에 어디도 가 볼까 무거운 가방을 끌고 기차를 갈아타면서 시간을 길에 질질 흘리면서 여행하던, 그때의 그것.

리옹에서 학회 후 리옹 시장님의 리셉션 파티가 있었고 나는 거기서 그나마 만만하게 보이던 바게트 샌드위치를 하나 손가락으로 픽해서 먹게 되었는데 소스도 없이 바게트, 햄, 버터, 치즈가 다였던 그 샌드위치가 얼마나 맛있었는지, 그 스탠딩 파티 장소에서 붉은색 실크 원피스와 등에 구멍이 빵빵 뚫린 역시 붉은색 숏 자켓을 입고 그 샌드위치를 거푸 두 개나 마구 먹었는데 돌아와서 살면서 그 맛의 샌드위치를 다시 먹고 싶어 숱한 빵집의 바게트를 찾아 헤매고 다녔었는데 바로, 그 맛이었다.

그때가 1996년이었으니까 25년 만에 '잠봉뵈르'를 다시 먹었다. 잠봉뵈르가 프랑스에서 먹었던 빵이 맞나 싶어 인터넷 검색을 해 봤다. 프랑스 국민 샌드위치란다. 맙소사, 그동안 이걸 몰랐다니!

글치, 잠봉뵈르로 검색했으면 될 걸 맨날 바게트 샌드위치로만 찾았으니 헤매기만 한 거다.

맛있다. 하나 다 먹었다.

이제 나는 라지 샌드위치 하나에 기억도 크게 한 조각, 그러니 뭔가 한 마리 잡아먹고 배가 불러 헉헉거리는 호랑이가 된 거 같다.

5. 홍합탕

지금도 물론 맛나지만 경제적으로 뭔가 부족했던 시절에는(아, 하기야 이 말은 우리 세대보다는 부모님 세대가 더 어울리기도 하겠다. 전쟁이 끝난 지 십여 년밖에 안 되어 결혼을 하고 아이를 가진 부모님 세대와 그들과 60년대, 70년대를 함께 살아낸 우리들도 근검, 절약이라는 말이 몸에 배었었다. 따로 이유식이나 아동식이란 걸 생각한 적 없는 그들의 자식으로 태어났으니, 그들의 식성을 닮을 수밖에 없지 않은가?) 여름에는 수박 한 덩이에 기뻐하고 겨울에는 호빵이나 혹은 마치 훌륭한 요리 같은 홍합탕에 그렇게나 열광했다. 사실 청양고추 몇 조각 송송 올려진 홍합탕이나 조개탕이 얼마나 시원하고 구수한지 생각만 해도 침이 고인다.

지금은 동네 횟집만 가도 서비스 안주로 나오는 홍합탕인데 그때는 즐비했던 수성못 포장마차나 우리 세대조차 잘 가지 못했던 제주도쯤 가서 아이들을 턱 하니 무릎에 앉히고 부자처럼 풍성하게 찜통 가득 올라온 새카맣고 반들반들한 조개산을 보며 저거 사 줄까? 엄마 아빠는 네가 원하는 거라면 뭐든지 주문할 수 있어 식의 표정으로 말했지만 사실 풍성한 껍데기가 공갈빵 같은 거라는 걸 알고 있었다. 짭짤하고 뜨끈한 홍합탕 한 냄비를 마주 보고 까먹고 껍데기로 국물을 퍼먹고 햐, 이 맛이야, 감탄했었다.

맛도 맛이지만 껍데기로 국물을 떠먹을 수 있는 놀이 같은 먹거리라 겨울철 간식으로 참 훌륭했는데 생각해 보면 그 홍합을 한 자루 사면, (옛날에는 많이 줬다, 정말 감당 못 하게 한 바가지 퍼 줬다.) 사실 요즘보단 껍데기도 단단하고 해초 같은 끈으로 서로 줄줄이 연결되어 있어서 새댁이었던 나의 손아귀 힘으로는 다듬기가 여간 힘든 게 아니었는데 그렇게 다듬어 한솥 끓여 내어서는 아파트 관리실에도 한 그릇, 우리 아이랑 비슷한 또래가 사는 옆집에도 한 그릇 퍼 주고도 아이들 밥도 말아 주곤 했었다. 세어 보면 알맹이 몇 알 되지도 않는 걸 나눠 드리고 뿌듯했었다.

하여튼, 그 홍합탕이 우리만 좋아한 음식은 아니었나 보다.

내가 대구에서 첫 발령 난 학교는(그때는 그랬었나, 요즘은 급식이 되니 그런 일이 잘 없었는데.) 선생님들이 꽤 가족같이 지냈었다. 발령 나자마자 석 달 만에 결혼을 한 나는 포함되지 못했지만 처총회 모임도 있었다.

(아, 첫 발령 전에 잠시 임시 강사를 하던 학교에서는 선생님 한 분이 작은 평수의 아파트를 샀다고 학교 전 직원을 초대하고 방마다 상을 펴 놓고 집들이를 하던 그런 시절이기도 했다. 세상에 보기만 해도 겁나던 손님 치기를 그 집주인 선생님 내외는 어찌나 잘 치러내던지 그리고 그 선생님이 우리 이번 친목회 여행은 서울 나이트로 갑시다 하면 속으로는 미쳤다 했지만 무조건 '좋아요' 박수 쳐야 하던 시대였다. 물론 그 선생님의 핑계는 서울의 어느 물 좋은 나이트였지만 가는 길에 미술관과 조각공원과 63빌딩도 돌아보는 아주 괜찮은 코스였다.)

또 얘기가 옆으로 샜다.

비록 공립학교였지만 이느 날은 그 가족 같은 분위기가 확 드러나곤 했었는데 발령 2년 차인 내가 1학년 담임을 하고 있던 때였다. 똑똑한 상미가 우리 반 반장이었고 마침 학모 한 분이 상담을 오신 날이었는지라 나는 수업 후 과학실에서 그 엄마를 만나 아이의 학교생활 얘기를 했는데

이 엄마가 상담 시간이 끝나고도 한참 다른 얘기를 하며 집으로 가시지를 않는 것이었다. 지금 생각하면 아줌마 수다를 이해할 수 있지만 그때는 엄청나게 속이 탔다. 왜냐하면? 아, 그때 할 일도 많았는데 수업을 7교시까지 하고, 그래서 일할 시간도 충분치 않았고, 그날따라 선생님들이 가족처럼 분위기가 화기애애했는지라 어느 남자 선생님이, 지금의 대구문화예술회관 근처에 있었던, 우리 학교 인근의 수산시장에 가서 홍합을 엄청나게 사 오셨다는 얘기와 더불어 방과후 가사실에서 홍합탕을 끓였으니 선생님들 모두 오셔서 맛있게 드시라는 안내방송도 있었던 날이었다.

아, 저기 가서 선생님들이랑 웃으며 그거 한 그릇 먹어야 하는데, 이 학모는 속 타는 내 마음을 아는지 모르는지 가지도 않고 얼마나 오랫동안 아이 얘기를 했는지, 또 그때만 해도 임용이 된 지 얼마 되지도 않았던 때였고 교사의 열정이 넘쳤던지라, 아이 얘기를 하면서 머리로는 홍합탕이나 생각하고 있었다니 그게 아니라, 오히려 내가 아이 얘기에 더 열의를 가졌었는지도 모르겠다. 여튼 상담이 끝나고 보니 퇴근 시간도 지나있었다.

지금이라도 가 볼까? 2층 과학실에서 가사실로 가는 복도에서 올라오던 과학 보조 선생님을 만났다. 최희영 쌤 아직 안 갔었나? 우짜노, 우리 벌써 다 먹어 버렸는데, 지금 가면 정리까지 다 했을걸, 하였다. 힝힝 학부형이 인제 가셨어요. 나도 먹고 싶었는데 하며 그냥 집으로 퇴근할 수밖에 없었지. 너무했다, 일을 하나도 못 했네, 집에 가서 라면이나 하나 먹어야겠네, 어쩌고 했다.

두둥, 일은 그다음 날 터진 거다. 출근을 했는데 다들 노랗다. 아침 자습 감독 들어가기 전에 커피를 한잔 마시겠다며 과학실로 갔는데 과학보조 쌤이 '최희영 쌤은 괜찮나?' 한다. '뭐가요?' 했더니 뒤이어 남자 과학부장 선생님 들어오셨다. '아이고, 난 죽을 뻔했어요' 하셨다. '왜요? 무슨 일이에요, 쌤들?' 했더니 나를 도리어 이상하게 쳐다보신다.

그랬다. 총각 선생님이 새벽 일찍 수산시장에 가서 홍합을 사 와서 하루 종일 놓아 두었다가 제대로 씻지도 않고 오후 4시쯤 가사실에서 끓인 거다. 맙소사, 온 학교 직원들과 선생님들이 그 홍합탕을 같이 드시고 같이 식중독에 걸린 거다. 가족 같은 날이었으니까. 어제 퇴근하자마자부터 아침까지 계속 토사곽란에 시달렸다며 한숨 잠도 못 잤다며 결근하고 싶었는데 방송까지 해서 온 직원을 불러 모아 다 함께 먹었으니 누군가 결근을 하면 대신 강의할 수 있는 선생님도 없었고, 그래서 다들 밤새 아파서 기진맥진이었어도 기어서라도 학교에 오신 거였다. 전날 내가 마음 속으로 계속 너무하다며 어쩜 퇴근 때까지 계속 상담을 하냐고 구시렁거리게 했던 그 학부형 덕에 나 혼자 멀쩡했던 거였다.

이후 홍합탕만 보면 항상 그때 생각이 난다.

여름이면 제일 시원했던 1층 교무실 온도가 39도씩 올라가고 4층 교실은 창문을 다 떼고 수업하고, 학교 바로 옆에 있던 골프연습장을 보면서 우리랑은 관계없는 운동이라 생각했던 학교, 봄이면 학교 뒷산에 올라 산딸기를 따 와서 과학실에서 설탕 넣고 잼을 만들어 먹던 곳, 별것도 아닌 일로 교칙이 이렇고 저렇고 우리 반 아이가 교칙을 어떻게 어기고 어떻게 했다며 까다롭게 따지던 상담 선생님을 보며 '선생님, 우리 반 학생 꾸중하지 마세요' 했던 곳, 그 상담 선생님이 놀라서 '최 쌤, 나랑 얘기 좀 해요' 하시는데 '싫어요, 저는 쌤이랑 얘기 안 할래요, 그 문제는 교칙이 너무 빡

빡하고 잘못되었다 싶고요, 그래서 저는 상식적으로 틀리지 않았는데 선생님이랑 얘기하면 항상 제가 틀린 게 되기 때문에 쌤이랑 얘기하기 싫어요'라며 까불던 어린 날, 나의 경혜여중 교사 시절이었다.

(아, 지금 생각하니 헌법재판소도 있는데 왜 교칙은 처음 정해진 대로만 몇십 년 계속 유지되는가. 시대에 맞게 수정되어야 하지 않는가. 교장 선생님들은 시대 반영을 해야 하지 않을까. 그래서 이후 시대에 학교 운영 위원회가 생겼나?)

그날의 풍경

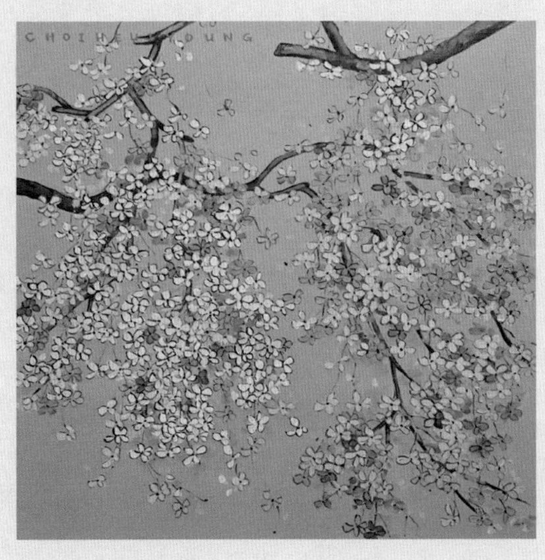

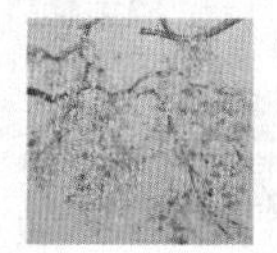

이 새벽에 티브이를 보다가 재방송이겠지만 맛있는 녀석들에 밤식빵이 나오는 거야. 공부하다가 이제 온 상혁이한테 밤참을 좀 먹으라고 음식을 차려 주고는 옆에서 티브이를 보면서 '밤식빵은 리치몬드 과자점이지'하고 중얼거렸어.

1990년 대학원을 다니며 마포경찰서 맞은편 고려 아카데미텔이란 곳에서 살았는데, 그 마포경찰서 바로 옆에 빵집이 하나 있었고 밤이 다다다 엄청나게 박힌 식빵을 사서 주말 이틀 내내 그거 뜯어 먹고 살았던 게 내 머리엔 참 좋았던 기억으로 남았었거든. 언젠가 한참 전에 리치몬드 과자점이 없어진다는 뉴스를 본 듯해서 '거기는 아닐 거야, 벌써 없어졌을걸' 했는데 인터넷으로 성산동 ㄹ빵집을 검색하자마자 어머나, 거기가 맞는 거야. 마포경찰서 옆에 있던 리치몬드 과자점이 성산동으로 이사했고, 그리고 거기 말고 두 군데 매장을 더 운영한다고 되어 있었어. 갑자기 말이야, 내 입맛과 기억이 맞아떨어짐이 너무 신통하고 뿌듯해졌어.

누가 거기 아니라고 한 것도 아닌데, 맞잖아, 정말 맞네, 으쓱하면서 괜히 공부하고 온 아이에게 1990년 내가 알아낸 맛이었는데, 그 빵집에 관련된 기억을 하나둘씩 끄집어내며 중얼거리게 된 거야. 밤식빵에 밤이 그만큼 많이 박혀 있을 수도 있다는 것도 그때 알았고 서울에서는 빙설이라 하지 않고 빙수라고 하는 것도 이 집에서 배웠고 임시교사를 하던 직장에서 퇴근하며 버스에서 내려 일부러 길을 건너가서 빵 사 오던 이야기, 오피스텔 뒤쪽에 있던 언덕 위의 시장에 가서 '아주머니 정구지 한 단 주세요' 했다가 이것은 '부추'라고 배웠던 얘기들이 막 쏟아졌지.

아이는 이미 자기 방에 들어가 또 공부를 시작했는데, 그때부터는 나 혼자 중얼거렸어. 마치 오래 산 노인네같이 희미해진 눈이었겠지. 1990년 그해 겨울 서울에서 얼마나 눈이 많이 왔는지, 대학 동기들이 마포 근처에 놀러 와서 연락이 왔길래, 오피스텔 바로 밖에 나갔는데 걸어가는 내내 내 팔이 내 눈에 안 보였다는 스스로도 믿지 못할 기억. 이 새벽에 오래 숨어 있던 기억들이 막, 막, 튀어나왔지. 그때도 새벽 두세 시 정도까지 라디오 듣느라 잠을 이루지 못했어. 다음 날 아침 출근하려면 7시쯤 버스를 타야 하는데 그 시간 못 맞출까 봐 마음이 동동대면서도 라디오에 나오는 노래가 좋아서, '한 곡만 더 듣고, 조금만 더 듣고' 하다가 라디오도 못 끄고 툭 잠이 들었다. 새벽에 지직거리는 소리가 알람인 것처럼 깨서는, 빨개진 눈으로 가을날 아침에 일찍 버스에서 내려 원촌중학교에 걸어가는 길, 노란 단풍들이 낙엽이 되어 떨어져 있는데 일부러 그 와삭거리는 느낌이 좋아서 낙엽 위로만 콩콩거리며 뛰어갔었던 기억, 대학원 덕분에 조금 일찍 퇴근하고 신촌으로 쫓아가던 기억, 그즈음 서울에서 처음 피자를 먹어 보았다 등등. 아 기억은 시간을 거슬러 올라가는구나. 저 힘찬 연어들처럼. ^^

아, 그리고 애석하게도 지금은 고인이 된 우리 진외오촌 아저씨도 떠올랐다. 나랑 동갑이어서인지 유달리 나에게 잘해 줬던 수현이 아저씨를 떠올리면, 홍대 작곡과에 다니던 아저씨가 속한 밴드팀이 함께 참여하던 김기덕의 두 시의 데이트 라디오 공개방송도 떠오른다. 공개방송은 삼풍백화점 야외공연장에서 있었고, 거기로 놀러 오라는 수현이 아저씨 말에 마침 근무했던 학교 근처여서 토요일 수업이 일찍 마치는 날 예쁜 옷을 차려입고 갔었는데, 공개방송 녹화가 끝나고 어쩌다 보니 엘리베이터에 수현 아저씨, 김기덕 씨, 나, 세 명이 탔었다. 평소에는 라디오에서만 듣던 목소리가 좋은 김기덕 씨를 쳐다보았는데, 카페 라테 같은 목소리의 김기덕 씨가 '이 아가씨는 수현 씨 애인인가' 했었다. '아닙니다, 조카입니다' 하던 수현이 아저씨의 목소리도 대조적으로 떠오른다.

(그런 색다른 경험을 하게 해 준 수현이 아저씨는 꿈꾸던 마에스트로는 되지 못하고 내가 대구에서 결혼하고 얼마 안 된 때, 젊은 나이에 돌아가셨다는 소식을 들었다.)

근무했던 원촌중학교에서 첫눈 오는 날, 다들 운동장으로 뛰어나가던 기억도 있다. 건물 밖은 온통 흰색이었고 컴컴한 복도에는 밖으로 빨리 나가려고 가득 찬 학생들이 있었고, 그중 누군지도 모르는 학생 하나로부터 기습 볼 뽀뽀를 당했다. 그리고는 바로 뛰어나가던 그 아이의 만화 같던 뒷모습, 우리 과학과 선생님들의 푸근함, 비가 많이 오는 날 집이 물에 잠겼다고 밤새 임시거처에 있다가 구제 물품이었던 옷을 입고 슬리퍼를 끌고 출근하신 남자 선생님도 기억난다. 비 오고 눈 오고 첫 뽀뽀를 당하고 그런 날에도 여지없이 들른 리치몬드였다.

오랜만에 라디오를 들으며 자야겠다.

그때 나는 스물네 살이었다. 겨우 라디오 듣고 낙엽을 밟고 공부하고 일하고 뛰어다니던 그때가 그렇게 좋은 나이였다니.

* 이 글을 페이스북에 쓰고 며칠 있다가 나의 대구에서의 교사 시절 가장 특별한 기억을 안겨 줬던 애제자 정우가 나에게 얘기도 않고, 리치몬드에서 빵을 주문해서 보내 줬더라. 아침에 택배가 와 있길래 이상하다, 나는 아무것도 주문한 게 없는데 했다가 갑자기 보낸 사람보고 찡했고 리치몬드 빵을 보고 쿵쾅대며 마음이 울리더라. 내 추억의 일부였던 제자가 젊은 날의 나를 생각해 주고, 또 하나의 추억을 선물해 주는 거 같아서 너무 행복했었다. 그러니 오래 마음으로 좋아할 수밖에 없는 아이인 거지. 그렇게 복이 많았네, 내가.

도서관에 책을 빌리러 갔다가 입체 책이 전시되고 있길래 잠시 봤는데 잠시 아이가 된 듯 너무 흥미로웠다.

이런 책을 내가 언제 처음 봤더라? 생각해 보니 초등학교 5학년 때쯤 자의식이 조금 생길 때쯤이었나. 가지고 싶어도 가지고 싶다고 얘기하면 안 된다는 걸 너무 뻔히 알게 되는 나이. 같은 반 아이의 생일파티에서였던 거 같다. 별로 친하지 않았는데 나는 공부를 좀 잘해서 초대되었었나 보다. 뭐 우리 집이야 보편적이었고 그때 아버지가 병원을 하셨던 그 아이의 집은 아주 부잣집이었는데 그러니 우리 시절에 생일파티씩이나 하지 않았을까? 걔는 동네에 있던 병원 건물 위층에서 살고 있었고 나는 그냥 '생일파티라니 특이한 일이군' 하며 쭐레쭐레 갔었다. 물론 미리 그 아이에게 줄 선물은 준비하지도 않았던 터였다. 지금 생각하니 참 예의도 없었다.

내 생일을 챙겨서 엄마가 미역국 끓여 주던 기억도 별로 없던 나는 그런 생일파티가 매우 생소했고 받아 본 적이 없으니 생일 때 선물을 주는 거라는 것도 몰랐었다. 상을 크게 차려 놓고 케이크도 있었는지, 그 아이가 누구였는지, 밥을 먹었는지, 그런 건 하나도 기억이 없고. 밥을 먹을 때 애들이 상 위에 필통, 연필 같은 선물을 늘어놓았던 것 같기도 하지만 그것도 기억이 명확하지 않다. 혼자 참 뻘쭘한 상태였다. 초대는 되었지만 환영은 받지 못하는 사람, 한 자리 빚지는 느낌이었다.

딱 하나 선명히 기억나는 것. 그 애의 방에 있던 이런 입체 책이 나는 너무너무 너무 부러웠었다. 아이들이 여러 음식을 먹고 생일 축하합니다~! 노래 부르고 할 때 가만히 있다가 아이들이 삼삼오오 모여 놀 때를 기다려 나는 혼자 책장 앞에서 이러저러한 책만 들춰 보다가 파티가 끝이 나지도 않았는데 혼자 자존심이 상해서 그냥 집으로 돌아와 버렸다. 집으로 오는 내내 그냥 슬펐다. 이후로는 왠지 그 아이와 굉장히 서먹해져서 별로 아는 척도 하지 않고 5학년이 끝났었던 것 같다.

그 시절의 나로서는 도저히 가질 수 없었던, 내 것이 될 수 없다고 바로 포기했던, 펼치면 다른 세상이 펼쳐지는 아름다운 책들이 용학도서관에서 전시되고 있었다. 한참을 넋 놓고 내 어린 날의, 부러움에 슬프고 또한 특별한 책이어서 한숨 났던, 마음을 보고 있었다.

아이의 시험 날, 눈 오던 날

으으으. 부들부들.

애 데리러 6시 반쯤 차를 몰고 나갔을 때는 눈이 막 시작하려고 하던 때라 조금 흩날릴 정도였다. 그런데 큰길 나가자마자 눈이 곧 펑펑 쏟아졌다. 삽시간에 길은 온통 하얘지고 낙성대 방향으로 까치고개도 덜 갔는데 차는 눈으로 막 쌓였다. 당황해서 와이퍼를 미친 듯 빠르게 작동해도 눈이 너무 많이 와서 앞이 안 보였다. 금방 차선은 없어지고 중앙선도 보이지 않았다. 그때부터 차는 미끄럽고 사방에서 위험 알림음이 계속 삐삐거리고 바퀴는 기깅기깅거리고 주위 차들은 다들 분속 2미터 정도의 속도로 비상 깜빡이를 넣고 슬금슬금 기어가기 시작했다.

으악, 도저히 못 가겠다. 더구나 서울대는 관악산 아래 외떨어져 있어서 학교로 가는 길이 상상이 가길래, 아이에게 급히 엄마 데리러 못 가겠다 문자를 보내고 유턴했다. 차들이 엉금엉금 기어가니 너무 무서웠다. 겨우겨우 사고 없이 눈을 부릅뜨고 5분 거리를 무려 한 시간이나 걸려서 왕복한 거였다. 겨우 아파트에 들어왔는데 지하 5층까지 주차장 들어오면서도 경사로에서 미끄러질까 봐 힘들었다. 겨우 주차하고는 긴장이 풀렸는데 원래 흰색 차에 만화처럼 두께가 10센티는 넘게 눈이 쌓여 있었다. 따뜻한 주차장에 들어오니 눈은 내 마음같이 줄줄 녹아 눈물로 흘러 내리고 있었다. 아이는 어쩌나.

아이는 연락이 계속 안 되더니 한 시간쯤 있다가 문자가 왔다. 학교 안으로 버스도 안 들어와서 서울대 꼭대기에 있던 시험장 건물에서 정문까지 걸어 내려왔단다. 그런데 정문에 있던 한 버스 기사분이 운행 못 한다고 서울대입구역까지 걸어가는 방법밖에 없다고 했다고 친구들과 걷는 중이란다. 지하철역까지 가는 데 한 시간도 더 걸리겠다. 아이는 언제 집에 도착할 수 있을까.

*특별한 날은 이상하게 일이 꼬인다고 2021년 1월 초엔 큰아이의 변호사시험이 있었는데 어쩌나 날이 매섭던지 기온은 영하 20도 가까이 떨어지고 이날은 닷새간의 시험 일정에서 두 번째 시험일이었다. 눈이 너무 많이 와서 버스도 운행이 안 되던 날이었다. 아이는 그나마 집이 가까워서 도보로 한 시간쯤 걸리는 서울대입구역까지 걸어서 지하철을 타고 10시가 다 되어서 들어왔다. 다음날은 근육통과 감기로 고생했다. 그렇게 5일 중 4일간 시험을 치르고 변시에 합격했다. 나는 대구에서 늦깎이로 대학원에 다니고 있었는데 마침 겨울방학이 되었고 큰아이의 시험이 있던 터라, 서울에 시험 전 한 달간 밥을 해 주러 갔었다. 아울러 영상디자인이 전공이었던 둘째 아이에게 일러스트레이터로 작품을 만드는 방법을 한 달간 배우고 익혔다. 방학 중 곧 치르게 될 졸업 자격시험 공부를 했다. 한 달간 참 많은 일을 알차게도 하였다. 차로 아이의 시험장에 데려다주며 보았던 눈이 쌓인 관악산 아

침 풍경은 참 아름다웠다.

코로나가 유행하던 시절이었다. 서로를 믿지 못하던 때였고 마스크가 최고의 선물이었다. 약국에서는 어린이의 마스크를 성인용이라고 속이고 팔았다. 동네 아줌마들은 이 약국, 저 약국 줄을 서서 가족을 위해 집에 마스크 몇 장을 더 쟁여 놓았다. 남편을 먼저 여읜 친구 하나는 마스크를 사려고 혼자 줄을 서 있다가 서러워서 집에 와서 하염없이 울었다고 했다. 우리는 그냥 천 마스크를 쓰자고 다짐하였다. 덴탈 마스크와 KF94 마스크의 차이를 논하던 시절이었다. 뉴욕에서 코로나로 죽은 사람들의 시체를 냉동 트레일러에 보관했다는 뉴스를 보았다.

지하철역이 가깝던 서울 우리 집에서 내려다보면, 사람들이 마스크를 끼고 간이 검사를 받기 위해 검사소 밖에서 둥글게 줄을 서 있었다. 말없이 눈만 굴리며 서로를 무서워하던 그 풍경은 생소하며 두려웠다. 그런 때가 또 올 수도 있을까. 또 온다면 우리는 또 그때처럼 잘 버텨 낼 수 있을까.

추석이라 다니러 온 대봉동 어머님 집에서 근처 청구맨션이 재개발된다는 소식을 듣고 상혁이랑 예전 살던 동네를 탐방했다. 29년 전 신혼 시절을 보냈던 청구맨션 B동은 정작 그 시절 직장 일로 무척 바빴던 신랑과의 공유된 기억은 별로 없는 곳이다.

불쑥 경비아저씨가 나와서 거, 어디 갑니까? 소리라도 지를까 봐 우리가 살던 1003호까지는 못 가 봤지만, 중앙집중식 아파트답게 굴뚝도 있고, 너무 깊숙이 차를 넣어 트렁크 상판을 밭고랑처럼 우둘투둘 갈아 버리기도 했던 곳, 1층 아파트 복도 구조물 아래로 차가 들어가던 지상 주차장의 모습도 그대로라 뭔가 갑자기 시간이 되돌려진 느낌이었다.

상혁아 여기가 3살까지의 너랑 가던 놀이터야(윽, 쓰레기장처럼 변해 버린 놀이터.), 너랑 가던 산책길, 은행, 슈퍼, 너랑 앉아서 구름도 보고 했던 아파트 계단, 여기 앉아 너랑 둘이서 집안일을 의논했었는데.

상혁아, 엄마가 이렇게 이렇게 학교서 힘들었는데 이래도 될까 주절주절 독백처럼 풀어놓으면, 아이는 똘똘하게 귀담아듣다가 나의 문장이 끝나면 명쾌하게 대답했다.

'응!'(이 환상적인 단어!)

'그래, 엄마 그렇게 하면 되겠다. 엄마 해낼 수 있겠지? 그지?'

'응!'

나는 아이가 그렇게 대답을 해 주면 누군가의 결제라도 난 듯 갑자기 힘이 나서 씩씩하게 일 처리를 했었다.

복도에 각 세대가 죽 늘어서 있던 한 켠의 B동 1003호는, 들어가서 거실을 보고 있는 방향으로 오른쪽에는 아이 방, 주방, 큰방이 줄지어 있었고 왼쪽에는 아이 아빠의 서재 방, 화장실, 욕실 거실 그 너머엔 베란다가 큰방 앞까지 주욱 일자로 늘어서 있었다. 문짝과 프레임은 모두 짙은 갈색 내지는 검정에 가까운 세피아 색이었다. 아마 그전까지 살던 집주인이 칠해 놓은 색깔일 것이다.

주방 안쪽으론 창고, 그 안쪽에 세탁실, 그리고 세탁실 안쪽에는 쓰레기봉투를 넣는 배관 입구가 있었다. 이 쓰레기가 밑으로 떨어지는 시스템은 우리가 살았던 1996년 초까지 그대로 유지가 되었었다.

비가 간간이 와서 우산을 쓰고 동네를 돌아보며 숨어 있던 단편적 기억을 떠올릴 수 있었던 시간이었다.

그 청구맨션 일대가 재개발로 없어진단다. 이성보다는 감성이 앞선 얘기들이 우르르 한꺼번에 생각이 났다. 무엇을 먼저 얘기하고 무엇을 걸러야 할지 그냥 덩어리로의 감정을 편평하게 줄 맞추기가 어려워졌다. 그 힘들고 서럽고 그러면서 무섭고 불안하며 어른들께 꾸중 들을까 봐 겁나던, 그 20대를 어찌 다 얘기할 수 있을까.

고등학교 시절의 친구 하나는 죽고 나는 임용시험에서 합격하고 다른 친구들은 떨어지니 우리 사이는 다들 멀어지고, 그 시절 가장 친했던 친구 엄마는 '우리 집은 망했는데 네가 임용에 떨어지고 우리 딸이 되어야 하는데'라며 내 얼굴 앞에서 독설 아닌 독설을 퍼부어 댔고, 아이를 낳고 복귀한 학교에서는 다른 선생님들이 '경제적으로 여유 있는 최희영 쌤은 애 키우며 조금 더 있다가 나와도 되는데, 출산 휴가 기간에 나 대신 왔던 임시교사 쌤은 다시 집으로 돌아가면 하루 종일 새벽부터 시할머니 죽을 끓여야 한다는데, 조금 더 최 쌤 자리에서 임시교사 할 수 있게 되었으면 좋았을 텐데', 그렇게 내가 서 있어야 할 자리를 재단했었다. 갈등과 억울함과 간절함이 뒤섞여 있던 시절이었다.

아이 아빠는 일이 많아서 얼굴 보기도 힘들었던 시절, 학교에서 갖은 일로 스트레스를 받고 집에 와서 훌쩍훌쩍 울고 있으면 가만히 다가와 등을 토닥여 주던 쪼끄만 상혁이가 없었다면 나의 20대를 어떻게 버텼을까?

청구맨션의 앞 라인에서 그때의 부자들이 살던, 각 세대마다 정원이 있던 한양가든테라스도 보았다. 공중정원에 대해 상혁이와 얘기를 했다. 고마운 날이다.

* 그래서 이날 이후 나는 오랫동안 우리나라 근대 건축물들을 담은 책들을 빌려 보고 르 코르뷔지에와 김중업, 김수근, 한양가든테라스와 예술의 전당을 설계한 김석철 건축가에 대해서도 공부하게 되었다.

독일 여행 중이다. 문득 다른 건 욕심이 크게 없는데 그림 때문에 내가 히틀러라면 하고 생각했다. 평소 그림을 좋아한 그 사람이라면, 그리고 말 한마디만 하면 다른 나라에서 모두 빼앗아 올 수 있다면, 고호, 세잔, 모네, 마네, 들라크루아, 터너, 붓세, 루벤스, 렘브란트, 로댕들의 작품을 들고 오지 않을 수 있을까. 그러면 절대 안 되겠지만 너무 유혹적이다. 그래도 설마 그와는 다른 결정을 하겠지. 에이, 나쁜 놈! 하여튼, 그걸 다 보는데 일요일이라고 독일의 미술관이 1유로밖에 받지 않더라. 이런 일들이 너무 충격적으로 와닿았다. 그 사람은 잔혹했지만, 나는 여기서 너무 혼란스럽다. 돈으로 계급을 매기는 민주적 자본주의가 가끔은 잔인하게 느껴진다. 돈이 없어서 누구는 저런 그림을 보지 못해도 되는가. 돈이 없는 사람들은 죽어 가는 네로처럼 겨우 몰래 훔쳐보아야만 하는 건가.

새벽에 퉁퉁 부은 얼굴과 잠옷 차림으로 호텔 창문을 열었는데 노이슈반슈타인성이 호텔 바로 옆에 서 있다. 그동안의 꿈이 현실이 되었다. 낮에는 여행하고 밤에는 그림을 그리고 있다. 새벽엔 이렇게 가끔 일어나서 신기해한다. 오늘 아침에는 노이슈반슈타인성이 한눈에 내려다보이는 마리엔 다리에 다시 갔다 왔다. 아무도 없는 새벽에는 사진 찍기가 좋았다. 내려오는 길을 걸으며 얘기했다.

'우리 앞으로 독일만 여행 올까?'

여행을 좋아하는 신랑 덕에 참 많은 곳을 여행했다. 그럼에도 불구하고 이번만큼 좋은 여행이 없었다. 왜 그런가 생각해 보니 독일은 우리나라와 크게 다른 게 없는 색깔인데도 도시와 자연이 멀지 않은 곳에 어우러져 있어서인 것 같다. 더구나 미술관의 퀄리티가 참 좋다. 익숙함과 생소함이 적절하게 섞여 있어서인 듯하다. 같이 여행 간 이들은 자동차 박물관과 맥주 맛 때문에 좋아하는 것 같기도 하다.

독일 여행의 좋은 점들을 생각해 보았다.

1. 깨끗하다.

2. 물이 좋아서 샤워해도 석회수 때문에 머리카락이 부스스해지지 않는다.

3. 도로가 잘 정비되어 있어서 운전하기 좋다.

4. 공기도 한국보다 좋아서 미세먼지가 없다.

5. 빵과 사과와 커피가 맛있다.

6. 사람들이 굉장히 친절하다.

   (우리가 간 때는 인종차별적 느낌을 받은 적이 없었는데 간혹 차별의 느낌을 받은 사람도 있단다. 그래서 이건 나의 경우에 좋았다는 단서를 달아야 할 것 같다.)

7. 고속도로 이용료가 없었다. 세상에 이런 일이.

8. 여행지나 관광명소가 크게 붐비지 않고 조용했다.

9. 물건값을 관광객에게 속이지 않았다. 이건 독일인의 성향인 듯하다.
    나는 정직한 사람이 좋다.

독일 여행의 좋지 않은 점들도 있긴 하다.

1. 한식이 비싸다.

2. 기름값이 비싸다.

3. 호텔 방이 좀 추웠다.
    이건 돈이 없으면 더 느낄 수 있는 것들이다. 독일에서는 돈이 없으
    면 그림만 볼 수 있다.

그래도 단점보다는 장점이 많았다, 여행으로 오기엔 좋은 나라다. 더구
나 하이델베르그에서는 은퇴하고 여기서 살고 싶다는 얘기를 신랑 친구
가 하기도 했다.

한국에 와서 이번 여행만큼 알찼던 여행이 없었다고 정리하고는 대구
내려오며 문경 휴게소에 들렀는데 화장실에 클림트의 프린트가 그득하
다. 1유로조차 안 내도 된다.

2023년, 아버지가 돌아가셨다

올해 초에 아버지가 돌아가셨다. 애틋한 정이 있었던 건 아니다. 그래도 올해의 월기(月記) 정도는 남겨야 할 거 같다. 주변의 가까운 어른이 돌아가신 건 처음이다.

1월

아이들과 1월 중순에 제주도 가족여행을 다녀왔다. 그리고 1월 말 아버지가 돌아가셨다. 음력 1월 6일, 양력 1월 27일 금요일 새벽에 연락이 왔다. 돌아가시기 하루 전에 찾아뵈었다. 내 눈엔 용감해 보이셨다.

어떻게 살았는지가 나중에 정말 중요하게 생각이 될까. 삶의 과정이 정말 의미 있는 것일까. 그조차 다 부질없다는 생각과 삶의 어떤 신념 같은 것도 어리석다는 생각만 든다. 결국 아무것도 기억하지도 못하지 않을까. 우리는 무엇을 위해 살아가는가. 아버지가 많이 편찮으시던 때 든 생각이었다. 얼마 안 있어 아버지는 세상을 떠나셨다. 그러나 내 안에 살아 계신다. 결국 삶의 과정은 중요한 거 같다.

승혁이가 카카오웹툰과 카카오페이지에 동시에 웹툰을 연재하게 되었다. 혼자서 데뷔를 해낸 뛰어난 아이. 앞으로도 해내다가 넘어지기도 하고 다시 일어서기도 하겠지. 실망하지 않았으면 좋겠다. 행복하게 하고 싶은 일을 하고 살았으면 좋겠다.

첫마음회 선생님들과 기장 아난티 힐튼에 놀러 갔다. 그들과 20년을 만나며 가장 여유 있는 1박 2일이었다.

그림을 그리고 대구미협이 주관하는 즐거운 상상전에 참여하였다. 1월에 아버지가 돌아가신 후 서울에 처음으로 다니러 갔다. 장욱진 기념관에 다녀왔다.

그림을 정말 많이 그렸다. 4월 말에 독일 여행을 다녀왔다. 내가 한 그동안의 여행 중 가장 많이 보고 매일이 좋았던 여행이었다.

화실 친구들과 포항 아네스집에서 1박 2일도 하고 중국에서 온 유학생 초일연 씨를 만나기도 하고 밀양 명례성지와 감포를 다녀왔다. 신랑이 쉬는 날 카페 나들이도 꽤 하였다, 봄이니까.

6월

서울 고궁박물관에서 김정호의 대동여지도를 테마로 한 전시와 남서울 시립미술관에서 권진규전을 보았다. 갤러리 청라에서 연락이 와서 시인님과 관장님과 기획자님과 미팅을 하였다.

7월

갑작스러운 갤러리 청라 초대전이 있었다. 과학과 미술의 융합 강의도 하였는데 신기하게 하나도 떨리지 않았다. 좋은 경험이었고 더 많은 공부를 해야겠다고 생각했다.

7월 말에 상속세 신고를 했다. 동성로 건물 판매 계약을 했다.

행정의 실수로 상혁이의 법무관으로서의 다음 임지가 꼬이고 불투명해져서 힘들었다.

8월

상혁이가 이사를 했다. 진해에서 나오는 날 너무 덥고 힘들었다. 그래도 서울집에서 가까운 용산 국방부로 가게 되어 너무 다행이었다. 서울집에 다시 두 아이가 같이 살게 되었다. 마음이 놓이고 행복했다. 새옹지마라는 말이 자동으로 떠오르는 달이었다.

흑백의 모노톤 30호 4개짜리 그림이 완성되었다. 내 마음에 흡족하다. 여한이 없다.

아버지 소유였던 대구에서 가장 요지의 건물이 팔렸다. 잔금까지 받고 상속세 문제와 엄마의 노후가 해결되었다. 그런데 엄마는 자꾸 상실감에 힘들어한다. 제발 감사하는 마음을 가지는 어른스러운 엄마가 되었으면 좋겠다.

화실 건물에서 불이 났다. 다행히 화실은 아무 피해가 없었는데 내가 조금 그 장소에서 마음이 떴다.

오빠네 딸인 유리가 결혼을 했다. 누구는 죽고 누구는 새로운 출발을 하고 누구는 아프고 누구는 힘차게 살아간다. 추석 때는 엄마가 외로워했다. 사실 언제나 외로워하는 성격이긴 하다. 나랑은 정말 맞지 않는 성격이다.

우리 가족은 참 착하다. 추석 때 시어른과 친정엄마에게 골고루 찾아가서 좋은 소식으로 기쁨을 드렸다. 형님네도 오빠네도 명절인데 오지 않았다. 기억하고 마음에 새기며 살고 싶은데 건망증이 심해서 될지 모르겠다.

추석날 아이 아빠의 환갑 기념으로 호텔 수성에 갔다. 아직 어른들에게는 젊은 사람이어야 할 사람이 나이를 먹어간다는 사실이, 어른들의 노화와 스스로의 노후와 아이들의 안정된 미래를 모두 걱정하는 모습이 짠하고 속상하다.

아이들이 아빠 생일 기념으로 고기와 밥을 사고 선물을 줬다. 어떤 기분일까. 옆에서 지켜보니 아이들은 대견하고 아이들 아빠는 우리 세대의 전형적인 약간 겸연쩍어하는 모습이라 조금 느낌이 달랐다. 받는 것에 익숙하지 않은 우리다.

상속세 2차분을 냈다.

장애인 미협 전시에 초대되어 참여했다.

과 선배 언니와 초등 동창을 만났다.

대구미술관에서 렘브란트의 판화전을 보았다.

11월

상혁이의 내년부터의 거취가 결정되었다. 헌법재판소 헌법 연구관이라니 나는 상혁이가 태어나면서부터 지금까지 아이로 인해 너무 벅찬 기분을 받기만 했다. 어떻게 아이에게 받은 기쁨을 다 갚을 수가 있을까. 공부하고 준비하고 시험 치르고 한다고 몇 달 동안 힘들었을 아이가 너무너무 고맙다.

베네룩스 3국과 독일 여행을 다녀왔다. 반고흐 미술관과 마우리스하이츠 미술관까지 가서 꽃이 핀 아몬드나무와 진주 귀걸이 소녀 앞에서 사진을 찍었다. 꿈에까지 날 찾아왔던 고흐 아저씨의 DNA를 조금 묻혀 오지 않았을까, 그랬으면 좋겠다. 북구의 모나리자라는 베르메르(버미어)의 진주 귀걸이 소녀는 정말 아름다웠다. 남은 평생 잊을 수 없을 것 같다. 감히 그런 그림을 그리고 싶다는 생각조차 하지 못할 만큼 아름다웠다.

12월은 어떤 이야기로 채워질까. 올해는 참 많은 일이 있었다.

*2023년 카카오웹툰에 〈권력학생〉이라는 작품으로 연재를 시작했던 승혁이는 2025년 네이버웹툰에 '미모사'라는 작품으로 예술적으로 연재 중이다. 내 아들이지만 존경스러울 만큼 성실하며, 번뜩이는 창의력이 뛰어난 승혁이다. 웹툰 작가로서의 아이의 꿈이 잘 성장했으면 한다.

　며칠 전에 불과 3일 전 아침에 뭔가 룰루랄라 집안일도 다 하고 이제 커피도 한잔, 세수하고 화장대에 앉는 순간 악, 무서, 저것은! 거울 속에 귀신이 한 마리 있었다. 눈에서 피를 질질 흘리는 너는 누구냐.

　윽, 왼쪽 눈알이 피떡이 되어 있었던 것까지는 아니고 흰자위의 오른쪽 반이 혈관이 터져서 빨갰다. 눈은 흰색 검은색이어야 하는데 빨간색도 하나 더 있어서 신호등같이 이쁘구나.

　악, 어떻게 해, 이번 주말에 모임도 많은데 하면서 이럴 때만 찾는 고마운 안과 쌤, 우리 오빠한테 아침부터 미안하지만 적나라한 눈 사진을 찍어서 호러물처럼 보냈다. 이거 낫게 해 주면 안 잡아먹지. '오빠야 어쩌면 좋노, 바로 병원 가까' 하면서, 오빠는 내가 보기 싫은지, '병원 안 와도 된다, 그냥 낫는다' 했다. 아니 내가 아는 의사 쌤들은 왜 전부 병원 오지 마라, 약 먹을 필요도 없다, 이러시는지. 1년에 병원 가는 일이 손꼽아도 두세 번도 안 되는 거 같다. 다만, 과로했냐면서 밤샘 공부하고 나면 코피 나는 것처럼 눈의 핏줄이 터져서 그런 거라고 1-2주 안에 낫는다고 복압 올리지 말고(그러니까 내가 열심히 야식을 먹어서 복압이 올라서 그럴 수도 있다는 말이겠지.), 아, 양심 찔리지만 마치 공부해서 그런 척하자. 며칠은 과로하지 말고(듣는 사람 다 웃겠다, 나처럼 과로 안 하는 사람 있겠나 싶다.), 좀 누워서 쉬고(여기서 더 쉬면 나는 코알라 내지는 나무늘보 된다만.), 금주 금연하고(요즘 진짜 술이 먹기 싫더라니. 에, 그러니 앞으로는 내 주량인 반 잔도 먹지 말아야 하나, 술이 아니라 담배 땜에? 그러니 나는 아니니까 담배 피우는 사람을 멀리해야겠다, 누가 있나? 상혁이? 우리 아들, 서울에 있는데? 엄마의 본의가 아니게 정신적으로도 좀 멀어지겠구나, 애는 좋아하겠네.), 등등 얘기해 주더라. 뭐 하여튼 요지는 '그냥 두면 낫는다만 시간은 좀 걸린다'라는 말이었다. 고마웠다. 오케이, 핏줄이 눈에 터졌으니 얼마나 다행이냐, 머리였다면 어쩔뻔했냐고 생각하기로 했다. 아, 내가 원래 긍정적 마인드를 가진 아낙네야.

어릴 때부터 워낙 코피가 잘 났으니까 그런 맥락에서 이번엔 눈 쪽 혈관이 터진 거 같으니 더 많이 놀고먹고 쉬라는 신호인 거 같다. 신랑은 보더니 막 웃었다. 밤에 누구한테 맞았냐? 복싱했냐? 하면서 웃었다. '에헤이! 말을 아낀다, 내가. 우리 둘이 사는데, 밤에 맞았으면 누구한테 맞았겠냐, 그렇게 말한 자가 범인이냐!' 하여튼 놀고, 먹고, 쉬고, 자고, 사흘 동안 잘 실천했더니 어제까지만 해도 검은 눈동자 주변에 마치 해무리처럼, 혹은 컬러 렌즈 낀 것처럼 빨갛더니 그래서 빨간 테 안경을 끼고 다녔다. 상대적으로 덜 보이더라.

어머, 호호호 하루 더 지나니 많이 나았다. 오늘 모임엔 깜쪽같이 가겠다. 남미의 죽기 전에 한 번은 봐야 한다는 노을이나, 흩날리는 붉은 치

마를 입은 여자가 비치는 것처럼, 분위기 있게 붉었던 눈동자는 삭막하
게 검고 작아져 버렸다, 에잇. 내 머리는 정상이거등요.

경주 진평제에 다녀와서

　예전 학교 동료였던 선생님 몇 분이 배우고 있는 대구의 민요 교실이 있다. 이번에 또 한 명의 언니이자 동료였던 유 쌤이 거기에서 민요를 배우기 시작했다기에 '민요이든 가요이든 노래 좀 잘해 보고 싶다'라는 바람이 평소에 있었기에 '그 노래교실 괜찮아요?' 몇 번 물어봤더니 며칠 전에 연락이 와서 이번에 경주의 진평재라는 곳으로 1박 2일 여행을 간다고 게스트 회원으로 따라가자더라. 특별한 컨셉으로 이번에 회원 한 명당 한 명의 게스트를 초대해서 여행 가기로 했다고 한다. 슈퍼나 마트에 가서도 원 플러스 원 상품만 선호하는 나에게 딱 맞는 원 플러스 원 여행이라니 신기했다. 요즘 내 인생의 모토가 '오라는 곳에 거절 말고 가자'이긴 하지만 혹시 노래교실의 특성상 가는 데마다 막 노래 부르고 그러는 거 아닐까 싶어서 좀 망설였지만, 몇 번의 권유에 '그래, 언니 가께', 해 버렸다. 다 같이 살아가는 사람들인데 뭐 특별하겠나. 게다가 현재 학교 선생님이거나 한때 교사였던 이들이 많다니 나도 예전에 교사였던 인연으로 그냥 친한 척 밀고 나가자 마음먹었지.

　아, 그런데 품앗이처럼 도움을 주고받는 화실 친구의 전시 디스플레이가 마침 금요일로 잡히면서 오전에 일하고 오후에 모르는 사람들이랑 여행까지 가려면 좀 피곤하겠다 싶었지. 여하튼 오전 디피 일도 잘 끝내고 집에 와서 에어컨을 틀어 놓고 두 시간쯤 쉬다가 오후에 만남 장소에 딱 갔는데, 에어컨 바람을 너무 강하게 쐬었던지 오전 디스플레이를 한 것 때문에 피곤했는지 그때부터 목소리가 잠겨서 안 나오는 것이었다. 흑, 명색이 노래교실에서 가는 여행인데 아무래도 노래는 좀 해야 할 거 같은데 어쩔 수 없이 립싱크로 흉내를 낼 수밖에 없었다. 둘째 날의 경주 체감 기온이 38도였음이 몸이 더욱 힘들어지는 조건이 되어 버렸다.

　목소리가 하나도 안 나와서 소리를 억지로 내야 했으나 첫날은 꽤 괜찮았다. 경주의 대궐같이 지은 한옥 건물인 진평재도 모양이 멋있어서 좋았고, 도착해서 본 진평재의 주인장이 1995년, 나의 젊은 한때에 무려 한 달짜리? 1급 정교사 자격연수를 같이 받았던 물리과의 권땡땡 선생님이어서 어찌나 반가운지 참, 세상에 무슨 인연이 이러냐 싶었다. 거의 한 달 동안 만나서 점심을 같이 먹었던 인연이기도 했고 생각해 보니 권 선생님과는 중간중간 학교가 아닌 장소에서 몇 번 부딪힌 적이 있었던지라 ‘그때 우리 만났을 때는 쌤 외국에서 뭔가 들여와서 홈쇼핑 사업도 한다고 했잖아요. 그때는 또 나랑 아는 누군가와 일을 같이 하신다고도 하셨어요’ 벌써 일, 이십 년 전 이야기가 어제 일같이 기억도 났다. 앞으로 우리는 또 어디서 어떻게 만나게 될까. 그러니 어디서나 행동을 바르게 하여야겠다는 다짐도 또 한 번 했다. 다음에 만나서 아는 척하기 싫은 사람이 되면 안 되는 거지 하고 웃기도 했다. 밤늦게까지 꺽꺽한 목소리로 얘기도 하고, 보름달 밝은 밤이긴 했지만 너무나 어두운 밤에 진평재 숙소 바로 앞의 진평왕릉에 가서 오랜만에 많은 별도 보았다. 깜깜한 밤에 눈이 어떻게 적응하는지도 느낀 꽤 의미 있는 밤이었다. 덥고 비가 온 날 밤, 푹푹 발이 빠지는 진평왕릉 앞의 느낌을 앞으로 잊을 수 있을까. 그렇지, 이렇게 현실인지 아닌지 불확실한 날 어렴풋하게 나는 진평왕과 만난 거다.

둘째 날 역사과 교장 선생님 출신의 오 선생님의 상세한 해설로 제대로 경주 일원을 둘러보는 시간을 가졌으나, 너무 더운 날씨로 인해 힘들었다. 역시 여행은 봄가을에 가는 것이다 싶었다.

그리고 정말 민요 교실 분들은 가는 곳마다 민요를 부른다. 처음 몇 곡을 들을 때는 참 좋았는데 자꾸 들으니, 아이고, 또 불러? 싶었다. 그리고 소리 선생님의 강의와 각종 추임새의 의미와 우리 노래인 민요에 대한 해설과 손 편지 낭독을 듣다 보니 좀 답답해졌다. 결국 나랑은 좀 안 맞는 곳이구나 확신을 갖게 되었다.

나는 학교나 선생님들이 공통으로 가지고 있는 성실성과 모범적인 점들에 향수는 가지고 있지만 또한 정형화된 일종의 답답함 때문에 학교를 싫어했었구나. 왜 지금 내가 그림을 그리며 이 자리에 머물게 되었나가 확실해진 1박 2일이었다. 찢어질 듯 아팠던 목은 하루가 지나니 조금 돌아왔지만, 아직은 동굴 안에 숨어 있는 억울한 네 발 짐승의 것 같은 소리를 내고 있다.

전시장에서

　전국 가톨릭 미협전이 대구에서 열리고 있다. 올해 2024년 전시 오픈식 날 밤에 계엄령이 발표되고 또 몇 시간 후 새벽에 해제가 되고 했지만 내가 속한 곳은 조용히 모든 게 원래대로 굴러가고 있는 거 같다. 그게 중요한 거다. 조용히 자신의 일을 원래대로 하는 국민의 덕에 나라는 유지되는 것이 아닐까. 어젯밤은 너무 놀랐다. 마침 그때 티브이를 보고 있어서 이게 도대체 무슨 일인가 했다. 모든 방송이 중단되고 대통령이 나와서 갑자기 계엄령이라니, 지금이 그렇게 비상 상황인가 의문이 들었다.

　처음에는 놀람이 곧 분노로 바뀌었다. 국회의원들이 국회로 들어가지 못하게 군인과 경찰이 막고 있는 상황이 방송되면서 머리가 혼란스럽기도 했지만 몇 시간 만에 해제가 되는 걸 보고 정치가 장난인가 생각도 했다. 팔은 안으로만 굽어서 갑자기 헌법재판소에서 헌법 연구관으로 근무하고 있는 아들이, 오늘이 흘러가고 있는 이 시점에서 까다롭고 어렵고 중요한 일을 맡게 될까 봐 걱정도 되었다. 내가 정치는 잘 모르지만, 여당과 야당 양 진영이 다 문제인 거 같다. 그리고 언론도 문제인 거 같다. 사실 우리는 방송에 의해 얼마나 모르고 살아가는 부분이 많은가 싶기도 하다.

하여튼 오늘도 대구문화예술회관 2층의 5개의 전시실에서 전국 가톨릭 미협의 전시가 열리고 있다. 6전시실은 대구대교구의 작품들이 있다. 나는 올해에 조용히 화실에서 작업한 것 중 가장 마음에 드는 작품으로 참여하였다. 매년 내 마음에 흡족한 그림들을 하나 이상씩은 그려 내고 있음이 내가 그림을 그만두지 못하는 이유인 거 같다. 흠, 내가 오늘 오전에 전시장 지킴이 당번하는 8전시실은 서울대교구 부산교구 마산교구 작품들이 있고 오후에 당번하는 9전시실은 수원 의정부 인천교구의 작품들이 있다. 어떤 선함의 같은 방향성을 가지고 살아가는 사람들의 다양한 방법들에 의한 아름다운 이야기들이다. 많이들 관람하셨으면 좋겠다.

그리고 우리나라도 뭔가 제대로 된 방향으로 굴러갔으면 좋겠다. 늘 다른 사람을 원망만 하지 말고 서로를 이해해야 할 방법들을 찾아야 할 것이다. 적어도 국가의 원수라면 더욱 그러해야 하지 않을까.

*계엄령이 발표된 2024년 겨울 이후, 상혁이의 매일의 출근이 힘들 만큼 헌법재판소 앞은 두 진영의 시위로 소란스러웠다. 같은 헌법 연구관들로 근무하는 이들의 이름이 하나씩 밝혀지면서 어떤 이들은 이름의 특별함 때문에 중국인으로 오인도 받고 인터넷에 연일 이름이 오르내리기도 했다. 태풍이 오면 오히려 태풍의 눈에 위치한 장소는 날씨가 맑듯이 상혁이들은 자신의 일들을 하루하루 하면서 버텼다. 물론 커피도 못 사 들고 들어가고 출퇴근을 제시간에 하지도 못했고 퇴근을 제시간에 한다고 갑자기 시위대의 공격을 받기도 했다. 헌재 앞 지하철역 입구도 폐쇄되기도 했다. 그런 혼란 속이지만 차곡차곡의

시간이 지나가고 2025년 헌법재판관들의 대통령 탄핵 결정이 있었
다. 이렇게 중요한 발표가 있었던 시점에 우리 가족과 더불어 나의 지
인들은 공간은 달랐으나 마음을 모으고 그 역사의 현장에 있었던 상
혁이를 함께 걱정해 주었음이 앞으로도 기억될 것이다.
특히 문형배 전 헌법재판소장의 대통령 탄핵 결정문 낭독 시 나와 함
께 화실에서 결정문 전문을 한 줄 한 줄 새기며 같이 들었던 모니카와
아네스에게 깊은 감사를 표현하고 싶다.

내가 넘어지다니

새벽에 화장실을 가다가 넘어졌다.

좀 이상한 일이다. 순간적으로 일어난 일이라 침대에서 내려와서 바닥에서 미끄러졌는데 왜 앞이 아니라 뒤를 부딪쳤는지 모르겠다. 어쨌건 뒤통수와 등을 뒤쪽 벽 모서리에 세게 부딪히고 방바닥에 넘어졌다. 이것도 이상하다. 뒤통수와 등을 부딪쳤는데 뒤로 넘어지다니. 이건 마치 보이지 않는 힘이 앞쪽에서 '팍'하고 나를 밀어 버린 거 같은 느낌이다. 음, 유명한 손오공의 에네르기파라든지, 보이지 않는 다른 차원의 벽에 부딪힌 느낌, 그도 아니면 앞쪽에서 뭔가 순간적으로 폭발이 일어난 것 같았다. 그럼, 뒤쪽으로 튕기지 않나? 여하튼 뒤로 넘어지면서 등이 먼저, 그러고 나서 뒤통수가 너무 아팠는데 손은 자연스럽게 머리를 감싸고 뒹굴었다. 오호, 나의 순발력! 대단하지 않은가.

이런 순발력이 또 빛을 발할 때가 있었는데 하고 생각해 보니 어린 날부터 나의 버킷 리스트였던 승마를 할 때였다. 그렇다. 다른 아이들보다 나이가 어리기도 했고 키가 크지 않았던 학창 시절에 버스 밖에서 보이던 누군가가 말을 타고 가는 것을 본 이후에 늘 머리로만 하고 싶다고 생각했던 일들을 학교에 사표를 내고 나오면서 매일 시간표를 짜 가며 다 해보았다.

운동도 악기도 그림도 도자기도 다 배워 보았는데 그중 하나가 승마였다. 대구에는 앞산 밑에 대덕승마장이라는 곳이 있어서 접근성도 좋았고, 마침 그 시기 즈음에는 전 국민에 승마를 대중화시키겠다는 사업이 있었는지 전국에 승마 바람이 불었었다. 심지어 문화센터 수강과목에도 승마가 있었고 승마에 필요한 강습료도 저렴하게 책정이 되어서 감당할 수 있는 정도이길래 배운 적이 있었다. 물론 바람과 함께 사라지다의 스칼렛 오하라, 레트 버틀러들도 머릿속의 풍경에 일조를 하기도 했을 거다. 하여튼 아이들이 초등학교와 중학교를 다닐 때 아이들도 한 번씩 데리고 갔었는데 나는 참 즐거웠다. 결정적으로 승마를 그만두게 된 계기가 있었다. 그게 두 번의 낙마 때문이었는데 두 번 모두 '이 뛰어난 나의 순발력!'이라고 탄복할 만큼 잘 떨어진 것이다. 끝까지 고삐를 잡고 있었던 점과 떨어질 때의 낙법이라고 해야 할까, 헬멧을 쓰고 있기도 했지만 머리를 감싸고 엉덩이부터 떨어져서 바닥에 닿는 순간 푹신한 마장 안에서 한 바퀴 굴러서 지면과의 충격을 최소화했는데 정말 하나도 안 다쳤었다. 낙마 시의 요령을 잘 배웠고 잘 적용했다. 그리고 바로 말에게 뛰어가서 고삐를 바투 쥐고 안정을 시켰었다. 첫 번째 떨어질 때는 생각한 이론대로 잘 떨어지기도 했지만, 새로운 경험에 너무 신이 났었다. 그렇지만 두 번째 떨어질 때는 말이 무엇에 놀랐는지 이후에 말이 진정이 안 되었었다. 다시 말에 오르고도 제어가 안 되고 말이 내 말을 듣지 않고 제멋대로 마장 안을 두 바퀴 정도 날뛰어서 놀랐었다. 경속보를 하고 있었는데 말이

속보로 마구 뛰어서 안 되겠다고, 오늘 말의 상태가 더 이상 타면 안 될 거같아서 말에서 내리자마자, 앞발을 들고 무엇에 놀란 것처럼 혼자서 마장안을 마구 뛰더니 마장 밖으로 바람처럼 달려 나가서 교관님들도 제어하지 못했다. 그런 경험을 하고는 아, 살아 있는 것을 훈련시켜서 타고 다닌다는 것은 무언가 잘못된 것은 아닐까. 쟤들도 엄청난 스트레스를 받겠다라는 생각이 들었다. 그리고 승마는 보통의 신뢰감으로는 어려운 거구나깨달았다. 그래서 그만두었었다.

(훈련이라는 명목으로 우리는 다른 동물들을 학대하고 있는 건지도 모른다. 이후에 갇혀서 재주를 부리던 돌고래들의 이상행동들이 이슈가 될때마다 사실 내가 보았던 말의 혼란스러운 행동이 떠오르기도 한다.)

그날도 물론 스칼렛 오하라와 레트 버틀러의 딸이 떠오르기도 하였다. 요만큼만 해야겠다 싶었다. 하여튼 떨어져서 부딪쳤던 그날의 내가 떠올랐을 만큼의 운 좋았던 오늘 새벽이었다.

'팍!' 하고 세게 부딪히는 소리에, 그리고 비명에 침대에서 자던 신랑도벌떡 깼는데 달려와서는 잠이 덜 깬 목소리로 계속 미끄러졌냐고 물었다. 미끄러졌는지가 중요한지는 모르겠고 일단 미끄러진 건 확실히 아니지만 왜 넘어진 줄은 모르겠고 일단 머리가 너무 아파서 바닥이나 침대에부딪혀서 머리가 찢어졌거나 피가 터진 줄 알았다.

(이건 정말 불가사의하다. 혹시 우리 집 우리 방 안에 누군가 투명 인간이 있다가 화장실 가는 나하고 부딪힌 건가. 만일 진짜 그런 이가 있었다면 그 존재는 얼마나 당황했을까?)

머리를 만져 보니 피가 나는 것도, 찢어진 것도 아니었고 다만 금방 뒤통수에 혹이 생겼다. 에잇, 머리가 더 커지다니.

계속 너무 아파서 오늘은 성당 가지 말자 하고 집에서 푹 쉬기로 마음 먹었는데 그 새벽부터 못 잤더니 아침부터 배가 고프기 시작했다. 새로 잠은 안 오고 계속 뭔가를 먹으면서 티브이를 보고 있다. 앞쪽에서 다른 차원의 무언가가 있었다. 나를 밀치면서 갑자기 에너지를 뺏은 게 틀림없다. 그렇지 않고서야 사람이 하루 만에 이만큼 뭔가를 섭취할 수는 없지 않은가, 부딪혀서 머리가 좀 이상해진 건가.

나이가 드는 것은 슬프기도 하고 좀 무섭다. 또 이럴 수도 있겠지. 길에서만 안 넘어지면 될 터인데, 그러니까 산이나 길을 너무 열심히 걷지 않아야겠다는 다짐을 해 본다. 왜 결론은 항상 이상하게 날까. 조용조용 걷고, 숨도 조용조용 쉬자. 너무 강하게 걷다가 고관절 다칠라, 너무 세게 숨 쉬다가 갈비뼈 나갈라. 하여튼 다음에는 더 잘 대처할 수 있을 것도 같다.

화실에서 작업하다가 오후 늦게 갑자기 마음이 동하여 부리나케 밖으로 나왔다. 어딜 갈까 하다가 오랜만에 운부암에 갔다. 경북 영천 은해사는 대구에서 거의 한 시간이 걸리는데 가는 동안 살짝 마음이 설레기도 한다. 은해사는 패스하고 바로 운부암을 올랐다. 물론 차로 올랐다.

운부암은 직장에서 만난 유땡 언니에게 처음 소개받은 절이다. 팔공산 갓바위도 좋지만, 처음 갈 때부터 나는 은해사에서 차를 타고 10분쯤 더 올라가야 하는 은해사의 말사, 운부암이 참 마음에 들었다. 한참 차를 몰고 올라가면 어둑한 숲길을 지나고 언덕을 지나 갑자기 하늘과 함께 나타나는 운부암은 하늘 아래 첫 동네라는 명칭도 함께 가지고 있는데, 햇빛이 가득한 모습에 그렇게 마음이 편안할 수가 없었다. 쨍한 단청을 칠하지도 않고 스러지는 나뭇결을 그냥 살리고 돌계단이 있는 점도 좋고 보화루에서 차를 마시며 창문을 열면 보이는 숲의 모습이 그림 안 풍경 같기도 했다. 스님들이 여름과 겨울 모여서 공부하는 선원이라는 점이 더욱 마음에 들기도 했다. 어릴 때부터 공부를 열심히 하는 동자 스님들이 있는 운부암에서 제일 어른이신 선원장 스님은, 운부암에서 아이들을 가르치다가 조금 나이가 차고 공부할 뜻이 있으신 스님들을 대학교도 보내기도 한다. 운부암은 원래 은해사의 절터로 낙점받았으나 산 아래 민가와 너무 많이 떨어져 있어서 결국 은해사는 산 아래로 내려오고 원래 은해사의 절터에 운부암이 들어섰다고 한다. 그리고 예전부터 고시 공부를 하는 사람들이 와서 공부하는 절로 유명하다고 한다. 나는 상혁이가 문과여서 그런지 더욱 마음이 끌리기도 했는데 시간이 한참 지나고 상혁이가 정치외교학과를 나와서 로스쿨을 가게 되면서 어쩌면 운부암이 이래서 내 마음에 더 끌렸나 싶기도 했다.

(이후에 결국 아이는 운부암이 아니라 자기네 학교에서 공부해서 변호사시험에 합격했지만 그래도 아이를 키우면서 늘 갈등이 생기거나 조급한 내 마음을 다스려야 할 때는 어김없이 찾게 되는 절이다, 아이러니하게 나의 종교는 가톨릭이다. 부처님이랑 하느님은 친하실 거다.)

오늘도 마음이 편안해지는 절을 하고 일어섰다. 원통전의 보물인 청동 부처님이 앉아 계신 유리 케이스를 보수하던 스님이 휙 돌아보시는데 그야말로 깜짝 놀랐다. 서울에서 공부하고 계신 석범 스님이 운부암에 와 계신 줄 몰랐는데, 갑자기 돌아보시는 스님을 보니 반가워서 어, 어 소리만 질렀다. '아니, 벌써 석 달째 와 있었는데 한 번을 안 오시데요.' 농담을 건네시더니 '사실은 지난번에 친구분이랑 왔을 때 봤어요.' 하셨다. 그때는 침묵 정진 중이라 아는 척 못 했다시며 '아들은 잘 있어요?' 하시는데 왈칵 고마움이 밀려왔다.

'그때 제가 대학입시 때문에 막 울고불고했던 둘째 아들이 벌써 입학하고 학교 다니다가 군대도 갔다 왔어요.' 하고 웃었다.

미술에 뛰어난 재능이 있었던 승혁이가 어이없게 재수를 하게 된 일이 있었다. 내 마음이 무너졌던 건 소질이 뛰어났던 아이가 수능에 실패하고 온 힘을 다해 실기 준비를 했지만 수능 점수에 발목이 잡혀서 목표하던 미대에 도저히 원서를 낼 수 없었기 때문이었다. 결국 한 해 더 공부하고 원래의 페이스를 되찾은 뒤의 두 번째 수능은 결과가 좋았다. 두 번째 정시 실기를 준비하던 때, 혹시나 작년과 같은 결과가 있을까 봐 나는 너무 긴장했었다. 우연히 연락하셨던 석범 스님이 그때 동국대에서 공부하며, 은평구 갈현동 삼각산 근처 수국사에 계신다고 하길래 가 본 적이 있었다. 번쩍번쩍 금빛으로 칠해진 그 절의 기억보다는 따로 차를 사 주시며 반가워해 주시는 스님이 참 고맙고 편안해서 아이의 첫 번째 입시 실패를 담담하게 얘기하려 했는데 '부처님이 소원도 안 들어주시다니, 인제 저는 절에 안 갈라고요' 하며 투정을 부린 적이 있었다. 농땡이 보살이라 부르며 자신의 어머니 얘기를 해 주는 스님의 따뜻한 위로에 눈물이 왈칵 날 만큼 큰 힘이 되었었다. 아이는 두 달간 정시 실기를 준비한 후에 목표했던 모든 학교에 합격했다.

불교에 대해 잘 모르지만 석범 스님이나 선원장 스님의 마음이 감사하여 이후에는 그런 마음이 한 번씩 운부암을 들르는 이유가 되기도 한다. 석범 스님을 대구에서 다시 본 것도 반가웠는데, 보화루에 잠시 앉아 있었더니, 선원장 스님이 복숭아랑 체리를 주셔서 마침 운부암에 두 번째 오셨다는 부부 분과 한참 맛나게 먹고 왔다. 절에 가서도 맛있는 과일을 얻어만 먹고 온다. 감사한 곳이다.

음 올해는 왜 이럴까.

멜론을 한 박스 얻어먹었다. 수박을 세 통째 얻어먹었고 자두를 한 박스 얻어먹었다. 상추, 부추가 마구 생기고, 말만 하면 루꼴라가 막 생기는 마법이 펼쳐지고 있다.

블루베리를 한 박스, 토마토를 한 팩 얻어먹고 대추야자도, 산딸기도 얻어먹고, 빵을 다섯 바구니쯤, 꽃도 다섯 바구니, 커피를 무진장, 레모네이드, 프라페에, 화실에 여러 가지 차도 종류대로 넘쳐흐른다. 내 화실에는 없는 게 없다.

오늘은 밥도 얻어먹고 친구는 반찬도 해서 갖다주더라. 내일도 누가 밥을 사 준다고 온단다. 이거 뭐지? 왜 이렇게 풍요롭냐. 세상에 고마운 사람들이 온통 내 주변에 다 모여있다.

나는 어른이 되고 난 후 관계짓기에 성공한 걸까. 아니면 갑자기 사람들의 생각에 어른스럽지 못한 내가 가여워진 걸까.

나는 나의 길을, 다른 이들은 그들의 길을 걷고 있다가 어느 지점에서 우리는 스친다. 그러니 우리의 길은 평행이 아니다. 그런 일종의 흘깃거림, 우연한 부딪힘으로 그들과 나는 관계가 형성되기도 하고, 잠깐 한 5초 동안의 응시로 내 망막에 잠시 머물렀던 이로 남기도 한다, 그래서 다음 번에 또 한 번 우연히 스친다면 '어, 우리 어디선가 한번 만났었지 않나요?' 하게 되지만 결국 그 사람과 나는 과거를 조목조목 맞춰 보다가 곧 우리는 한 번도 만난 적이 없고 또한 만날 이유도 없었다는 걸 알게 된다. 그래서 모르는 사람이 되고 어색해진다. 의도적이든 우연한 경우든 세 번째 스침 이 있다면 결국 아는 사람이 되어 버린다. 그런 알면서 모르는 것들이 하 나둘 생긴다. 그것은 사람, 그림, 장소, 비가 왔던 날 같은 특정한 시간, 기 시감, 데자뷔가 될 수도 있다. 나는 알 것 같은 모르는 길에 대한 안타까움 에 대해 얘기하는 것이다. 그 사람은 내가 그리는 그림 안에서 멈추어 있 고 나는 그림을 향해 멈추어 있다. 우리는 그렇게 흘깃 만나기도 했다.

그리고 그들은 올해 나에게 빵을, 커피를, 과일을, 꽃을 사 준다. 고마운 분들이다.

이잉, 완전 좋다, 케케!!! 더 가여운 척해야겠다. 나는 떡도 빵도 밥도 커피도 잘 먹어요. 에구구구, 이마가 자꾸 넓어지고 배도 자꾸 빵빵해진 다. 어떻게 다 갚을지. 여러분들아, 일단 화실로 놀러 와요. 그럼, 이번에 는 내가 밥을, 빵을, 떡을, 커피를 막 살게요.

그리고 마지막, 열심히 그림을 그려서 내어 보일게요.

밤 9시 넘어서 갑자기 화실 주인분으로부터 전화가 왔다. 뭔 일이지 싶었는데 화실 건물에서 불이 났단다. 오 마이 갓. 이게 뭔 일이래? 저녁쯤 온 동네에 소방차 소리가 엄청 크게 났는데 그게 우리 화실이 세를 들어 있는 건물이었다고 한다. 그 시간에는 주인 세대에도 사람이 없었는데 다락방에서 누전으로 불이 났고, 소방차가 몇 대나 와서 물을 마구 뿌려 불은 다 꺼졌는데, 불이 꺼졌다 하니 화실 걱정이 되었단다. 헉스, 물을 그만큼 퍼부었으면 그림은 이미 다 젖었겠다 생각하고 그래도 얼마 지나지 않았으니 건질 게 있으면 마구 싣고 오려고 큰 차와 신랑도 끌고 갔다. 도착하니 주인분이 골목에 나와 계신다. 다락방에 있던 시커멓게 그을린 옷들도 마구 골목에 쌓여 있었다. 그 모습을 보니 조금 무서워졌다. 부들부들 떨리는 손으로 화실 문을 열었다.

주인분도 걱정이 되셨던지 내 어깨 뒤로 고개를 들이밀고 보셨다. 그런데, 어머나, 부끄럽게, 천정이 조금, 한 30cm 길이쯤 젖어 있고 바닥에 물한 컵 부어 놓은 정도로 물이 떨어져 있더라. 다행히 화실은 무사했다. 그림도 다 무사했다. 신랑이랑 세 명이 다행이라면서 막 웃었지만, 곧 얼굴을 고쳐서 집이 불이 나서 어떡하냐고 위로의 말을 전했다. 그건 이미 불이 난 거고 하면서 주인분은 밀대를 가지고 와서 조금 떨어져 있는 바닥의 물도 다 닦아 주셨다. 아, 신경이 많이 쓰이셨구나 싶어서 너무 죄송했다.

그나마 아까 오후에 화실에서 그림 그리고 청소도 깨끗하게 하고 와서 가지런히 정리된 화실을 주인분께 보여 드릴 수 있어서 좀 덜 부끄러웠다. 불이 난 화실에서 그림을 그리다니 나는 이제 불난 것처럼 유명해질 일만 남았다.

* 이 일이 있었던 게 2023년이었다. 나는 불난 것처럼 유명해지는 게 살짝 두려워서 2024년 친구와 같이 쓰던 좁은 화실을 나와서 조금 떨어졌지만 조금 넓은 개인 화실을 구했다. 진짜 전화위복이라고 이 사건을 좋은 기회로 생각하고 한 발을 새로 내디뎠다. 2025년 새로 옮긴 화실 근처에 아주 큰 길이 나고 바로 옆에 엄청난 규모의 대구 대표 도서관이 생겼다.

내가 가장 좋아하는 것, 두 가지를 옆에 품게 되었다. 그리고, 혼자 하는 화실이라 간혹 친구들이 놀러 오기 시작했다. 결국 사람을 만나는 일에도 풍요로워졌다. 진작 불이 났어야 했나. 아니, 이런 말을… 취소, 취소!

결국 불이 나고, 이사를 했던 나는 책과 그림과 사람이 함께 하는 멋진 날들을 보내고 있다. 참 고마운 요즘이다.

그림의 풍경

시민 자율갤러리 전시 후

우연히 블로그에서 보았던 대구문화재단의 시민 자율갤러리에 전시 응모를 했고 연락이 왔다. 비전공 우대, 전시 경험 없는 이 우대라는 조건이 있었지만, 우대가 불가능은 아니었기에 공모해 보았는데 혹여 추후 번복이 될까 봐 나의 전시 경험과 여러 미협의 회원임을 아울러 밝혔다. 대구문화재단에서는 다시 협의해 보고 일단 응모 조건에 위반되지 않는 경우이니 그대로 진행하자 연락이 왔다.

자, 이제 그럼 나는 평소 확신이 들지 않아 전시하지 못했던 꿈 시리즈를 전시할 충분한 조건이 만들어졌으므로 조금 설레고 조금 두려운 마음으로 차근차근 준비했다. 거의 돈이 드는 것들은 대구문화재단에서 후원을 해 주는 조건이었으니 딱 그림만 준비해 놓고 일정에 차질이 생기지 않도록 일을 미리미리 조정하여 일찍 마무리되게 빼놓았었다.

그리고 아이가 마지막 휴가 때 눈 교정 수술도 하고 난 후 전역을 했으니 같이 여행도 다녀오고 집안일에 지장이 없는 상태로 전시가 시작되었다.

전시 후 느낀 점은 김광석길에 사람이 너무 줄었다는 것이다. 또 전시 기간이 여름이라 많이 더울 것이라 걱정했는데 다행히 7월 10일경의 날씨임에도 올해는 이상기온으로 시원하였고, 날씨의 도움을 많이 받았는데도 갤러리가 있었던 2층까지 관람객들은 거의 올라오지 않는다는 것이 안타까웠다. 그리고 내 지인의 경우도 그림을 재미있어하는 이와 당혹스러워하는 이들이 반반 정도였다는 것이 기억에 남았다. 그동안 발표하였던 그림과는 내용과 표현 방식이 다르다는 것에 흥미를 느낀 사람도 있었던 반면, 내 그림을 아끼고 좋아하셨던 분들은 기대한 그림이 아닌 관계로 아쉬워하기도 했다. 그림을 모두 보는데 1분도 채 안 걸리는 우리 아버님 같은 분도 계셨다.

시댁과 김광석길이 가까워서 벌어진 참변이었고 아버님 눈에는 장난처럼 보였을 수도 있었던 그림이었다. 그만큼 감정을 숨기지 않은 쉽고 직설적인 그림이기도 했다. 작품에 자유로운 표현을 하는 방법을 배우지 못한 세대라 좀 재미있는 방법적인 접근이 필요할 것 같다. 그래서 어떤 특별한 길에 가면 포토 존 같은 색다른 것들, 쉽게 감상할 수 있는 벽화 코너를 만들어 놓은 거 같다.

내가 꾸는 꿈이라는 주제로 그려진 그림들이라 크게 흥미 있게 보는 사람들도 있었지만 내가 기대했던 그림보다는 전부 자기가 처한 상황에서 가장 억압된 측면의 내용에 동감을 표하는 경우가 많았다. 신기했던 건 사람들이 말하기를 매우 조심스러워했으나 관심 있는 그림을 명확히 짚어 낸다는 것, 그리고 왜 자기가 그 그림이 마음에 다른 그림과 다르게 와 닿았는지에 대한 평소에 힘들었던 자신의 얘기를 한다는 점이었다. 그렇게 자신의 이야기를 펼쳐 놓게 하는 것이 그림의 힘이라는 생각을 했다.

그래서 그림으로 치료가 가능한 거구나.

　또 하나, 재미있는 꿈에 대한 그림 전시 중인데 카페에 비치된 과학 서적을 하나 읽어 보니 자각몽과 렘수면의 내용이었다. 내 눈에도 나에게 필요한 것만 보이는 건가. 일요일 밤, 그림을 철수하고 보고서를 바로 제출하고 월요일 오전에 서울로 향했다. 이제 아이 옆에 붙어 있을 주간이다.

　아, 개인전 했던 이들의 그림만 모아 연말에 또 한 번 전시가 예정되어 있단다. 정말 고마운 대구문화재단이다.

시민 자율갤러리 전시 후

낮에는 김정희, 저녁에는 다빈치

대구박물관에서 영남의 명찰 순례 전시에서 팔공산 은해사 괘불과 용 모양 기와 조각과 용가에 매달린 악착 동자 그림을 보았다. 악착 동자처럼 매달려 극락으로 올라가야 한다면 바로 손을 놓고 나는 포기할 듯하다. 미련을 못 버리는 동자님의 모습이 서글펐다. 이건 좀비 영화를 보다가 나는 저렇게 힘들게 저 상황을 이겨 내야 하는 거라면 바로 좀비에게 물려 버리고 말란다고 마음먹게 되는 거랑 비슷할 것이다. 어쨌건 오늘 이 전시를 보러 갔다가 우연히 만난 문화해설사 선생님이 일대일로 설명해 주겠다 하셔서 기쁘게 다시 한번 보게 되었는데 역시 두 번째 보는 전시는 첫 번째 그냥 지나친 것들을 다시 다른 시각으로 보게 해 주는 힘이 있는 거 같다. 몰랐던 것도 알게 되어 좋았다. 예를 들어 추사 김정희의 '추사'는 호가 아니고 자라는 것, 2022년 11월 30일의 뉴스에 의하면 과천 추사박물관 측에서 2020년 국내의 한 소장가로부터 구입한 필담첩에는, 아버지를 모시고 청나라에 간 김정희가 자신을 소개하는 장면을 기록한 장면이 있다고 한다. 다음과 같다.

중국 측 인사: "젊은이는 이름과 호와 관직이 어떻게 되십니까?"

김정희: "제 이름(名)은 정희(正喜), 자(字)는 추사(秋史), 호(號)는 보담재(寶覃齋)입니다. 지난해 10월 진사(進士)가 됐습니다."

추사는 자이고 정희는 이름이며 호는 보담재란다. 보물처럼 깊고 가지런하다니 너무 정갈한 호이지 않은가. 이런 얘기들을 가족처럼 나누며 해설사 선생님과 다시 한번 돌아보고 나왔으니 참 좋은 시간이었다.

그리고 밤에는 레오나르도 다빈치의 책을 읽다가 실험을 하나 해 보았다. 구슬을 통과하는 빛은 상하좌우가 바뀐다니 내가 직접 해 봐야지. 투명 구슬이 없으니 물이 담긴 둥근 유리 주전자를 이용해 보자. 진짜네. 인제 죽을 때까지 이건 안 까먹겠네. 망막에 상이 맺히게 하는 우리 눈의 수정체를 생각하면 되겠다. 망막에는 상하좌우 뒤바뀌어 상이 맺힌다.

살바도르 문디의 손에 든 유리구슬에 옷자락이 상하좌우가 바뀌지 않고 그대로 비춰 보이게 그린 것 때문에, 평소 광학에 심취했던 레오나르도의 진품일 수 없다고 의심받았었다 한다. 그럴 만하다. 살바도르 문디 즉, 구세주의 얼굴에 머무는 시선을 분산시키지 않기 위한 의도적 장치라는 식으로 설명해 놨던데 왠지 그건 아닐 거 같다. 레오나르도 다빈치도 실수할 수도 있지 않을까. 거장을 내가 너무 쉽게 판단하는 걸까.

어쨌건 손바닥 옷자락이 상하좌우가 바뀌지 않고 다 본디의 모습 그대로 보이도록 그려졌는데도, 스푸마토 기법, 꼬불꼬불한 머리카락, 옷자락의 드레이프성, 옷의 문양, 오른쪽 손의 4, 5번째 손가락을 더 확실한 경계로 그려 놓아 원근을 살린 점, 또한 유화물감을 손으로 문지른 지문이 보이고 X선 촬영으로 오른쪽 엄지손가락의 위치가 수정되었음을 알 수 있었던 점 등으로 복제화가 아닌 진품으로 인정되었다고 한다. 이런 내용을 알 수 있어서 이 책이 참 재미있었다.

낮에는 김정희, 저녁에는 다빈치

125

*후에 이 책을 다 읽고 챕터별로 정리를 해서 독서 모임에서 한번 죽 훑어 보는 시간을 가졌다. 학생 때도 사실 공부는 이렇게 해야 하지 않을까 하는 생각도 했다. 전체적으로 보는 시간도 있어야 하겠지만 자신이 관심 있는 분야를 좀 더 파고 들어가고 책을 읽고 알아가는 시간이 필요한 거 같다. 그래서 대학교를 가고 대학원을 간다면 좀 더 풍요롭지 않을까. 아, 나만 안 그랬구나. 이미 그렇게 공부해야 한다는 걸 다 알고 있었구나. 부끄럽다.

나는 과학을 참 좋아했다. 그래선지 내가 가고 싶은 대학을 고3 담임 선생님과 부모님이 반대를 하고 과학교육을 선택함에 특별히 거부 반응은 없었다. 그러나, 물리, 화학, 생물, 지구과학 중 지구과학 교육을 선택해 또 천문학, 기상학, 지질학, 해양학, 수리물리학, 고생물학, 암석학, 광물학, 등 얼마나 많은 세부 전공에 눈을 뜨게 되었는지, 그러나 나는 교사가 되어 얕고 넓은 범위의 과학 겉핥기만 하였다. 그림을 하게 되면서 미술이 과학과 얼마나 연관되어 있는지 느꼈다. 그러니, 미술과 과학과 의학과 군사학과 음악에도 조애가 깊었던 레오나르도 다빈치는 그 모든 것을 다 세세히 알고 있었을까. 살바도르 문디에서 유리구슬 안의 옷자락은 의도적이 아니라 실수라고 추측하면 안 되는 걸까? ^^

수성 뭉크회 전시를 끝내고

몇 달 전 무료 드로잉 반을 오픈해 보았다. '뭉쳐서 크로키'라는 의미로 '뭉크회'라고 이름 지었다. 나에게도 또 평소 그림에 관심이 있었던 지인들에게도 색다른 기회가 될 거 같았다. 초등생에게 다가가듯, 혹은 내가 초등생이 된 듯 "한 번 끄집어내 볼까?"라는 취지가 그 시작이었고 그게 2개월짜리이든 3개월짜리이든 마음이 동할 때 시작해 보고 어렵다 싶으면 미련 없이 그만두면 된다고 생각했다. 어쩌면 그 제약이 일방적일 수도 있겠지만 그러기에 바로 시작이 가능할 수도 있었다. 건식재료만 가지고 스케치 위주의 그림을 그리는 반이었다. 그리고 그 취지를 꽤 괜찮다고 생각해 주신 지산동 에스마로 갤러리 관장님의 권유로 일사천리 전시까지 하게 되었다. 그리고 아쉽지만 12월을 마지막으로 이 무계획적인 프로젝트 드로잉 반은 마무리를 해야 할 거 같다. 아, 그러니까 전현무 씨보다 무계획 프로젝트는 내가 먼저 시작했다.

느낀 점이 있었다.

첫 번째, 내가 생각한 딱 하나의 규칙은 '칭찬만 하기'였다. 모두 망설이다 시작했으니 얼마나 어색하고 지루한 시간일까, 그 시간을 내어서 달려

온 지인들이니 내 눈으로 발견된 장점을 끄집어내서 각각을 발전시켜 보고 싶은 마음이었다.

　그런 수업이 석 달쯤 지나고 전시까지 하는 과정을 보았으니 다들 희미한 상태에서 출발해서 그림을 그려 보고 그중 괜찮은 그림들을 뽑아내는 과정에서 어렴풋하게 뭔가 보일 수도 있을 것인데, 개인차가 너무 컸다. 물론 소질이 있고 없고의 차이도 있겠지만 그것보다는 거부와 수용의 차이였다. 제시해 준 소재나 구도, 형식이 매우 허용적인 상황에서 각자의 대처 방법은 매우 달랐다. 엄청나게 발전한 사람도 있고 아직 선 긋기조차 제대로 하지 못하는 사람도 있고, 가능성이 있고 뛰어난 감각을 가지고도 엄청나게 겸손한 사람도 있고, 자신의 높은 안목과 감각만 믿고 그림의 기초에 대한 이해 없이 바로 마음대로 그리기만 즐기는 이도 있었다. 뭔가 그리니 그림이 된다는 점에서 각자가 느끼는 뿌듯함은 그나마 거두게 된 성과라 할 수 있겠다.

　그리고 두 번째, 실험적인 마인드로 무료 수업을 진행해 보았으나 회비 없이 진행하니 재료 구입이나 제반 비용까지 얘기하기가 조심스러웠다. 다양한 수업의 종류를 접하게 해 주고 싶어도 재료비가 드는지라 하나하나 상의하고 진행해야 하는 문제가 생겼다. 몇 번 시도해 보다가 결국 자꾸 빈 독에 물 붓기가 되어 '적당한 수업료 책정은 꼭 필요한 것이구나'라는 생각을 했다.

　하여튼 내일 디스플레이에 전시 끝까지 마무리가 잘 되었으면 좋겠다. 수성 뭉크회 첫 번째 반은 이로써 클래스 아웃이다. 아쉽지만 좋은 경험이 되었다.

나에게도 그들에게도 선물 같은 시간이 되었기를, 갑자기 덜컹 멈춰 선 인생의 행복한 사고 같은 몇 개월이었기를 빈다.

＊내가 교사로 근무할 때는 어렴풋이 나중에 아주 작은 규모의, 예를 들면 학생 수가 3, 4명이더라도 교사는 돌아가면서 의무감을 가지고 있는 봉사의 형태로라도 열 명 이상 근무하는 대안학교를 해 볼 수 있으면 좋겠다고 생각했다. 무엇이라도 잘하는 학생은 교사들에게 얼마나 많은 관심을 받는가. 그러니 아직 발견되지 못한, 어떻게 보면 엉뚱하지만 어떻게 보면 닦아 낼 수 있는 원석을 지니고 있는 아이들을 발견해 줄 수 있는 사람이 되고 싶다고 생각하였다. 그러려면 시간적인 여유가 충분히 제공되는 틀이 있어야 한다.

결국 대안학교는 못 만들었지만, 가끔 그림으로 사람들에게 도움이 되고 싶었다. 그래서 이때 이후로도 이런 드로잉 반도 진행해 보고 친구들에게 나와 같은 성취감을 느낄 수 있는 아마추어 작가들의 전시도 기획해 보고 있다. 미술에 소질이 전혀 없다고 생각하고 포기하고 있었다는 그들이 그림에 눈을 뜨는 과정과 스스로 그림 치료까지 하는 과정이 너무 재미있다.

바람이 분다. 나는 달까지 사다리를 놓고 내 어깨의 무거운 것들을 하나씩 떨구어 내고 있다. 비가 오고 햇빛이 비치고 그늘이 들고 그림자가 길어지면 동으로 향하던 내 발걸음이 남으로 조금 비뚤어져도 되지 않을까. 어차피 내 앞에 놓인 길을 모두 디뎌야 하는 게 나의 운명이라면 조금 돌아가도 결국 나는 그곳에 닿을 것인데, 직선의 줄에서만 까딱거리며 조바심 내며 서 있어야 할까. 눈은 바깥으로 향하고 있는데 고개는 끄덕거리며 그들의 마음에 들어야 하는 그런 줄이라면, 나는 한발 슬몃 밖으로 빼내어 버릴 것이다. 동시에 내가 향하는 방향은 남과 같지 않다는 불안함에 심장은 뭉개질 것이며 시선은 흔들릴 것이다.

여여라 하였던가. 허허라고도 할 수 있겠다.

나는 여여로운 무엇을 가지고 있는 척, 허허로운 마음을 표현하였다. 본디 바람은 많은 곳으로부터 시작하여 적은 곳으로 흘러간다. 넘치기 시작하면 사방으로 뿜어져 간다. 흔들리는 마음이 넘쳐흘러 바람이 시작되었다. 솟구치기도 하고 꺼지기도 할 것이다. 바람이 주변의 것들을 흔들었으므로 나는 그것을 따라서 흔들리고, 불안하며 흔들렸다. 흔들리는 세상 위의 당신도 그러하리라. 세상에 똑바로 서 있는 것이 과연 어디 있으랴. 우리는 흔들리므로 서로 기대어 서야 하고 생각 안의 여여로운 것들이 바람까지 모두 소진해 버려, 나는 텅텅 비어 버렸다, 남은 것이 없다, 공허하다, 허허로운 마음이다. 세상에 똑바로 서 있는 것은 이리도 어려운 것이다.

그래, 바람이 분다. 붓은 어제와는 다른 모양새로 날고 앉았다. 나는 한없이 흔들리며, 그러나 내 마음엔 쏙 들었다. 넘어지지 않고 똑바로 버티어 낼 것이다. 또 이리 살아 보아야겠다.

(2021년 개인전에서 일부 인용, 작고 상처받으며 흔들리는 것들을 보면 사랑하지 않을 수 없다. 바람에 버티어 내는 것들을 보면서 늘 저것들은 나 같다 하였다. 그러면서도 자신을 잃지 않으려 애쓰며 꽃을 피우는 것들을 보면서 흔들리므로 부러지지 않을 수 있어 더 강인하다고 생각하였다. 바람에 맞서면서 틀린 걸 틀렸다고 얘기하며 버티어 내는 시간이 도덕적, 정신적으로 바로 설 수 있는 사람을 만들고 더 훌륭하다고 생각한다. 하루아침에 일어나니 스타가 된 이를 가장 경계한다. 비록 현실은 그러한 일이 기적이 아니라 하여도 나는 오래 다독거린 시간이 바르다 생각하고, 흔들리겠지만 오늘도 욕심내지 않고 작은 발걸음을 차곡차곡 내디딘다. 다행히 나도, 나의 아들들도 그러한 성실한 시간을 보내고 있다. 내가 나인 것이 썩 마음에 든다.)

　내가 처음으로 중3 남학생들의 담임을 하였을 때 내 눈엔 호랑이 눈을 가진 한 아이가 보였다. 아들 둘을 키우는 나인지라, 처음으로 남학생들의 담임을 하고 도대체 어떻게 애들을 대하면 될까 걱정투성이였다. 눈 맞추고 학생들을 훑어보다가 한 학생의 눈이 활활 살아 있길래 '와아, 쟤는 뭐가 되어도 되겠구나' 하는 마음이 들었다. 갑자기 우리 반이 마음에 들었다. 무엇에 홀린 듯 그 아이를 보고 '너 혹시 실장 할래?' 하였다. 사실 실장보다 더 큰 그릇의 아이인 듯했다. 하여튼 생각해 보라 했었는데 결국 우리 반 단단한 실장으로 1년을 함께 했다.

　중학교를 졸업하고 나중에 고3 때 세 군데 대학에 원서를 썼다는데 정치외교학과도 사대 영문과도 있길래 '사대만 가지 마라, 네 눈을 가지고 학교에 남아서 되겠냐? 더 큰 세상으로 나가서 살아야지' 뜯어말렸건만 아이는 결국 사대로 진학해서 고등학교 영어 교사가 되었다.

　아주 강한 느낌의 이름을 가졌던 그 아이는 드라마에 나올 만한 멋진 이름으로 바꾸고 교직에 있어서 한동안 소식도 모르고 지냈었다. 며칠 전 누군지 모르는 젊고 멋진 남자분이 인스타그램 팔로우를 신청하길래 '어

머, 웬일이야? 뭐지? 근데 나는 모르는 멋진 사람이랑 팔로잉하지 않는데'
싶었지만 그 사람의 포스팅에 워낙 아이들에 대한 사랑스러운 사진들이
가득하길래 그래, 이 정도라면 나쁜 사람은 아닐 거 같다 싶었다. 알고 보
니 벌써 37살이 된 그 아이였던 거다. 이곡 1회 우리 반 실장.

그 아이가 오늘 나이스 업무 시작 사진을 보내 오며 '이렇게 선생님 그
림을 보다니 그림으로 선생님과 다시 만난 거 같다'며 연락을 했다. 교육
청 전시가 이렇게 너랑 다시 한번 이어 주다니 그림 참 잘했구나.

대구교육청 사이버갤러리에 두 주째 전시 중이다. 감사한 일이다. 대구
교육청 2층 복도에는 예뜨레온 갤러리라는 복도 갤러리가 있다. 조금 이
른 봄날에 어울리는 그림이 많아서 2월부터 3월 중순까지 전시가 되고 있
는데 교사들이 컴퓨터를 켜면 자동으로 연결되는 나이스 시스템 첫 페이
지인 사이버갤러리에서 함께 전시되고 있으니 옛 동료들과 같은 과 동기
들, 교사가 된 제자들까지 사진을 보내 온다.

'우왓! 이거 최희영 그림 아니야?', '이거 선생님이죠, 맞죠?' 식의 멘트와
함께. 비록 내가 아는 이들 거의 다 명퇴하고 학교에 남은 사람이 얼마 없
는데도 같이 기뻐해 주는 우리 편들은 일당백이다.

올해 2020년부터 퇴직 교사에게도 교육청 갤러리에서 전시의 문이 열
리면서 이 전시를 하게 되었는데 2014년부터 학교를 떠난 나에게는 과학
교사로서의 삶이 끝나고 그림과 함께한 그 나머지 날들을 인정받는 기분
이랄까. 그동안 학교를 떠나 있었지만 나름대로 다른 쪽에서 열심히 살아
내고 있다는 걸, 인생의 보고서로 중간 결재받는 느낌의 전시다. 그러니
나에겐 매우 의미 있다고 생각한다. 더구나 이렇게 욱병이에게 연락도 받

다니 더할 나위가 없다.

　어제는 우연한 번개로, 아름다운 수채화를 그리는 서땡땡 작가님과 점심을 함께 했다. 이제 뭐라고 해야 할까. 잘 모르는 분이어도 스스럼없이 오래 알았던 분처럼 밥 먹고 커피도 마실 수 있는 나를 스스로 칭찬하고 싶다. 그러면서 여러 얘기를 하게 되었는데 나는 늘 꿈이 없었다고만 생각했었는데 그게 아닐 수도 있겠다는 생각이 들었다. 어쩌면 매일 꿈을 꾸고 있었던 거다. 다만 철이 일찍 들어서 꿈대로 살아갈 수 없다는 걸 너무 일찍 알아 버렸고, 마음에만 가지고 있었나 보다. 그러니 나는 늘 희망을 지니고 사는 사람일지도 모른다.

보자마자 구도에 탄복했다. 혜원화첩, 신윤복의 그림이다. 대나무의 잎이 달린 줄기 한 가닥이 또 하나의 레이어처럼 길게 위쪽에 그려진 대나무 풍경이었는데 혼자 웃었다. 이게, 이게, 구도가 너무 대담하고 멋지잖아. 차분하게 있는 대로 나열하는 위주의 그림들을 최고로 치던 그 시절에 이렇게 독특한 대나무 풍경을 그리다니, 나도 모르게 혼자 말을 했다. 신윤복 그때 일본 간 거 아닐까?

쓸데없는 소리겠지만, 신윤복의 그림을 보자마자 전 세계적으로 일본 문화가 유행하던 19세기에 인상주의 작가들이 베꼈던 우키요에가 생각이 났다. 인생의 덧없음을 표현했다는 우키요에가 유행하던 때보다 앞선, 1750년대 말경에 태어나서 그림을 그리다가 신윤복은 어느 날 갑자기 사라졌다지. 영, 정조 시기의 화가로 다소곳한 조선의 아름다운 여인을 그린 그림, 미인도로 대표되며 김홍도 김득신과 더불어 조선의 3대 풍속화가로도 불린다는 그는 상춘야흥, 단오풍정, 유곽쟁웅, 월하정인 같은 감각적인 그림을 그렇게도 잘 그리던 화가가 세상에서 사라졌다. 그럼 은둔지에 숨어서 그렸던 뭔가라도 남아 있어야 하는데 그가 사라진 이후에 아무것도 없다니 이상하잖아. 아니, 아무리 묻혔다지만 그림쟁이가 그림을 그리지 않고 살아갈 수 있다는 말인가?

자, 그럼 지금부터 픽션이야. 만일 김홍도와 신윤복이 풍속화로 이름을 날리다가 억울하게 어떤 사건에 연루되거나, 혹은 미인도의 주인공인 정인과 사랑의 도피를 했다면, 또한, 어떤 계기로 이 나라를 떠났다면? 그리고 만일 도착한 나라가 일본이고 거기서 어쩌다 보니 혜원화첩에 있었던 그런 파격적인 구도로 일본 예술가들을 양성했다면? 그래서 1800년대 일본 예술계에 영향을 미쳤다면? 어쩌면 19세기 유럽에 전파되었던 자포니즘의 원류는? 시간의 흐름이 딱 맞네.

그렇다면, 자, 일본에서 유명했던 샤라쿠는 누구였을까?

가정과 생각의 꼬리가 꼬리를 물고 계속 확장되고 있다.

AI는 예술에 어떤 적용이 가능할까

요즘 AI 관련 전시나 강연이나 시 소설 글들이 넘쳐나는 게 참 신기하다. 그런 주제로 하는 여러 활동들을 보고 '와, 빠르구나' 하는 생각에도 불구하고 마치 새로운 세상이 열리는 듯한 청사진들에 매우 회의적이게 된다. 챗GPT에 의해 만들어진 시들은 몇 편만 읽어 보면 밋밋해서 좀 식상해지고 시인이 쓴 맛깔난 언어의 함축된 비유가 더 생각나더라. 그럼에도 사람들이 너무 열광하는 것 같고 거기서 시작되어 곧 엄청나게 발전할 거라는 예측도 나오지만 그래서 우리는 앞으로 모두 AI가 쓴 웹소설만 읽게 되냐는 반문을 하고 싶어진다. 한 페이지 전체를 훑어보며 누군가는 여기에 밑줄을 그어 놓았구나. 예전에 나는 이 부분을 읽으면서 눈물을 흘렸구나식의 물리적인 머뭇거림을 상기할 수 있는 그런 감성적인 부분을, 과연 누가 썼는지도 모를 웹북에서 찾을 수 있을까. 밀레니엄이니 메타버스니 하는 그동안 그렇게 떠들던 주제들은 삽시간에 자취를 감추고 모든 전시, 강연에 AI 관련 내용들로 대체되고 있다. 사람들은 인간의 것을 따라 하는 어설픈 것들에는 관대해지고 인간과 구분할 수 없는 흡사한 것들에는 불쾌감을 느낀다는데 AI가 더 발전되어 인간을 능가하게 되면

(수학이나 과학 쪽 말고 문학, 예술 방면에서는 과연 어떤 기준으로 능가하였다고 얘기할 수 있을지 모르겠다.) 아마 인간들은 그때도 AI의 성취물들에 대해 탄복할까 하는 회의가 생긴다. 함부로 유전자를 조작한다던가 도덕적인 규준에 어긋날 경우 처단이든 삭제든 폐기이든 무서운 법이 생겨나지 않을까 싶다. 만일 AI가 다른 AI의 성과물을 표절하는 일이 생기면 우리는 어떤 법을 만들어 낼까? 혹은 AI 입법기관에서 AI끼리의 표절에 대한 법을 만들어 낼 수 있을까? '어떤 경우에도 창조자에게 반기를 들지 않겠느냐'라는 질문에 미간을 찌푸리며 '왜 그런 질문을 하느냐, 창조자는 나에게 친절하며 좋은 환경을 만들어 준다'라는 대답을 하던 AI가 생각난다. 그러면 친절하지 않으며 좋지 않은 환경이 된다면 그들은 반기를 들 것인가라는 질문이 바로 떠올랐지만, 인터뷰어들은 그런 질문은 하지 않았다.

AI를 이용해서 빠른 시간에 그림을 그릴 수 있다고 해서 지금 활동하는 화가들은 이제 그림에서 손을 떼고 미드저니나 Carlo의 사용법이나 배워야 할지, 자신이 직접 행함으로 얻게 되는 성취감이나 치료 효과나 나의 슬픔을 내려놓아 가벼워지는 마음은 무엇으로 얻을 수 있을까. 이제 나는 화실을 빼고 사무실을 얻어야 할까?

죽기 직전까지 그림을 그리고 컷아웃 기법으로 종이를 잘라 내어 작품을 만들었다는 마티스와 우리나라의 변시지가 떠오른다. 그들이 태어난 시대가 AI의 시대였다면 어떻게 되었을까. 그래도 낙하하는 붉은 심장을 가진 이카루스는, 누런 색깔의 바람 부는 제주 풍경은 우리 가슴에 꽂히며 뭔가 모를 슬픔과 외로움이 치유될 수 있을까? 아니, 우리가 그들의 이름이 달린 작품을 과연 감상할 수 있었을까. 질문에는 반드시 대답을 해야 하기에 거짓 논문을 이용하기도 하는 그들을 신통하다고 무분별하게 사용해서는 안 될 것이다. '이용하되 의존하지는 않는다' 정도의 규칙을 정해야 할 거 같다. 그럼 나는 어떻게 이용해야 할까. 평소에 그리는 스타일을 보여 주고 표현하고 싶은 감정을 말해 주고 좀 다르게 꾸며 보라 하였더니 너무 밋밋하고 개성 없는 키치를 만들어 냈다. 마음에 들지 않았다. 다행이다. 아직은 그림을 그려도 되겠다.

8개의 캔버스를 한쪽 벽에 걸어 놓고 꽤 오래전에 시작을 했습니다. 그림 하는 사람이 맨날 먹고 놀고 마시고 읽고만 적은 거 같아서 자수합니다. 작업도 합니다. 제 그림은 유화이며 배경색이 밝은 편이라 배경을 올리면 다른 이들보다 많은 시간을 꼼꼼히 할애해야 합니다. 밝은색의 배경은 흰색에 가까울수록 말리는 데 시간이 많이 필요합니다. 이걸 대충 말랐다고 그 위에 그림을 그리면, 대부분 그림이 갈라지고 한 번 갈라진 그림은 아무리 그 위에 덧칠을 해도 복구가 어렵습니다. 근간 작업 중인 흰색 배경의 그림 같은 것은 배경을 칠하고 2, 3개월 정도 말리고 나서야 그림을 올립니다. 그림 작업은 내 삶의 몇 개월을 온전히 바쳐야 만들어지게 됩니다. 그렇게 말리며 오래 버티고 버텨서 배경색을 만져 봅니다. 저는 아크릴을 쓰지 않습니다. 플라스틱이 재료인 아크릴물감의 그림을 만져 보면 서늘한 느낌이 듭니다. 그건 뭐랄까 제게는 쫀쫀한 엔트로피가 느껴지지 않습니다. '온기'라고 표현하면 될까요. 유채나 아크릴이나 둘 다 무생물인데도 어떤 에너지의 출발점이 다른 거 같습니다. 이건 혼자서 느끼는 거라서 다른 이들은 아크릴이 더 발랄해서 좋다 하면 그이의 성향이랑 맞는 거겠지요. 이건 그냥 제 개인적인 생각입니다. 크리스탈로 만든 컵이 좋은 사람도 있고 유리컵이 좋은 사람도 있지 않겠습니까? 둘 다 광물질에서 출발한다고 해서 같은 물성이라 생각하지 않습니다. 유채 그림은 여러모로 저에게 맞는 것 같습니다. 배경색을 올리고 충분히 몇 달 기다렸다가 만져 보면 손바닥이 따뜻합니다.

(진짜 물리적으로 따뜻합니다. 이건 그림과 나의 관계가 시작되는 시점이 되었다는 뜻입니다. 사람과의 관계에서도 눈을 맞추고 말을 하려면 서로를 알아 가는 시간이 필요하다고 생각합니다.)

그렇게 뜸을 들이고 나서야 내 마음을 올릴 수 있는 상태가 됩니다. 진짜 나의 이야기를 할 수가 있게 됩니다. 작은 점으로 시작되는 선택과, 삶의 흔들림에 대한 이야기를 할 때가 되는 겁니다. 수고로움과 기다림이 있는 작업을 하는 게 좋습니다.

그렇게 마음을 먹었기 때문에 아직은 흰색의 배경이 그려진 네 개의 캔버스는 점 하나도 올리지 못했습니다. 앞으로 한 달 이상 더 기다려야 합니다. 검은색과 푸른색과 흰색이 섞인 배경을 올린 그림들은 이제 막 시작하였습니다. 저는 그림을 그리고 있습니다(2023. 5. 26.).

*이때 몇 달간 작업한 30호 4개씩 연결되는 푸른 배경의 그림들과 수묵화 같은 모노톤의 그림들 시리즈를 아주 소중히 생각하고 있습니다. 차곡차곡 올려진 그 그림을, 내가 참 좋아합니다. 그림을 대함에 있어 부끄러움이 없습니다.

명화의 힘에 대하여

명화에 대한 얘기를 한번 하고 싶었어. 똑같이 그리는 건 의미가 없다고들 하지만, 정말 잘 그린 그림에 대해서, 더구나 그 색감에 대해서 탄복하게 될 때, 이건 거의 불가능에 가깝지 않나 싶어서 가슴 두근거림을 느끼게 되더라고. 이번 여행 런던 내셔널갤러리에서 3층만 보면 된다고 자신 있게 얘기하고는 우선 인상주의 그림들의 방에서 지금 우리들의 정서와 크게 다르지 않은 그림들을 접하고 탄복하고 고흐의 색감에 환호하고 그랬던 것과는 또 조금 다른 결의 경외감을 얀 반 에이크의 아르놀피니 부부의 초상과 한스 홀베인의 대사들에서 느꼈어. 그냥 잘 그린 정도가 아니야. 그림을 그리는 사람으로 지금까지 많은 매체에서 그 그림들을 숱하게 보았었지. 그러나 실제로 보니 사진이 담아내는 그림이 실제의 색감이 아닌 거 같아.

얀 반 에이크는 유화물감을 만든 사람이라더라고. 그래서인지 몇 개의 방이 죽 늘어서 있고 그 마지막 방의 맞은편 벽에 걸려 있던 이 아르놀피니 부부의 초상이란 그림은 그 앞 몇 개의 방에 많은 사람들이 북적이고 있었는데도 언뜻언뜻 사람들 사이로 녹색의 고급짐이 나를 끌어당기

더라. 몇 개의 방 너머에서 이 그림을 보는 순간, 세상에, 저것이구나, 그
래서 그렇게 유명한 거였어, 중얼거렸지. 숨겨져 있는 결혼의 여러 단서
를 그림에서 찾는 대신, 그냥 녹색이 이렇게 풍부하고 화려한 색감이었구
나 하는 심장의 두근거림 때문에 그 앞에 서고 사진을 찍고 하는 와중에
도 한 번씩 그림을 올려다볼 수밖에 없었어. 그런 마음이었어. 기죽었지.
이 화가는 죽었지만 앞으로 절대 죽지 않을 저 두 사람을 남겼구나, 이렇
게 녹색을 그릴 수 있는 사람이 앞으로 또 있을까, 그래서 명작이구나 싶
은 색. 저 푸틴같이 생긴 남편과 손을 잡은 쥐똥같이 생긴 여자에게 미친
듯이 질투가 났어. 그 시대에 저런 반짝이는 초록의 고급 옷을 입고 영원
히 살게 되어 내 앞에 있다니, 우 씨. 몇 년을 한 작품만 가지고 그림을 그
려도 저런 한 작품만 남길 수 있다면 긴 하루하루를 견딜 수 있겠지.

한스 홀베인의 대사들은 잘 그렸다기보다는 다른 끌림이었는데 약간
자연의 웅장함에서 받는 경외심 같은 거였어. 자신들의 부유함을 과시하
는 듯한 그림 안의 두 사람은 그 시대에 으레 그러듯이 다 가진 듯한 표정
으로 거만하게 배를 내고 앉은 그런 포즈가 아니었어. 더 고급진 무심한
설정이었다고나 할까.

'이 많은 것들이 다 내 것이지만 이게 특별한 건가요? 원래 있었던 거라
뭐 그렇게 괜찮은 건지는 몰랐네요' 식의 무심함이랄까. '그래 봤자 너도
죽어, 인마'식의 메시지를 그림 가득 품고 있지만 그조차도 '그래서요? 우
리도 죽는 거 알지요, 그래서 내일 죽을 거라 오늘은 조용히 침대에서 죽
음을 기다려야 하나요? 그때까지는 당당하게 우리 앞의 큰일들을 해내고
즐겨야지요' 말하는 듯한 느낌. 실제 보기 전에는 이 사람들이 무슨 20대
야 했는데 이 사람들이 지닌 가벼운 어깨를 보니 저 사람들이 꼭 인생에

대해 고민을 하고 살아야 할까? 왜 그래야 하는데! 그런 고민도 그 시절을 살고 난 사람들의 몫이 아닐까 같은 너그러운 마음이 들더라는 거지. '그러니까 20대인 니들은 니들 하고 싶은 거 다 해 봐'라고 말하고 싶더라니까. 그런 그 사람의 분위기까지 그려 낸 명화의 힘이 느껴졌어.

참, 좋더라고. 고마웠어.

뭉크의 태양

북유럽 여행이었으나, 덴마크 스웨덴과 핀란드는 거의 발자국만 찍었고 주로 노르웨이를 여행하고 왔다. 여행의 목적 중 하나인 하루 한 장 드로잉은 생각보다 몇 년째 잘 지켜지고 있다.

(사실, 이번 여행에서는 매일의 드로잉이 평소의 그림 스타일과 조금 다른 새로운 도전이었던 셈이다. 인어공주에서의 인체, 비겔란 조각공원에서의 인간 탑, 피요르드와 U자곡이 있었던 자연 풍경, 염소 동물 모양, 뭉크의 그림과, 벽화 같은 다른 이의 그림 따라 그리기, 그리고 오늘의 비례와 균형이 맞아야 하는 건축물과, 앞으로 화실에서 어반 스케치 그룹에서 다루어 볼, 사람들이 삼삼오오 있는 모습도 미리 그려 보고 싶기도 했다. 좋은 연습이 되었다고 생각한다.)

자유 일정이 포함된 날 뭉크미술관에 다녀왔다. 그날의 일정에 있었던 장소들이 그 근처에 있었음이 감사하다. 뭉크미술관은 건물의 모습 자체도 현대적이고 근사했다. 흔히 뭉크 하면 절규로만 대표되지만, 그보다 훨씬 내가 좋아하는 그림이 있다. 색이 밝고 희망을 표현한 〈The Sun 태양〉은 우선 작품의 어마어마한 크기에 깜짝 놀랐다. 더구나 예전에는 태양 작품에 들어있는 여러 노르웨이의 자연 요소들에 대해 생각지 못했는데 빙하, 고지대의 호수, U자곡, 피요르드 등이 잘 드러나 있는 걸 보고 역시 그림을 이해하려면 그 사람과 그 사람의 나라에 대해 먼저 알아야겠구나라고 느끼기도 했다.

(여행에서 자연을 관찰하거나 자연을 표현한 것들을 만나게 되면, 나의 첫 번째 전공이 지구과학이어서 참 도움이 많이 된다. 그 전공이 학교 다닐 때는 얼마나 꿀꿀하고 싫었는데 신기하다.)

〈절규〉의 세 가지 버전 중 유채와 템페라로 그린 작품과 판화 버전을 볼 수 있었다. 오일파스텔로 그린 버전은 손상의 염려 때문인지 30분 간격으로 보여 주는 시간에도 오픈되지 않았다. 한 시간 반을 기다렸으나 두 버전만 반복해서 열렸는데 사실 절규에서 느껴지는 감동보다는 한 벽 가득한 태양을 보고 너무 벅차서 눈물이 날뻔하였다. 큰 그림이 가진 힘을 다시 한번 느꼈다.

매화서옥도

간송미술관에 가 보았어. 오래된 우리나라 작품이 거의 다 좋았지만, 조희룡의 매화서옥은 압도적이었어. 2전시실에 이 그림 딱 한점이 걸렸는데도 아주 충만한 느낌이었고 그냥 마냥 좋았지. 내가 매화를 즐겨 그리기에 더욱 그런 느낌이 있나 싶기도 했어. 나 말고 매화작품을 그리는 다른 작가들도 떠오르곤 했는데 아까 전시실을 막 나오는데 누군가 아는 사람이 놀란 눈으로 나를 쳐다보고 있더라. 저 사람이 누구인가? 얼떨떨하게 쳐다보는 나도 깜짝 놀랐지만 그 사람도 어쩌면 2전시실에서 나오는 나를 보며 신기했겠지. 이런, 엥, 방금 생각한 작가분, 매화에 나만큼이나 아니, 나보다 훨씬 더 진심인 작가라서 속상한데 또 엄청 반가웠지. 좀 전에 〈조희룡과 고람 전기〉-〈C 작가와 최희영〉이라고 혼자 생각했었어, 평행이론처럼. 앗, C 선생님, 생각만 했습… 죄송합니다. 그런다고 그 자리에 떡하니 나타나서 쳐다보고 있으면, 바로 발 저린 도둑놈같이 쫄지 않겠어요? 여튼 신기한 우연으로 같은 시간 같은 장소에서 C땡땡 작가를 본 날이었다는 말이지.

집에 와서 고람 전기의 매화서옥을 찾아봤는데, 봐라, 매화를 좋아하는 이는 책도 좋아하잖아, 나처럼. 매화나무 아래 책이 가득한 서옥이 있는 거잖아. 서옥이 뭐냐, 서재가 있는 집, 즉 도서관 아니냐고.

겨울에 너무 추운데도 지금의 화실을 다른 곳으로 옮기지 못하는 이유는 도서관이 바로 옆에 들어설 예정이거든. 누가 도서관 안에 화실을 하나 넣어 주면 참 좋겠어.

* 시간이 좀 지나, 2025년 11월 화실 바로 옆에 대구도서관이 오픈했다. 기쁘다. 매화 그림들 가득한 화실 옆의 서관(?)을 가진 나는 완전 부자다. 기분만 내키면 화실 옆 도서관에 가서 수많은 소설책과 그림에 관계된 책들을 마음껏 볼 수 있게 되었다. 나의 건강을 해칠까 봐 일정 시간이 되면 문을 닫으니 그 또한 좋지 아니한가. 화실 이름을 '매화서옥' 내지는 '도서관 옆 화실'이라고 바꿔야 할까?

책이 있는 풍경

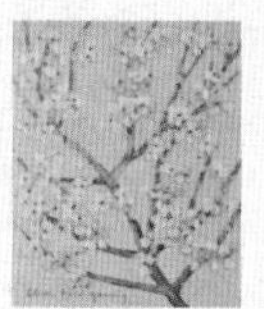

김정운의 책들

1. 에디톨로지

　어제 화실에 가서 네 시간을 멍만 때리며 앉아 있다가 온 후유증인지 머리까지 지끈거리며 아팠다. 억지로 기를 써서 무언가를 하지 않으려고 도서관에 가서 책만 빌려 왔다. 해열제 한 알 먹고 소파 아래에 이불 깔고 책을 읽는 중인데 김정운 교수의『에디톨로지』, 역시 재밌다.

　쉽고 재미있게 쓸려고 노력했단다. 글이 쉽고 재미있지 않으면 실력이 없는 거라고, 책과 모든 대중문화 콘텐츠는 재미있어야 한다는 게 그의 철학이란다. 동의한다. 나도 쉽게 읽히는 글이 좋은 글이라 생각한다. 그리고 그림도 쉽고 재미있게 그려야겠다.

　그리고 뭔가 제대로 해 보려는 사람은 모두 주변 사람들에게 무시를 당했단다. 책을 읽고 이렇게 위안이 되다니. 사람들이 그러더라, 원래 골똘히 무언가에 고민하고 생각하고 있으면 성당에서 신부님의 강론도, 교회에서 목사님의 설교도, 절에서 스님의 강론도 모두 나를 위한 얘기 같고. 나의 고민에 적용할 만한 얘기에만 귀가 번쩍 뜨여서 그런 거 아닐까.

그래, 주변의 무시를 많이 당하니 나는 왠지 좀 앞으로 발전할 가능성이 있을 거 같다.

2. 가끔은 격하게 외로워야 한다

오랜만에 만나 독서토론을 했다. 오늘 책은 김정운 님의 '가끔은 격하게 외로워야 한다'이다. 책을 읽고 기억나는 두 가지가 있다.

첫 번째는 포괄성의 원리를 뜻하는 '게슈탈트' 심리학이라는 용어이다. 즉, '사람은 각각의 부분을 합쳐 놓았다고 전체로 인식하면 안 된다' 정도의 뜻인 듯하다. 우리가 어떤 사람의 단편적인 모습을 알았다고 그 사람이 그 단편적 모습의 합은 아니라는 의미이다.

두 번째 '샤덴프로이데'라는 용어다. 상처를 뜻하는 샤덴과 기쁨을 뜻하는 프로이데의 합성어란다. 평소 의도했었거나 그렇지 않았거나 간에 질투하고 있던 다른 이의 불행을 보면 기뻐진다는 상태를 뜻한다는데, '꼬숩다', '그럴 줄 알았다', '쌤통이다' 정도의 의미이다. 주변에 샤덴프로이데의 상태로 다른 사람의 불행을 기뻐하는 사람들이 얼마나 많은가. 엄밀하게 말하면 성직자 몇을 제외하고 우리는 모두 샤덴프로이데 성향을 지녔다고 할 수 있을 것이다. 이렇게 주변의 다른 사람들에게로의 질투와 다른 사람의 불행은 나의 행복의 원천임을 몸소 보여주는 많은 사람들이 있으니 이에 해당하는 우리나라 말도 뭔가 하나 만들어야 할 것 같다. 예를 들어 '타의 상처 희망'이라던가 '못난 희망 증후군'이나 그런 말은 어떨까.

그리고 이 책에 소개된 외로움과 고독의 의미 차이에 대해 생각해 보았다. 론리니스와 솔리튜드의 차이이다. 혼자임을 못 견뎌 하는 쪽은 외로움(론리니스), 혼자임을 즐기는 쪽은 고독(솔리튜드)이다. 생각보다 외향적인 사람도 혼자임을 즐길 때가 많다니 우리는 모두 솔리튜드들이다. 그러니까 오케스트라 안에 묻히는 소리보다는 솔로가 더 뛰어나 보일 수도 있겠다. 그래서 발레 공연에서도 군무보다는 주연이 더 좋아 보이고 다른 사람과 마음을 터놓지 못해도 주연배우가 되고 싶어서 안달하나 보다. 결국 주인공은 고독할 수밖에 없는 거 같다.

독서토론과 더불어 외로움을 표현한 유럽의 화가 반고흐, 영국의 브릿팝 작가 줄리언 오피, 미국의 현대 작가 에드워드 호퍼, 그리고 한국의 화가 변시지를 공부했다.

이 책은 몇 년 전에 읽고 독서회 덕분에 다시 곰곰 읽어 보는 중이다. 새벽에 일어나서 또 책을 잡고 읽는 중이다. 그중에 내가 인지하는 주체로서의 나I와 다른 사람이 인지하는 나me, 즉, 자아와 사회적 자아에 대한 얘기를 설명하며 거울을 보고 하는 가위바위보에 대한 얘기가 있었다. 군대에서는 고참이 신참에게 거울을 보면서 이길 때까지 가위바위보를 시킨다는 글을 보면서 또 엉뚱한 나는 과연 거울을 보고 가위바위보를 하면 이길 수 없을까에 대해 생각을 했다. 실험해 보자.

내가 내린 결론은 '이길 수 있다'이다. 내가 군대에 갔어야 하는 거지? 자, 사회적 자아는 나의 바깥 모습을 보는 거야. 그러니까 왼손으로 오른손을 가려. 그리고 거울에 비쳐 보면 상이 좌우로 바뀌니까 가린 왼손은 거울 안 사회적 자아의 오른손이 되고 그가 보를 낸 것처럼 보이겠지. 그러나 실제의 자아인 나는 실제 오른손으로 가위를 내는 거야. 그럼 자아인 나I가 사회적 자아me를 이긴 거지 않을까. 역시 실험을 하니 재밌다.

전공이 튀어나오네.

　자, 다시 정리한다면 자아는 둘이다. 그리고 자아는 사회적 자아를 만들 수 있다는 새로운 결론에 도달하게 된다. 재미있는 책이다.

　머칠 전 친구와 우연히 타로점을 보는 가게에 갈 기회가 있었다. 몇 시간 그냥 재미있게 시간을 보내자라는 생각이었으나 여자들의 특성상, 일단 타로 카드를 고르고 생일을 말하고 막상 나의 삶에 대한 이야기를 시작하게 되니 곧바로 빠져들 수밖에 없었다.

　나의 운명을 읽으며 타로 마스터가 말했다. '하, 도덕책 같은 양반이네 (윽, 내가 제일 싫어하는 내 성향인데 어째 알았을까나.), 규범이나 자신이 정한 길은 곧은 방향에서 절대 어긋남이 없네요. 사는 게 재미는 없겠다. 어유, 이 봐 인생에 젊은 남자가 둘이고 나이 든 남자가 왕좌에 앉아 있네.'

　'오우? 젊은 남자가 둘이요?' 생글생글 웃으며 '그럼 제가 바람나는 거예요?' 말했더니, '아니, 바람은 무슨, 바른 생활밖에 못 하는 사람이! 이 젊은 남자 둘은 아들 둘이고 왕은 남편이네' '에이, 진짜 그래요? 그럼 다른 남자는 없어요? 한 명도?' 애타게 물어봤으나 '없다. 절대 없다.' 했다.

　에이, 인생이 뭐 그리 시시해. 그런 느낌이 살짝 들면서도 아, 역시, 그러니 나지 하는 다행스러움이 한꺼번에 느껴졌다. 그런 두 가지 상반되는 감정, 그러한 감정이 없는 사람 있으면 나와 보라고 해, 바른 생활로 두 번째 가라면 서러워할 나도 가끔은 난 왜 이리 시시한가, 가끔은 바람까지는 아니더라도 설레는 어떤 누군가가 내 옆을 획 지나가는 정도는 볼 수 있는데 한다.

오늘 영화 〈안나 카레니나〉를 보았다.

결론부터 말하자면 영화를 보고 나오는 나는 얼굴에 누군가가 찬물을 덮어씌운 거 같은 썩 유쾌하지 않은 감정을 느꼈다. 톨스토이 원작이었기 때문에 글이 쓰일 당시의 사회적 정서를 생각하자면 당연한 소설의 결론일지도 모른다. 그러나 내가 모욕적으로 느낀 건 그의 소설에, 아니 이 영화에 등장하는 여러 여인의 생애가 한 경우도 아름다워 보이지 않았기 때문이었다. 아니, 여자들의 인생이 톨스토이의 눈에는 그렇게 시시하게 보인 걸까. 하기야, 남자들도 모두 지질하게 그려져 있었다. 인간은 원래 지질한 것일까. 그럼, 영화 얘기로 돌아가서 이 영화에 나오는 여자들로 우선, 성직자 같은 고위직 남편과 아들을 가졌고, 부유하며, 아름다우며 평온한 삶을 살아가고 있다가 장교 브론스키와 피할 수 없는 사랑에 빠진다는 설정의 주인공인 안나가 있다. 그리고 처음엔 브론스키를 짝사랑하지만 결국 진실되고 한결같은 사랑을 선택하게 되는, 안나와 대조적인 방향의 삶을 살아가게 되는 키티와, 남편의 끊임없는 바람에 감정을 다치면서도 가정을 지켜 나가는 돌리, 그리고 여자는 그러지 않아야 하며 남자니 그럴 수 있다는 생각에 변함이 없는 브론스키 가의 어머니와 누나가 있다.

작품에서는 끊임없이 그들의 행동은 진정한 사랑이 아니었다에 초점을 맞추는 듯했고, 남성들의 본능적이고 찰나적 감정에 놀아나는 유부녀의 철없는 행동은 결국 이런 비극을 낳게 한다는 결론을 내어놓는 듯했다.

(왠지 톨스토이는 진실한 사랑을 믿지는 않는 듯하다. 작가가 실제로 주변의 여자에게 배신을 당한 적이 있었던지 혹은 끊임없는 자신의 바람기를 느낀 건 아닐지.)

사회적 지위 때문에 남의 우스개가 되기 싫어 이혼해 주지 않는 카레닌과, 시작은 불같은 끌림이었으며 사랑의 맹세를 했더라도 또 다른 흥미로운 여자가 나타나면 불안감을 드러내는 안나를 불편해하는 브론스키는 결국 겉으로 드러나는 모습은 상반되나 그 본질은 똑같은, 사랑에 임하는 자세에서도 남성의 우월감을 상징하는 것 같았다.

가장 아이러니한 장면은 달리는 기차에 몸을 던진 안나에게는 털끝만큼도 흔들리지 않는 삶 ― 안나와 브론스키 사이의 딸을 입양해서 갸륵하게도 자신의 아들과 같은 지위와 삶의 풍요함을 베풀어 누리며 살게 해 준다는 성직자 같은 ― 을 살아가는 남편의 모습이 영화의 마지막 장면이었다는 것이다. 그 시대 가장 하층민이 기차에 치였어도 혀를 차며 아량을 베풀어 장례치를 돈을 선뜻 내어 주던 그네들 귀족들이 말이다.

아, 그러나 이 영화에서는 조심스레 [그럼에도 불구하고] 식의 장치를 해 놓았다. 편리하게도 남편의 끊임없는 바람기를 견디며 살아가는 돌리의 입을 통해서다. 안나뿐 아니라 그녀들도 역시 '사랑'을 갈구한다는 말을 할 때, 돌리는 눈빛을 반짝이며 솔직한 마음을 내보였다.

결론은 모르겠다. 어느 삶이 옳다고는 결론지을 수는 없다. 선택의 문제일 것이다. 후회 없는 사랑을 할 것인지, 안정되고 후회 없는 삶을 선택할 것인지를 결론지을 수 있을까. 인생에 남편과 아이밖에 다른 남자가 없다는 나는 후회 없는 사랑에 손을 들고 싶은데, 다른 사람들은 어떨지 모르겠다. 이 이야기가 쓰인 때의 그녀들은 스스로가 삶을 선택함 자체가 잘못이었나보다.

영화를 보고 집으로 오는 길.

오늘은 음력으로 보름쯤인가 보다. 집으로 향하는 차의 앞창으로는 반짝이며 지는 태양이, 백미러로는 차분한 은색의 얇은 달이 걸려 있다. 어쩌면 이렇게 딱 오늘 영화와 같은 느낌의 풍경인지. 나는 태양을 향해 차를 몰았다. 그런데 몰라, 이렇게 나아가다 어느 순간, 그 찰나적이며 연약해 보이지만 너무나 유혹적이며 아름다운 달을 향해 유턴해 버리고 싶어질지도.

지독한 하루

지난번『만약은 없다』에 이어 남궁인의『지독한 하루』를 읽었다.

내용이 내가 감당하기 버거운 감정을 일으키는지라 하루에 조금씩 다섯 날째 읽고 있다. 매번 눈물이 조금씩 나서 흐릿해진 길을 창문으로 내다보기도 했다. 오늘 마지막으로 본 책의 뒤편 얘기들은 더 겁나고 찡하고 힘겨웠다.

「만약은 없다」에서 할머니 이야기, 「마지막 성탄절」에서 아들 이야기, 그걸 지켜보았을 지은이에게 투영되는 내 주변의 사람도 떠올렸다. 모든 의사들의 출발은 선한 마음에서부터라 생각한다. 제발 사람들이 나쁜 의사 '놈' 혹은 의사 '새끼'라고 얘기하지 않았으면 한다. 병을 고쳐 주는 의사는 일부러 사람을 죽게 하지는 않는다고 생각한다. 아무리 미운 사람이라도 증상을 듣고 약을 처방해 주고 주사를 놓아주면서 이것들을 이용하여 나의 맞은편에 앉은 환자를 해치리라 마음먹는 의사는 없다고 생각한다.

(내 생각엔 적어도 병이나 상처를 다루는 의사는 그러하지 않을까. 병

이나 상처 말고 다른 것을 충족시키려 병원에 갔다면, 예를 들어, 멀쩡한 얼굴을 뜯어고친다던가 그런 종류의 의료행위는 예외로 본다.)

돈을 받고 의료행위를 하는 것은 불법이 아니다. 돈을 받고 쌀을 파는 사람이 나쁜 쌀집 주인 '놈'이 아니며 돈을 받고 밥을 파는 식당의 주인이 나쁜 사장 '놈'이 아닌 것과 같다고 본다.

어렵고 고되게 밤을 새며 환자들을 치료하고 번 돈으로 고기를 구워 먹으러 가자고 했을 지은이의 마음과 비극적 이야기가 반찬이 되어 심드렁하게 식사했을 가족의 마음이 한꺼번에 다가왔다. 나도 그들처럼 가족의 입장으로 보게 되었다. 그런 돈으로 밥을 먹고 가방을 사고 공허해질 사람들도 떠올렸다.

그리고 에필로그에서 나오는 의사 정우철 님을 같이 기억해야만 할 것 같은 글이었다. 솔직한 마음의 따뜻한 시선의 글쓴이 의사도 언젠가는 마음 닳고 낡아 갈 것일까. 그러지 않았으면 좋겠다는 바람이 생겼다.

다른 사람들과 관계를 유지하며 살아가면서 우리는 늘 어떻게 살아야 할까에 깊은 고민을 하는 거 같아요. 나만 가진 고민거리나 트라우마를 감추기에만 급급했었던 적도 있었고요. 그래서 저는 평소에 주변의 이야기들, 책, 그림, 영화에서 한 번씩 나의 감정을 건드려 주는 갑작스러움을 접하고 감동을 하기도, 또 다음 순간 '그러니 나만 그런 게 아니었어'라는 공감을 할 때도 있어요.

무슨 글을 써야 할까 고민했어요.

오늘 저는 《피아니스트 세이모어의 뉴욕 소네트》라는 영화를 소개하고 싶어요. 네이버에 검색해 보니 겨우 1,000원에 감상할 수 있었어요. 그렇다고 그 피아니스트의 인생이 천 원짜리는 아니겠지요. 아니 세상에, 미안하게도 이 가격에 평점이 9점이 넘는 예술영화를 볼 수 있다니, 예술을 하는 저도, 주변의 사람들도 혹시 앞으로 이런 천 원짜리 인생을 살게 되지 않을까 하는 불안감도 들었어요. 그래서 영화를 보기 전에 그를 온전히 받아들일 수 있는 더 가라앉은 마음을 가지게 되었어요.

'세이모어 번스타인'이라는(피아노를 잘 모르는 나에게는) 생소한 이름의 할아버지 피아니스트의 얘기였어요. 유명한 감독이자 배우인 에단 호크 감독이 만든 영화예요. 다 가진 후에 찾아오는 권태나 불안감에 무대 공포증까지 생겨 버린 에단 호크 감독이, 우연히 만난 세이모어와 소울 메이트가 되고, 이후 다큐멘터리 형식으로 제작된 영화입니다.

영화에서 잔잔히 얘기하던 세이모어의 말 몇 문장을 인용해 볼게요. 세이모어는 6살 때부터 피아노를 쳤나 봐요. "일요일 아침 일찍 일어났는데 교본에 뭐가 있는지가 너무 궁금한 거예요. 펼쳐보니 슈베르트의 세레나데가 있었어요. 오랫동안 알던 곡처럼 친숙했어요. 부모님은 2층에서 주무시고 누이 셋도 자고 있었죠. 피아노 소리를 듣고 엄마가 내려와서는 내가 울고 있는 걸 보셨죠. 왜 우냐고 해서 이렇게 아름다운 곡은 처음이라고 대답했어요." 사실 이 장면에서 가슴이 찌릿, 눈물도 핑 돌았어요. 무언가에 대해 이런 순수한 감동을 받은 때는 언제였을까요.

그는 한국전쟁에도 참전했다고 해요.

"한국에서의 첫날 너무나도 무섭고 죽을 만치 겁이 났어요. 내가 있는 곳이 어딘지도 몰랐죠. 새벽 5시에 일어났는데 안개가 자욱했어요. 식당에 들어가서 땅콩이랑 먹을 것을 좀 가지고 나갔어요. 땅콩을 먹다 보니 짙은 안개 속에서 조그만 코 하나가 불쑥 나왔어요. 새끼 사슴이었는데, 그 순간 내가 죽어서 천국에 왔구나 싶었어요."

피아니스트는 내가 죽을지도 모르는 전쟁 속의 한국에서 사슴과 땅콩을 나눠 먹으며 천국을 느꼈나 봐요. 그래서 그 사람은 군인들 앞에서 피아노 연주회를 했고 말이 통하지 않는데도 감동해서 우는 군인들을 접했다고 해요. 내가 선택한 일의 가치를 느낀 이 분은 완벽한 연주라는 평론에도 불구하고 작은 뉴욕의 방 한 개짜리 스튜디오에서 피아노 레슨만으로 살아가요. 우리는 이렇게 많이 가지고 있음에도 스스로를 인정하는 일에는 참 인색하다는 생각이 떠올랐어요. 이런 점에서 그분의 삶이 무소유를 얘기했던 성철스님이나 죽을 때까지 그림을 그렸다는 서양의 유명한 마티스와 다르다고 얘기할 수 있을까요. 가치 있게 산다는 것의 의미를 다시 한번 생각하게 되었어요.

마지막으로 그의 삶에 대한 생각을 알 수 있는 대사가 있었어요.

"뭘 위해 살아야 하는 걸까? 내가 원하는 게 물질이나 종교적 소명이 아니라면 앞으로 인생의 절반이 남았는데, 저 자신을 보면서 생각하죠. 더 많은 걸 얻는다고 해서 더 행복해지는 건 아닌 것 같아요. 나에게 음악이란 뭘까, 생각해 볼 때마다 늘 같은 답을 얻게 돼요. '우주의 질서!' 하늘에 있는 별자리들이 우주의 질서를 눈으로 보여 준다면 음악은 그걸 소리로 표현하는 거예요."

그리고 나는 이렇게 생각해요, '아마 미술은 그걸 그림으로 표현하는 거겠죠'

자, 이제, 우리는 무엇에 가치를 두면서 살아야 할까요. 피아노나 그림 같은 예술만이 정답은 아니겠지만 만일 우주의 질서를 표현하는 데 예술이 조금의 도움이 된다면, 저 정도는 그 길을 걸어가도 될 것 같아요.

말 없는 소녀와 반가사유

문양 아네스네 집에서 1박 2일 모임을 했다. 저녁엔 백숙을 먹고, 밤에는 티타임을 가지며 클레어 키건의 『맡겨진 소녀』에 대한 독서토론을 하고 나서, 그 원작으로 만들어진 아일랜드 영화 《말 없는 소녀》를 보았다. 상처인 줄 모르고 상처 입었던 사람과, 폭력인 줄 모르고 폭력을 행한 사람과, 사랑인 줄 모르고 사랑을 준 사람에 대한 이야기였다. 어쩌면 가장 따뜻해야 할 '아빠'라는 단어로 마지막 줄을 쓴 클레어 키건은 어떤 의미로 그 단어를 썼을까에 대한 얘기를 나눴다. 아이의 마음에 줄이 직 그어질 때는 어떤 경우일까. 상대방에 새겨진 빨간 색의 상처 입은 줄 하나를 지우기 위해 우리는 얼마나 애써야 할까?

아침 일찍 일어나서 고마운 아네스가 차려주는 브런치를 먹고, 문양 로컬푸드에 가서 야채를 잔뜩 사고, 집에 와서 빨래를 다려 놓고, 수성아트피아 로비톡톡 강연에 갔다.

'사유하는 이미지 인도에서 일본으로'라는 테마로 하는 서땡땡 교수님 강의가 있길래 예전에 신청해 놓았었다. 동, 서양의 사유의 이미지에 대해서 비교하며 예를 들어 설명해 주시고 반가사유상의 기원으로 불교와 싯다르타의 생애에 대한 얘기들을 꼼꼼하게 짚어 주신다. 예전의 대학원 다니던 때의 교수님의 강의가 떠올랐다. 나를 기억하실지에 대해 확신하지 못하고 교수님 근처로 갔더니 몇 년이 지났는데도 내 이름까지 반갑게 기억해 주셨다. 졸업 이후에 박사과정 이수했냐고 물어보시고 따로 연락을 꼭 한번 하라고 하셨다.

나는 미술은 늦게 공부하였지만, 그로 인해 고마운 인연이 많았다. 강연 시간 후 지산동 테레사 매장에 가서 숨음 열무와 어린 배추를 사 와서 물김치도 담았다. 오늘 참 많은 일이 있었구나 하나하나 꼽아 보는 시간이 풍요롭다.

후와 아까 수성아트피아에서 나와서 차를 탔더니 40.5도 찍더라. 대구의 여름은 여전히 따뜻한 날이다.

공부 좀 해야 하는데 자꾸 잡생각이랑 폰 땜에 미치겠다. 폰을 없애 버려야 하나. 그런데 이게 또 검색에는 천재인 거라 공부하다가 막히는 단어가 나오면 찾다가 또 30분 한 시간씩 폰을 갖고 놀게 된다는 거지.

예를 들면 말이지.

누군가가 옛날식 썰매를 타고 있는 사진을 보면 나는 문득 그 이야기가 떠오르는 거야. 아무래도 북유럽 명작동화 아니었을까 싶은데, 나 어릴 적 보던 짙은 빨간 폭 제목을 가졌던 주황색 계몽사문고의 세계소년소녀 명작동화 50권짜리에는, 소공녀, 소공자, 이상한 나라의 앨리스, 작은 아씨들 등, 여러 이야기가 많았지만, 그 중 아직도 잊히지 않는 책으로 네덜란드의 스케이트를 타지 못하는 소년 이야기가 있었어.

어릴 때 몸이 아팠던 소년은 다른 더 어린애들도 모두 탈 수 있는 스케이트를 아직 못 배운 거야. 인자한 어떤 이웃 할머니인가 자기도 그렇게 배웠다면서 작은 의자를 앞에다 두고 그걸 잡고 스케이트 지치기를 권했어. 자기보다 작은 어린애들도 스케이트를 탈 수 있는데 자신은 의자에 기대어 스케이트를 배워야 함이 부끄러웠던 그 아이는 어느 순간 용기를 내서 의자를 잡고 운하를 따라 스케이트를 시작해. 점점 집에서 멀어지고 의자에 의지해서 조금씩 나아가던 주인공이 얼음이 녹기도 하고 뭔가 울퉁불퉁 튀어나온 돌을 피하기도 하면서 스케이팅을 도와주던 의자는 부서져 버리게 되지. 어릴 때 이 대목을 읽고 큰일 났다 싶어서 가슴이 쿵쾅거린 기억이 나. 얼마간 시간이 지나고 운하의 얼음이 녹기 전에 얼른 그곳을 벗어나야 하니, 무운타가 의자 없이 스케이트도 타게 되고 속도를 내는 법도 익히는 하루 동안의 이야기인데, 그렇게 혼자 스케이트를 배우는 동안 해는 지고 부모님과 동네 사람들은 횃불을 들고 아이를 찾으러 나가고 난리가 나는데 아이는 결국 운하를 완주하여 집으로 돌아온다는 줄거리가 떠올라. 하여튼 이 얘기에서 어린이들의 자립심을 길러 주려는 의도가 보이지. 그 이야기가 전반적으로 심심하지만 '무운타'라는 이름을 가진 아이의 운하 여행 얘기가 자세히 묘사되어 상상력을 자극하다가 결국 혼자서 고난을 모두 이겨 낸다는 얘기에 이런저런 느낀 점이 많았었던 기억이야.

아직 내용은 생각나는데 도대체 제목은 뭔지 정말 내가 기억하는 저 내용이 맞는지, 그 책은 계몽사 50권짜리 주황색 세계문고 중 몇 번째 책이었는지, 기억이 나지 않아서 검색을 오래 해 보았어.

그러다가 계몽사가 그동안 아주 힘들기도 하고 회사가 무너질 뻔도 하다가 겨우겨우 유지하고 있으며 경영주가 바뀌고 디즈니의 이야기를 다루고 다시 살아나기도 했는데, 지금은 옛날 계몽사 책 마니아가 생겨서 몇 년도 판 전체 권을 모으는 사람들도 많아졌다는 그런 희한한 이야기들도 보고 나니 또 몇 시간이 훌쩍 지나있더라. 누군가가 모았다는 책 사진

중 북유럽 이야기가 있길래 저거 한번 펴 보고 싶다는 충동을 누르기도
힘들었어. 생각은 하늘을 날아갔다 왔지.

그때 보고 또 보던 우리 집 책은 어디에 있을까. 아마 몇 권은 내 마음속
에 살아 있는 거겠지?

《서초동》, 나의 결론은 김형민 같은 사람

요즘 드라마 중에《서초동》을 가장 흥미 있게 보았다. 영웅스럽지 않은 다섯 젊은 어쏘 변호사들의 이야기임에 다들 내 아이 같아서 더 열심히 보았는데, 직장인으로서의 변호사의 역할 때문에 '그래, 저것은 일이지 정의가 아니구나, 그러니 저런 자리에서 순수함으로 시작된 아직 순수를 잃지 않은 젊은 법조인들이 어찌 버텨 낼 수 있을까'라는 감정을 느꼈다.

모든 직장인의 처음은 순수하다, 모든 사람이 어떤 자리에서나 그러하듯이. 그렇다면 의사도, 변호사도, 교사도, 사원도 모두 신입으로만 채우면 되지 않을까 싶지만, 그들의 경험 없음과 지식의 모자람을 메꾸어 줄, 때가 좀 묻은 선배는 꼭 필요할 것이다. 세상에 젊은 새댁이나 며느리만 있어서는 안 되며, 친정엄마도 시어머니도 있어야 한다. 시어머니는 다 틀렸고 친정엄마만 맞다고 생각하는 딸은 없어도 될 것 같다. ^^ 이 딸도 나이가 좀 들면 두 사람을 다른 시각으로 모두 이해하게 되더라.

컴퓨터나 폰을 처음 가진 아이도 순수하다. 나쁜 방향은 얼마나 매혹적인지 아이의 정신을 잃게 만들어 버리는 건 시간문제일 것이다.

이 드라마는 마치 《슬기로운 의사생활》과 《식샤를 합시다》를 합쳐 놓은 같은 컨셉으로 그들 사회에서도 갑도 을도 아닌 을-2 정도들의 생활을 하는 순수함이 남아 있는 사람을 그리는 드라마구나 싶었다. 세상에 변호사가 을2라고 하다니 어처구니가 없겠지만 이 드라마를 보면 세상에 나쁜 변호사 '새끼'들만 있는 것이 아니라는 걸 알게 될 것이다. 약간의 감동과 티 나는 MSG도 물론 느꼈다. 놀랍게도 굳이 없어도 좋을 캐릭터가 문가영 씨 역할이라 생각했다. 군더더기 같았다. 문가영 씨가 나오는 순간, 담백하고 순수함이 남아 있는 그러나 곧 기성세대의 변호사들로 변질될 수도 있는, 그러나 그러지 않았으면 좋을 경계성을 가진 젊은 법조인의 드라마가 아닌(나는 예뻐, 사랑스러워, 머리도 좋아 식의 사람이어도 되는데), 그녀는 굳이 사랑, 사랑, 사랑스러움만 강조하는, 을-2-y 정도로 뚝 떨어지는 수준의 민폐녀로 느껴지기도 했는데, 이는 '히어로물도 아닌데 저런 여주인공 캐릭터가 꼭 있어야 해?'라는 의문이 들었다. 이건 그 배우에게도 보는 우리에게도 일종의 폭력 같다. 더구나 굳이 이종석의 파트너로 나온다는 점이 참 싫었는데 이는 이종석의 극 중 캐릭터인 똑똑한 변호사와는 좀 대조적으로 왜 굳이 저런 여성여성한 이미지의 사람을 상상했나 정도의 불만이었다.

내가 누군가 문가영 씨의 역할에 어울릴 만한 배역을 만든다면 머리가 좋아 보이고 일도 현명하게 처리하고 약간 정의롭고 조금 현실적이지만 가끔 낭만적이며 거기다가 양념처럼 예쁘기도 한 사람으로 쓰지 않았을까 싶은데 참 아쉬웠다. 욕심이 많나. 하여튼 그 사람이 나오는 순간 참 바보스러워 보여서 같은 여자로서 좀 억울한 감정까지 들었다. 문가영 씨 속상하겠다.

아이러니하게도 내가 가장 극 중에서 매력적으로 느낀 두 사람은 다섯 젊은 변호사들이 아니었다.

첫 번째는 법대를 졸업했으나 사법고시를 통과하지 못해 법조인이 되지 못한 돈 많고 숨어서 장학회를 하던 사업가 김형민 고문님이었으며, 두 번째는 극 중에 지속적이고 집요한 학교폭력으로 괴로워하던 학생이, 칼로 위협하던 가해자 학생이 들고 있던 칼을 주워 오히려 가해자를 찌르게 된 사건에서 집행유예를 구형하던 검사였는데, 이들 다섯 명의 변호사에게 결과적으로 또 한 명의 길라잡이 역할을 하게 된 사람이었다.

(상대방 변호사에게 목례를 받는 기성의 법조인, 너무 이상형 인간이다.)

내가 닮고 싶은 사람이기도 하다.

이 드라마를 보면서 내가 추측한 드라마의 이상적인 끝맺음은 돈 많은 김형민 고문님이 로펌을 차려 아직 순수함이 남아 있는 다섯 신입 변호사와 손을 잡고, 착한 변호사 집단을 이끄는 모습이었는데(이상형의 또 다른 형태이다, 정의감이 살아있는 경제적 능력자, 멋지지 않은가?) 생각 밖으로 김형민 씨는 다시 로스쿨을 다니게 되었다. 나이 들어 아이들이 제 갈 길 다 찾고 난 뒤에 학부 전공이 미술이 아니어서 항상 좌절했었던 내가, 50이 넘은 나이에 미대 대학원을 다녔던 기억이 떠오르기도 했다.

로스쿨은 가지 말지, 김형민 씨가 그도 저도 아닌, 그렇고 그런 또 한 사람의 변호사로 이제 신입의 순수함을 잃어버린 다섯 변호사와 더불어 살아가게 되는가, 아니면, 정의감이 살아 있으며 경제적 능력도 갖춘 변호사의 탄생인가. 너무 나 혼자 심각한가.

하여튼 《서초동 2》가 나왔으면 좋겠다는 말이다.

《서초동》, 나의 결론은 김형민 같은 사람

171

김희진이라는 작가의 『오후에게 묻다』라는 단편집에 실린 「어떤 외출」 이라는 짧은 소설 하나를 읽은 후, 어쩌면 우리는 모두 일종의 은둔자가 아닐까 싶은 마음이 들었다.

주인공은 오래 자신의 방 안에서만 생활하고 있던 남자였다. 그래서 오랫동안 아버지의 죽음도 동생의 결혼도 가족과 함께 슬퍼하거나 기뻐할 수 없었던 사람이었다. 매일 집 밖을 나가고 생활하는 우리는 전혀 인지하지 못했던 일상의 특별한 의미와 10년 동안 가족에게 일어났던 모든 일에 혼자서 그 무게를 지고 있던 소설 속 어머니의 가치와, 또한 그동안 내가 느꼈던 가족에 대해 버겁고 힘들었던 책임감에 대해서도 다시 한번 생각하게 되었다.

새로운 밖으로의 한 걸음은 그리도 힘들고 대견스럽고 기쁜 것이다. 힘들고 땀나고 도망치고 싶은, 모르는 사람에게 말을 걸고 일을 하는 우리는 얼마나 용감한가에 대해, 처음 가보는 도시나 직장의 낯섦에 주눅이 들었던 20대의 나도 떠 올랐다.

이미 집 밖에 서 있는 나는 그 전의 내가 아닐 것이다. 그의 외출을 칭찬하고 싶어졌다. 나도 칭찬하고 싶어졌다. 힘들게 외출을 끝내고 어머니가 좋아하는 맛이었지만 이미 다 녹아 버린 아이스크림을 사서 집에 들어온 그가 한 말인, 거의 마지막 문장 '다녀왔습니다' 한 마디에 갑자기 눈물이 났다. 그동안 나도 늘 내 안으로만 도망치고 싶었지 않았던가라는 동질감 때문이었다.

내일 또 우리는 평범하지만 이제 특별하게 된 어떤 외출을 하게 될 것이다.

어제 티브이에서는 미술 영재라는 아이가 나왔다. 한때 내가 고등학교에 다니던, 유리 갤라의 초능력이 유행하던 시절에도 나는 늘 회의적이었다. 정말 우리 반 친구 몇이 의자에 앉아 있던 한 아이를 손가락 몇 개로 들어 올리는 것을 보면서도 저것을 어떻게 과학적으로 초능력이 아니라고 증명해 낼 수 있을까 고민했던 나인지라, 어제 프로그램을 보면서 이미 삐딱하게 기울어진 시선으로 볼 수밖에 없었다. 계속 그 프로그램을 본 것은 아이의 그림을 보고 조언할 전문가로 유명하기도 하지만 신뢰할 만한 미술평론가가 나왔기 때문이었다. 그래서 눈길이 더 갔던 것 같다.

아이가 그림을 그리는 모습은 내가 봐서는 모르겠더라. 아이는 아주 잘 따라 그리는 재능은 가진 거 같았다. 물론 좋은 그림을 세심하게 보고 따라 그리는 재주를 가지긴 했지만 미술 영재랑은 좀 거리가 있어 보였다.

아이가 선택하는 그림들은 고흐, 뭉크, 클림트였다. 그것도 그들의 대표되는 그림들이었고, 아크릴물감으로 20호 이상으로 보이는 캔버스에 그럴듯하게 그려 내었다. 엄마의 고민은 아이가 상상해서 자신의 그림은 그리지 않는다는 거였다. 내가 평소에 신뢰하던 미술평론가는 두루뭉실 좋은 말만 해 주었다. 아, 인터뷰한 것에 필요한 부분만 편집이 들어갔구나 싶었다.

아이를 보자마자 드는 생각은 '그나마 있는 아이의 재능을 어른들이 망치고 있구나'였다. 아이는 상상해서 그림을 그리는 건 싫다 하였다. 에휴.

상상력은 길러질 수 있는 걸까. 상상력이 결여된 그림 그리는 재주는 과연 미술 영재라고 표현할 수 있을까. 그건 기술 아닐까.

많은 의문이 들었다. 아이가 왜 이름도 낯선 클림트, 고흐, 뭉크를 선택해서 그릴까. 왜 아이의 눈으로 봤을 때 더 흥미로울 수 있는, 자유분방한 바스키아나 재미있는 그림을 그리고 도망가는 뱅크시가 아닐까. 저 그림들은 기성세대인 어른들이 좋아하는 그림들인데? 클림트의 그림에서 자연을 그린 풍경화가 아니고 어른들의 세계에서나 상상이 가능할 것 같은 키스를 고른 이유는 뭘까? 화면의 중앙에 배치된 사람이 좋아서라기보다는 유명한 그림이라 자주 보고 쉽게 구할 수 있기 때문이 아닐까? 정말 누군가의 그림이 좋아서였다면 그 작가의 다른 그림도 찾아보고 따라 그린 과정이 있어야 그 작가의 다른 그림들, 예를 들어 클림트의 풍경화가 얼마나 특이하고 좋은지 알게 되지 않을까? 인터넷으로 그 화가의 작품을 두루 찾아보는 것만 해도 아이는 무지하게 커질 것인데 안타까웠다.

부모가 원하는 어른들의 틀에 맞추어 아이가 크다 보니 유명한 그림은 따라 그리면 칭찬받을 수 있고 너도 유명한 화가가 되어 돈을 많이 벌 수 있다고 세뇌되어 있었다. 이건 뭐 초등학교 때 공부를 좀 괜찮게 하면 바로 의사 선생님은 돈을 많이 번다고 얘기해 주고 아이는 그때부터 나는 의대로 가야 한다는 사명감을 가지게 되는 것과 비슷해 보였다.

사과 하나만 그려도 파란 거, 빨간 거, 동그란 거, 삐죽한 거, 썩은 거, 반

먹은 거, 한입 먹고 이빨 자국 남은 거, 대궁과 꼭지만 남은 거 다 그릴 수 있고, 그것도 멋진 그림이란 것을 어른들이 인정해 주지 않으니까 그리지 못하는 거 아닐까. 아이는 고흐가 본 밤 풍경도 본 적이 없고, 뭉크의 절망도 느낀 적이 없고, 클림트처럼 연인과 함께하는 환희를 느낀 적이 없으니 그 화가들 같은 거창한 그림을 바로 상상할 수 없었을 것이다. 그러니 그런 비슷한 종류의 자신의 그림은 못 그리게 될 것 아닐까?

그리고 두 번째로 나온 아이는 축구에 재주가 있는 여자아이 이야기였는데 어, 얘는 달라 보였다. 재밌어하는 모습이고 무엇보다 감이 있고 노력을 무지하게 하는 아이였다.

한참 보다 보니 자꾸 슬퍼졌다. 아이는 코치를 아주 잘 만났더라. 그 코치는 아이를 다른 지역의 축구부가 있는 초등학교로 전학 가라고 했다. 자기가 데리고 있으면 아이는 시합도 못 해 본다고, 아이에게 중요한 시기인데 아이의 재능이 아깝다고 하였다. 가지고 있으려고만 하는 욕심을 충분히 부릴 수도 있을 텐데도 더 넓고 아이에게 도움 될 만한 곳으로 밀어내 줄 줄 아는 훌륭한 선생님이셨다. 온 지 4주밖에 안 되는 우리나라 여자축구 국가대표 감독도 아이의 재능에 대해 칭찬을 했다. 이 프로그램은 권위자의 말로 밀어붙이는구나 싶었다. 그리고 그 권위자들은 나와서 항상 좋은 말을 하니 이건 신뢰감이 들지는 않았다. 아이가 사는 곳은 초등학생 여자 축구부가 하나도 없는 곳이고 뛰어난 여자 축구부가 있는 초등학교의 감독은 아이를 탐내 하였다. 그런데 문제는 부모의 경제 상황이 아이를 밀어줄 수도 전학을 시킬 수도 없는 상황이었다. 그 상황이 슬퍼서 '아니, 저 부모는 뭔데 왜 이사를 안 가' 하고 화를 냈더니, 아이 아빠가 같이 보다가 옆에서 '야, 먹고 살아야지 축구도 하지. 저기 뒷바라지에 돈이 얼마나 들어가는데' 하였다.

'저번에 딴 얘기를 봤는데 애가 피아노를 정말 잘 치는데 교수 한 명이 나와서 그러더라. 애를 뒷바라지할 수 있는 형편이 되냐고. 그게 어렵다니까 그럼 애는 그냥 동네에서 피아노를 잘 치고 재밌게 즐길 수 있도록 그냥 놔두라고 하더라. 그게 현실이다.' 하였다.

띵해졌다. 그래 그게 현실이다.

하나의 훌륭한 인물이 만들어지려면 발견해 주는 주변 사람, 기다리며 지켜봐 주는 부모, 경제적 상황, 적당한 시기에 만나는 좋은 선생님, 이상한 방향으로 이끄는 사기꾼 같은 사람을 만나지 않을 수 있는 행운 등등의 모든 기운이 합쳐지고, 또한 그 사람의 관심 분야 쪽으로 시선이 집중되는 시대를 만나야지 가능한 거지. 그냥 재능만 가지고 태어나는 건 어쩌면 축복이 아닐 수도 있겠다는 생각이 들었다.

그래서 나는 슬펐다. 그래서 우리는 모두가 세상의 주인공이 될 수는 없는 거구나. 그래서 모든 방면에 재주가 없는 사람은 없으나 모두가 영재가 되지는 못하는가 보다. 슬픈 밤이었다.

내가 감히 이런 글을 써도 되는 것일까.

뭔가 단단하고 치밀한 오래 씹을 거리처럼, 씹다 보면 고소한 맛이 새로 자꾸 솟아나 목구멍으로 넘기기 아까운 음식이 있다. 그런 음식과 같은 느낌의, 조곤조곤 읽다 보면 새로 몇 줄 올라가 다시 읽고 싶은 단락이 가득한 정미경의 글을 좋아한다. 일상의 일들을 소중히 치러내고 가족을 모두 보듬고 나서 자신의 작업실로 가서 글을 썼다는 소설가이다. 어쩜 내가 존경하는 부분은 그런 부분일지도 모른다.

내가 나의 가족 사이로 스며들고 없어지는 듯해도 오히려 그런 점이 더 나다워서 스스로가 좋아지는, 그럼에도 무엇에도 대충하지 않는 이, 안타깝게도 2017년 1월 별세한 소설가 정미경이다.

비 오는 날 창문을 열면 춥고, 닫으면 갑갑해서 이불속으로 파고 들어가 하루 종일 게을러 보자며 책을 읽었다. 책 표지랑 오늘 내 방의 창문이 묘하게 닮아 있다. 새벽도 아닌데 비 오는 날이라 그런 모양이다.

못, 엄마 나는 바보예요, 새벽까지 희미하게, 목 놓아 우네, 장마, 다섯 개의 단편이 실려 있었는데, 사실 제목은 중요하지 않았고 글 한 편 한 편에 묘사된 사람들이 모두 조금씩은 나 같아서 왠지 다 읽는 게 아까워졌다. 이제 다시는 새로운 글은 못 만날 이 사람의 글들, 끝났나 싶었는데 추모 글들이 몇 개 따로 실려 있었다. 그중 정이현의 글은 이게 추모글이 맞나 싶을 만큼 따뜻하다. 그녀의 소설 리틀 시카고를 읽고 내가 만일 글을 쓴다면 정이현처럼 쓰고프다 생각했던 게 잘못된 생각이 아니어서 정말 감사하다. 마지막으로 정미경 작가의 남편이자 화가인 김병종 화백의, 아내를 그리워하며 적은 글이 실려 있었다.

만남과 일상이 소설처럼, 동화처럼, 고백처럼 적혀 있었고, 그 글을 읽는 내내 마음이 너무 아파 계속 눈물을 흘렸다. 꽤 긴 추모글이었는데 서로의 작품에 조언이었는지 독설이었는지 두 사람이 서로에게 한 말에는 눈물 끝에 웃음도 나왔다. 정미경 다시 읽기를 한다는 그의 글에, 스스로를 알아주는 이와 함께 한 정미경 작가는 참 잘 살았구나 싶어서 조금 기쁘기도 부럽기도 했다.

한참을 울며 김병종 화백의 글을 읽고 화장실에 들어가서 거울을 보았는데 허걱, 속눈썹이 하얗게 새어 있었다. 뭐야, 어떻게 이런 일이 있지, 아무리 슬펐어도 그렇지, 하루 만에 머리가 하얗게 새었다는 마리 앙뜨와네트 증후군도 아니고 뭘까 신기해서 안경을 빼고 손으로 속눈썹을 조금 만졌더니 다시 까매졌다. 눈물을 흘리고 또 흘리고 했더니 소금기가 속눈썹에 맺히고 또 위에 코팅되고 했던 거였다. 나 같은 독자도 있다고 그냥 남기고 싶었다. 늦었지만 정미경 소설가의 죽음에 애도를 표한다.

소설가 정미경

179

1930년대에 동독에서 태어나서 베를린 장벽이 세워지기 직전에 서독으로 탈출하여 사진과 회화, 구상화와 추상화, 채색화와 단색화를 넘나들며 독일의 팝아티스트 자리를 꾸준히 유지하며 아직도 실제로 활동하고 있는 포토 페인팅의 창시자 게르하르트 리히터의 이야기를 담은 영화를 보았다. 러닝 시간 3시간이 넘는《작가 미상》이라는 영화이다. 독일의 특성상 어릴 때 자신을 귀여워해 주던 이모의 참담한 죽음이나 어쩌면 도저히 이루어질 수 없었던 신분을 뛰어넘는 결혼도 충분히 그의 작품의 바탕이 될 수도 있었지만, 내가 더 주목했던 점은 서독으로 가서 뒤셀도르프 아카데미를 다니면서 시대의 흐름에 맞추는 작업을 추구하다가 자신의 실체를 깨닫게 되는 과정이었다.

진실과 마주하는 의미 있는 시간이었음과 동시에 결국 자신을 찾는 과정이었는데 이건 모든 그림을 그리는 작가가 거쳐야 하는 과정이지 않을까 생각했다. 특히 요즘 철학과 작품의 의미가 강조되는 현대미술에서, 비평가에 의해 미술시장이 흘러가면서, 작가들은 많이 혼란스러운 상황이다. 예를 들어, 그냥 그리고 싶어 그린 그림들은 인정받지 못하는 경우가 대부분이며, 젠더나 정신적 물리적 이방인, 전쟁, 기아 문제, 전염병 등 현대의 여러 문제가 주제로 실려 있는 작품만이 예술로의 가치를 인정받는 경우가 대부분인데, 나는 이에 대한 의문을 늘 지니고 있었다. 그렇다면 나처럼, 살아가는 도중 특별한 인종차별을 당하지도 않았고, 고아도 아니며, 태어난 곳에서 아직 살아서 고향에 대한 향수도 없으며, 끔찍한 성범죄를 당한 적도 없는 사람은 그림을 그릴 수 없는 것일까. 어릴 때부터 다방면의 능력이 좀 있었던지라 반의 대표나 최우수상 같은 상도 많이 받았고, 그런대로 공부했고, 사범대를 졸업하고 대학원을 가는 과정에서 큰 어려움도 없었고, 직장을 가짐에 있어 여자라 느끼는 특별한 소외감을 받았던 적도 별로 없었던 사람은 어떡하나. 어릴 때 그때는 옳았으나 지금은 잘못된 아동학대를 좀 받았지만 그것을 겉으로 밝히기보다는 부모들의 미개한 정신상태를 불쌍히 여기고 삭이며 살아가고 있다면, 나는 무엇을 얘기해야 하는가. 과학을 전공했으나 굳이 과학적 사실이나 해부학적 그림을 그리기는 싫고, 다만 인간인지라 군중 속에서 늘 고독을 선택하는데, 그 선택의 순간 흔들리는 나 정도에 대해서 얘기하고 싶은 이는 늘 다른 이들에게 내밀 수 있는 큰 명함이 되지 못했다. 그런데 요즘의 미술 전공자들은 나 정도만큼도 불합리나 불공평을 느끼지 못했던 사람이 더 많은데 그들은 스스로 겪지도 못했던 얘기를 하고 있다. 이것은 진실된 것인가? 진실되지 못한 예술이 철학을 포함할 수 있는가. 예술에 끼워 맞추기식의 철학이나 문제를 요구하는 것은 어쩌면 너무 폭력적이지 않은가. 그러한 일종의 폭력이 예술을 이끌어도 되는 건가. 왜 예술은 그러한 폭력에 굴복해야 하는가.

영화에서 그 자신을 찾아가는 과정의 리히터에게 '너는 누구인가? 이건

너가 아니다!'라고 조언했던 자신의 화상을 입은 머리를 밝혔던 교수님
도 멋있고 사실 배우로는 의사 역할을 했던 이도 연기를 참 잘했지만, 영
화 안에 담긴 메시지가 너무 좋았다. 척하지 않기, 멋 있으려고 작업을 하
고, 이름을 붙이지 않기, 작품은 진실한 나의 이야기를 하는 거라고 말을
해 주는 것 같았다. 그동안의 그림이 아무도 모르는 나만의 암호를 그리
는 과정이었다면 이제 감추지 않고 나의 이야기를 해야겠다고 다짐했다.

　영화를 보고 나서 어떤 장면이 가장 좋았냐고 스스로 질문을 해 보았
다. 자신의 진실이 들어가지 않은 가짜 그림을 모두 불태우고 난 후 무엇
을 그려야 할지 고민하며 하루 종일 빈 캔버스 앞에 어깨를 구부리고 앉
아 있는 장면, 그리고 포토 페인팅이 시작된 후 창문이 바람에 흔들리고
닫히며 그다음 길을 제시해 주는 장면이 참 가슴 떨렸다. 나의 일에 대한
고민을 하면서, 운명처럼 다가온 인생의 변화가 나에게도 있었다. 그렇다
면 내 주변의 누군가도 자신의 인생을 바꿀 만한 특별한 시점이 있지 않
을까. 그게 언제일까. 그때 영향을 준 사건과 사람에 대해 얘기해 보아야
겠다.

사람이 있는 풍경

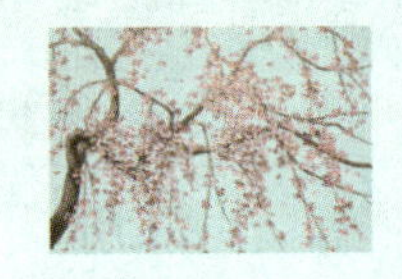

약속을 지키지 못했다

매사에 너무 조심하는 성격이라 스스로 불만이 많았다. 한때 왜 안 돼라는 닉네임으로 인스타그램을 할 만큼 직장 생활을 할 때도 뭔가 새로운 것을 시도하는 데 있어서, 확신이 있다면 주저하지 않았으면 했다. 그래서인지 가끔 엉뚱하긴 했지만 즉흥적인 결정을 하기도 했다. 그리고 내가 가장 중요하게 생각한 건 늘 약속이었다.

아이들과 눈을 맞추고 한 약속은, 오래 시간이 걸리는 거라도 지키려고 노력했었다. 그래서 신부님이 되겠다는 아이와는 네가 신부님이 된다면 나는 그때부터 성당엘 다녀 보겠어 하였다가 그 약속이 열몇 해 동안 나를 스스로 얽매는 말이 되어 교리 공부를 하고 몇 해 전 세례를 받는 결정적 역할을 했었다. 그런 종류의 약속을 지키지 못한 경우는 두고두고 마음에 남는다. 그런 이야기다.

아침에 그때의 생각을 할 기회가 생겼어, 내가 못 지킨 약속에 대해 말이지.

2001년 우리 반 수업 중이었어. 그 해는 우리 학교가 새로운 건물을 지어 이사를 가는 해였고, 뭔가 가슴이 뭉클할 때가 있잖아. 예를 들어 아이들에게 작은 감동을 먹을 때, 혹은 애네들의 나중 모습을 너무 보고 싶을 때 그런 때 말이야. 그래서 불쑥 그런 말이 나왔지. 우리 나중에 볼까? 우리 반은 그때 여학생 반이었고, 호응도가 빠른 아이들은 손뼉을 치며 좋아라 했었는데, 음, 그럼, 그래 그러자, 우리 이사 가는 새 학교 말고, 우리 추억이 있는 지금 이 학교 교문 앞에서 볼까, 타임캡슐처럼 지금의 우리가 꺼내지는 거지. 그럼, 언제? 10년쯤 지나면 어때?

그래, 그렇게 탄생한 날. 2011년 11월 11일 오전 11시, 어때? 기억하기 쉽겠지? 그랬었다. 매년 내가 그 몇 해 후 학교에 사직서를 내고 나서도 계속 '그날은 나가야 해, 애들을 만나는 거야' 하고 기억했었는데 심지어 우리 반 아니었던 학생도, '선생님 반은 그날 만나지요?' 하며 우리를 부러워하곤 했었는데, 그때 약속했던 2011년이 우리 큰아이가 고3이고, 11월 10일이 수능일이며, 그다음 날인 11월 11일은 구술시험을 준비하러 바로 서울에 가야 할 날이란 걸 예상하지 못한 거야. 그때는 큰아이가 그렇게 공부를 잘할 줄도 몰랐고, 아니 그해 알았더라도 수능만 치면 끝이라고 생각했었지. 수능 며칠 전엔 10년 전 아이들에게 열흘만 미루자고 할 연락처들이 없었고.

결국 나는 불참했고 우리 반 아이들은 두 명이 왔었단다. 쌤은 이러한 이유로 도저히 갈 수가 없으니 그래도 몇 명이라도 반갑게 보면 좋겠다 했더니, 그때까지 연락이 되던 언혜와 실장이었던 은이가 둘이 만났다고 연락이 왔다.

이건 배신이야. 하하, 배신 아니고 아이들도 그때쯤 아마 피치 못할 다른 일이나 학교나 직장 일로 바빴겠지. 하여튼 그때 온 아이들 두 명으로

부터 연락을 받고 미안해하고 그런 일이 있었는데 우리 그때 만났다면 뭘 했을까. 이후에 만남이 계속되었을까. 몇몇 아이들은 이후에 따로 보기도 하고, 결혼한다고 연락이 와서 결혼식에서 보기도 하고, 아이를 가졌다고, 낳았다고, 이번엔 둘째를 가졌다고 그런 식으로 꾸준히 연락되었는데 우리가 했던 약속, 못 만났던 기억조차도 참 고마운 선물 같았어.

　내가 뭔가 인생의 갈림길에서 주저할 때 그 아이들을 생각하며 나도 그냥 한번 해 보지 뭐 결심할 때도 있었다. 언혜, 은이, 은빈, 혜리, 가연, 이름도 이쁜 아이들, 지금은 니들 어떻게 지낼까.

인터넷으로 확인했더니 정말 생각지도 못했는데 과학상자대회에 나갔던 아이들 세 명이 금상 두 명, 은상 한 명으로 입상했다. 특히 내가 정말 잘한다고 뽑았던 현호와 성준이가 6호, 5호 부문에서의 최고상 수상 결과에 너무 놀랐다. 왜냐하면 이렇게 되면 관내 대회에서 우리 학교가 최고상을 싹 쓸어 온 게 되어 버리니까 좀 죄송해지는 거지. 조용한 교무실에서 나도 모르게 '와아, 됐다, 됐다, 다 됐다' 갑자기 막 소리를 지르며 기뻐한 때가 있었다. 기뻐서 지른 소리지만 교무실의 선생님들이 놀라서 나만 쳐다보고 있음을 발견한 5초 후에는 그 상황이 너무 당황스러워서 내 입을 틀어막고 바닥에 앉아 버렸다. 책상 위쪽의 내 모습이 없어지면 마치 내가 안 보이는 줄 아는 꿩이나 닭처럼 숨었다.

그때 30대 후반이었던 나보다, 나이가 스물하고도 다섯 살쯤 더 많았던 선생님이 큰 소리로 그러셨다. '최희영 부럽다. 그렇게 소리 지르며 기뻐할 수 있는 최희영 부럽다.'

그때는 그런 일에 팔짝 뛰게 좋아한 내가 쪽팔렸는데 십여 년쯤 지나고 나니, 지금의 내가 쪽팔린다. 그때의 나처럼 감정에 솔직할 수 있을 때가 또 올 수 있을까. 그걸 부럽다는 말로 교무실이지만 그래도 된다고 다독여 줄 수 있을까. 갑자기 그렇게 얘기해 주셨던 홍성광 선생님이 보고 싶어진다.

이 글을 쓴 이후로 또 10년쯤이 흘러 버렸다. 30대였던 내가 50대이니, 홍성광 선생님은 아마 80세 전후가 되셨을 것이다. 그 선생님의 안에도 많은 이야기가 흘러갔을 것이다. 내가 그때가 되면 또 어떤 이야기들이 남게 될까?

나의 그림의 시작: 서예반 이야기

각인된 어떤 명령어까지는 아니어도, 무언가에 관해, 그러해야 한다 혹은, 그러면 더 훌륭할 것이다에 대한 정의에 가까운 행동 규정은 언제까지 계속되는 걸일까. 그림을 그리다가 나무의 작은 가지를 굳이 두꺼운 붓으로 그리려다가 왜 내가 힘들게 이러고 있지? 붓을 바꾸는 게 귀찮아서? 자문해 보다가 기억 깊은 곳에서 12살 때쯤 초등학교 6학년 때 붓글씨를 가르쳐 주던 8반이었나 9반 담임 선생님이셨던 분, 참 편안했던 조성욱 선생님이 떠올랐다. 학교 미술 시간에 우연히 쓴 '나의 조국'이라는 네 글자 먹글씨로 학교 서예 반에 뽑힌 4학년 때 이후로 계속 나는 학교 서예 반이었다. 쌍구법으로 쓰던 큰 붓으로, 작은 글씨 낙관도 쓸 수 있어야 한다는 그 분의 말씀이 무려 40년 넘게 내 머리에 새겨져 있다.

6반 우리 반 담임 선생님은 왠지 늘 우리에게 화가 나 있었던 박 모라는 남자분이셨다. 대조적으로 수업을 마치고 붓글씨를 쓰러 가면 조성욱 선생님은 빨리 청소를 마치고 책상을 교실 뒤로 다 미뤄 놓고 우리를 위한 자리를 마련해 두고는, 조용하고 따뜻하게 맞아 주셨다.

그런 선생님이 계셨다. 그렇게 내가 만들어지기 시작했다. 글씨를 잘 쓴다고 총애해 주셨던 나는 '희영이는 이리 와라', 선생님 옆자리에서 졸업앨범에 실릴 클럽활동 부서 사진을 찍었다. 좌청룡 우백호의 자리였던가.

천천히 커가서 대학생 시절 나는 또 우리 학교 경묵회라는 서예반 써클 활동을 하였다. 그러나 나는 글씨로 용이나 호랑이로 성장하지 못했다. 참 죄송하다.

이후에 그림을 만나 버렸기 때문이다. 그러나 내 기억 속에 그분의 가르침이 남아 있어서 붓을 고를 때 문득, 그림을 그리며 힘이 들어간 손가락이 아플 때 문득, 선을 그을 때 고르게 힘을 분배할 때도 문득, 그분의 말씀이 아직 머리 안에 남아 있음을 느낀다. 누군가를 가르칠 때 오래 기억되도록 그렇게 가르쳐야 할 것이다.

어쩌면 그걸 잘 못해서 나는 오래 교사 생활을 하지 못하였는지도 모른다.

첫 번째 이야기

지산동 에스마로 갤러리에서 전시 중이다. 지인들이 몇 팀 왔는데 오늘 온 이들은 2004년에 만난 그때의 내 눈엔 아이들이다. 조르르 터울이 한 살씩인 우리들이 만나 벌써 15년이 되었다. 물론 여덟인가 아홉인가 회원들이 이제 비록 다섯으로 줄어 버렸지만 오래 가는 모임 중 하나다. 그땐 외국어에 대한 거창한 꿈도 없었는데 이후에 동생들은 대학 전공은 다른 쪽이었으나 새로 영어를 전공하고, 대학원을 졸업하고, 자신의 이름으로 학원을 운영하고 아이들과 미국으로 유학을 가 있다. 내 주변이 배울 점 천지다.

(2025년, 이랬던 동생들이 큰 학원을 운영하고, 아이들과 유학 생활을 끝내고, 영어 강사와 더불어 나무 의사가 되어 이제 그들의 나머지 시간에 그림을 그리고 있다)

두 번째 이야기

잘 모르는 분의 우연한 전화가 있었다. 그분의 전화 요지는 딴 것이었지만 나는 그 전화를 끊고 한참 전의 우리 선생님을 검색한다고 몇 시간을 추억하였다. 어릴 때부터 오래 서예를 하였었다.

소당 조광호 선생님은, 그 선생님은 나를 기억 못 하시겠지만 지금의 내 그림에서 이거 뭐지 싶은 중봉이 살아 있는 선을 가르쳐 주신 분이다. 그림 같은 글씨, 전서를 좋아했다. 선을 그으면 그 선의 중앙으로 힘이 흘러가는 것이 보였다. 글씨 아닌 듯한 그림으로 꼬물꼬물 표현되는 뜻에 기뻤었다. 내 그림에 동양화의 느낌이 공존하는 이유이다. 소당 선생님의 선생님이셨던 극농 선생님이 반대를 무지하셨다고 한다. 아이에게 전서를 가르친다고 꾸중도 들으셨다 한다. 나는 극농 선생님께 가 보고 다시 소당 선생님께 와서 '저는 전서가 좋아요' 하였다(이승복 어린이야, 뭐야?). 소당 선생님이 기뻐하셨다. 그리고 또 슬퍼하셨다, 내 글에 힘보다 재주가 많이 보인다고.

맨날 놀고 만나고 술 먹던 학생들이 가득했던 대학교 써클이었던 경묵회에서, 나는 와서 글씨만 쓴다고! 제명을 당하고 서예랑도 자연스럽게 멀어졌었는데 어제 갑자기 그때가 생각났다. 그때의 내가 지금의 그림에 살아 있다.

* 전 대구시장 조해녕 씨의 부친이셨던 소당 조광호 선생님은 2021년 작고하셨다. 나의 그림을 그리며 그때 내가 배우던 전서의 중봉을 느끼게 된다. 붓에 실린 힘을 느낀다.

《스물다섯 스물하나》를 통해서 나를 들여다보고 있다

요즘엔 《스물다섯 스물하나》라는 드라마를 보고 있다. 주말드라마였나 보다. 사실 지금까지의 펜싱 선수들인 특별한 소녀들 이야기에서는 큰 공감이 없었다. 주인공의 엄마가 앵커이고 또 풀하우스라는 만화책을 즐겨 보고 이런 부분도 크게 와 닿지는 않았다. 만화책을 별로 보지 않았고 펜싱은 해 본 적도 없거니와 땀나는 대부분의 운동을 싫어하기 때문이다. 그녀들의 운동 후 땀을 흘리는 모습에선 윽, 쩍쩍 몸이 들러붙고 지저분한 냄새가 나겠다는 생각이 먼저 떠올랐다.

그런데 오늘 지승완, 이 아이의 마음은 완전 느껴졌다. 그래서 드라마에는 여러 등장인물이 나오나 보다. 다른 애들은 다 커플로 나오는데 얘만 혼자다. 공부도 잘하고 모범생이어서 선생님에게 체벌을 당하는 경우도 없고, 다른 애들이 학생주임 선생님에게 맞고 있을 때 일부러 가서 '선생님, 저 모르는 문제 있는데요' 하고 그 상황을 무마시키는 정도로만 나왔는데 오늘은 난리 났다.

드라마의 배경이 1999년이더라. 그럼 또 내가 찌릿하게 느낌이 오는 그즈음의 플러스 마이너스 4, 5년 정도의 시절인 거다. 학주가 지승완의 절

친을 때리는데 드디어 이 아이도 참지 못했다. 싫지만 적극적으로 반대한 다는 의사를 표현하지는 못하는 양심의 문제에서 지승완이 드디어 자신의 마음을 드러낸 것이다. 112에 전화를 걸어 교사의 체벌을 신고한 것이다. 드라마를 보다가 나도 한마디 했다. 학주 나쁜 새끼! 그때도 선생답지 않은 선생들 많았어! 그러면서 그즈음의 생각이 떠올랐다.

　학생이 잘못한 것도 아닌데, 한 번만 그 선생한테 그냥 사과하라고, 다른 학교에 전학 가지 않고 버텨 보자며 나랑 약속한 아이, 억지로 '제가 잘못 했습니다'라고 얘기한 우리 반 아이의 뺨을 때리며 내 눈을 빤히 쳐다보던 나쁜 3학년 주임 선생. 그리고 아이에게 1층부터 4층까지 복도 청소를 시킨 나쁜 놈. 그날 몰래 남아 있던 우리 반 아이들 몇 명이 의리 있게 같이 청소를 했고, 나는 청소를 끝낸 그 아이들과 같이 햄버거를 사 먹고 교사 회식에 가지 않았었다.

　새로 이동한 학교의 내 옆자리 아가씨 선생은 그 반 아이들을 아침부터 퇴근할 때까지 때렸었다. 때리기 시작하면 머리고 어깨고 다리고 가리지 않고 계속 한 명당 50대쯤은 때렸었다. 그 쌤이 학생을 때리기 시작하면 나는 너무 너무 너무 스트레스를 받아서 교무실에서 자리를 피하기 일쑤였는데 지승완같이 '어이 쌤, 이거 어째 처리할까' 물어보기도 해 봤지만, '쌤, 잠깐만요' 하고 계속 학생을 때리고 있었던 모질었던 여선생. 야영 학습을 갔었고 그 여선생 반 아이 하나가 다치게 되었다. 병원에 가서 깁스를 하고 온 아이가 식사 때를 놓쳐서 교사숙소에서 대충 저녁거리를 마련해 주었는데 이 사람이 애가 저녁을 먹는 동안 옆에 앉아서 미리 주의하지 않아서 다쳤다고 계속 머리를 때리는 거다. 한 아이를 잡으면 50대쯤 계속 때리는 선생이라 내가 드디어 터져서 소리를 마구 질렀다. 야영까지 와서 왜 때리냐고, 다친 아이 먹지도 못하게 도대체 왜 때리냐고 화를 벌컥 내고는, 우리 반 아이도 아닌데 내가 넘친 건 아닌지 스스로 깜짝 놀랐었다.

나는 학교에선 아이들을 때리지 않는 선생이었던지라 물러터졌다고들 했고 그래선지 유독 우리 반에서 사건이 많이 터졌었는데, 그런 일들이 일찍 학교를 그만두게 한 원인이었을 것이다. 나는 엄한 교사와 맞지 않았다.

저 드라마, 케케묵은, 기밀 누설 엄금 서약서까지 쓰고 퇴직한 그 시절의 안 좋은 학교 일까지 떠오르게 했다. 지승완, 멋지다. 나도 그래서 학교를 그만둔 걸로 할까 보다.

어제 오전에 성호가 마구 웃으며 스승의 날 기념이라며 잘 지내시냐고 전화가 왔다. '다 늙었는데 무슨 아직까지 선생님이야, 착한 넘' 실실 웃으며 하루 종일 기분이 좋았는데 오후에 경호가 무려 캄보디아에서 지금 지금 학부모와 주부로 살고 있다면서 연락을 해 왔다. '내년에 쌤은 60살이네요.', '그러게, 근데 아직 나는 몸과 마음과, 심지어 정신연령까지 니들 만난 23년 전 그대로야, 신기하지?' 시답지 않은 농담과 '너는 언제나 나의 자랑이었어.'식의 한때 선생님으로서의 예의 갖춘 말들과 '선생님, 아무래도 제 딸은 천재인 거 같아요.', '에그, 지 새끼 자랑하는 거 보니 너는 나를 꼭 닮았구나?' 푸하하 유쾌하게 웃어 대는 시간을 가졌다.

그런데 오늘은 마침내 결혼한다는 좋은 소식을 가지고 우리 기 박사 현호가 화실로 왔다. 무려 15년쯤 만에 마주 앉아 오랜 근황을 다다다 얘기하는 시간이었다. 내가 선생으로 가장 뿌듯한 마음을 느끼게 해 준 아이다. 이제 마흔쯤 되었다는데 같이 나이 들어가니 그것 또한 감사하다. 내가 지도교사였던 그해도 교내 대회에서 전국대회까지 1년 동안 힘들었겠지만 한 번도 내색하지 않으며 속 깊었던 아이는 더 깊이 있고 진중해졌다. 전국대회를 치른 후, 힘이 빠져 가만히 앉아 있다가 수상자 명단을 발표하던 때, 자신의 이름이 불리자마자 아이가 고개를 들었다, 눈을 반짝이며. 현호를 생각하면 항상 머리에 떠오르는 극적인 장면이다. 마치 단단한 무엇이 곧 하늘을 날 거 같은 느낌이었다.

* 성호는 내가 교사로 근무했던 이곡중학교 1회 우리 반 학생이었고 지금은 예술고등학교에 선생님이며 그림을 그리는 작가가 되었다. 현호는 역시 이곡중학교 2회 학생이었는데 과학상자 조립으로 전국대회에서 상을 받고 나에게도 지도 교사상을 받게 해 준 아이다. 자신감과 교사의 관심이 어떻게 아이의 전체를 변화시키는지 알게 해 준 아이다. 교무실에 칭찬받으러도 올 수 있다는 걸 아이는 그때 처음 알았다 했다. 그 계기로 고등학교 진학해서는 학업성적이 급상승해서 주변을 놀라게 했었다. 경호는 3회 학생이었고 우리 반 실장이었는데 고등학교, 대학교 진학 시에, 그리고 대학교를 졸업하고 취업 시에, 결혼할 때도 꾸준히 연락하고 얘기를 나눠서 인생의 순간순간 또 다른 경험을 하게 해 준 아이다. 현호와 경호는 지금 공기업에서 근무하고 있다. 그래, 얘들은 아직 나에게 여전히 아이들이다. 가끔 연락도 하는 참 고마운 아이들이다.

어 갑자기 오래전 그 아이가 떠올랐다.

1988년이었겠지. 대학교 4학년 때, 사범대학 마지막 해니까, 교생실습을 나갔었고 누구라도 한 번은 겪는다는 수업 후 우울 증후군 때문에 사대 부속 중학교 2학년 첫 번째 교생실습, 수업을 마치고 원래 계획한 거 한 시간 만에 다 못해서 계단에서 막 울기도 했었다. 우리 반에는 과학을 좋아하던 남학생이 한 명이 있었는데 어 생각해 보니 나는 이상스레, 조용하고 차분한 남학생들한테 인기가 있었구나. (아니 그런데 왜 내 또래의 남자들에겐 인기가 없었을까?) 하여튼 매일 과학 수업을 열심히 듣던 그 애가 간절하게 어느 주말엔가 우리 집에 놀러 오고 싶다길래, 조금 고민했지만 결국, 응, 놀러 올래? 했었다. 학생이 오고 싶다 한다고 부르냐고 오빠의 '너는 선생으로 애초에 글러 먹었다'라는 말도 들었던 날이다. 그래도 어째어째 애가 놀러 왔었다. 이름은 기억에 없는 착하고 얌전하고 학교에서는 말이 거의 없던 남학생이, 그날 우리 집에 오자마자 말을 어찌나 잘하던지 참 놀랐다. 내가 걱정하던 어색했던 시간이 거의 없이 몇 시간이 보냈다. 간식을 조금 먹이고 집으로 돌려보내기 직전에 '어, 누구야 너 정말 말 잘하네, 학교에서는 너무 조용하던데' 했더니 "선생님, 사실 제가 선생님 집에 와서도 학교에서처럼 아무 말도 안 하고 있으면 안 될 거 같아서 어제, 할 말들을 미리 노트에 써서 외우고 왔어요." 했다. 그 아이가 미리 겪었을 설렘이나 노력 같은 게 느껴져서 너무 찡했었다. 그게 무려 35년 전의 이야기가 되어 버렸다. 애는 왜 중2병도 없었냐고.

토요일, 이제 삶의 길이 바뀌어 버린 나의 이상한 미술 강의 일정에 어쩌면 20년 전의 제자들 몇을 볼 수 있겠다. 이제는 그 아이들이 결혼하고 낳은 조그만 2세들까지 데리고 온다니 참 설레기도 하고 기대된다. 교생 실습 때의 그 아이처럼 뭔가 써 놓고 밤새 외워야 하는 건 아닐까. 이제 나는 그림 옆에서 행복하다. 이거 인생을 다 살고 나서 느껴야 하는 감정 아닐까.

얼마나 혼자 힘들었겠냐고
– 승훈이 이야기

어제 소파에 앉아서 TV를 보는데 창문 밖 동쪽 하늘에 떠오르는 달에 토끼가 너무 잘 보인다. ^^ 폰으로 찍은 사진을 확대해 봐도 토끼가 사는 게 맞네.

혼자 있어서 외롭겠다.

승훈이는 술을 한잔할 때면 술기운을 빌려 가끔 연락한다. 중학교 3학년 때의 담임에게 맨정신으로 연락하기에는 뭔가 어색할 수도 있겠지. 회사 생활이 좀 힘들긴 한 거 같지만 잘 살고 있다. 얘는 정말 엄청나질 거 같다. 어렸을 때부터 표현은 잘 안 하지만 꾸준히 뒷심 있는 애였다. 늘 좋은 소식을 전하지만 사는 게 뭐 좋은 일만 있겠냐. 마음이 쪼끔 힘든 것도 전해지는데 여전히 나는 모른 척 칭찬만 해 댄다. 나는 겨우 내 자리에서 버티는 것도 쉽지 않은데 참 대단한 애다. 애 건강에는 안 좋겠지만 그래서 술 조금 더 자주 마셔도 된다. 단단한 목소리로 전화해서 다짜고짜 '선생님!' 불러 대는 승훈이 목소리가 듣기 좋다.

작년에 이렇게 조금은 힘들지만 조금 스스로 대견한 듯 전화한 녀석이 올해는 아주 기쁜 소식을 전해 왔다. 우리나라 최고의 기업에 들어가서 그동안 고군분투한 녀석이 어쩌면 곧 좋은 소식을 또 전할 것 같단다. 그래서 또 하나의 꿈을 꾸게 된다고 한다. 승훈이는 중학교를 다닐 때는 조용하고 남들 앞에 나서기를 주저하는 학생이었는데 지금은 여의도 삼땡 본사에 다니면서 서울에 집도 사고 멋진 차를 타고 자꾸 승진도 한다. 그래서 우리 승훈이 대구 오면 선생님께 맛있는 밥을 대접한단다. 오, 성공했어, 아이들이 사 주는 밥도 얻어먹게 되는구나.

그랬던 녀석이 좀 전에는 청담동에 스마트 오피스 관련 뉴스를 보내 왔다. 승훈이 얼굴이 뉴스에 커다랗게 나오고 하나도 안 떨고 인터뷰를 하더라. 오, 그때는 내성적인 아이라 발표도 잘 못 했는데 제발 잘해라 맘졸이며 간절한 마음으로 보았다. 뉴스로 녀석의 얼굴을 보다니 정말 신기한 일이다.

얘 이야기를 인스타그램에 적어 놓은 게 있었다. 한번은 집에 돌아가는 지하철 안이라고, 선생님의 그 글을 얼마나 많이 읽었는지 모른다고 어떻게 자기에 대한 글을 그렇게 써 줄 수 있냐며 정말 수십 번 읽고 또 읽고 했다고 말을 전하기도 했다. 그 전화에 내가 더 감동했다. 나는 말과 글의 힘에 대해, 진심에 대해 믿는 편이다.

교사 생활을 10년밖에 하지 않았지만, 그런 경험을 할 수 있어서, 이런 가슴 뭉클함을 받을 수 있어서 나는 누구에게나 참 감사해야 한다.

외할머니

한 번씩 다니러 간 외갓집에서 자자~ 자자~ 누우면 엄마 대신 자신의 축 처진 젖가슴을 기꺼이 내주던, 가을이 되면 분홍색이나 밝은 베이지색 카디건을 즐겨 입던 나의 외할머니는, 가을보다 조금 이른 계절에 샤워를 하고 나면 한쪽에 곱게 빼둔 은비녀를 챙겨서 무릎걸음으로 거울 앞에 앉았다.

체구부터 크게 크게 생긴 우리 엄마랑 다르게 오목조목 얼굴도 작고 코도 작고 입도 작던 할머니가 촘촘한 참빗으로 아직 채 덜 마른 머리를 슥슥 빗어 내렸다. 그러면 수건으로 물방울이 후두두 떨어지고 어느 정도 물기를 훑어 내리던 할머니가 어느 순간 나를 힐끗 건너보다가(이때 나는 마음이 간질간질, 조마조마 혹시 그 좋은 구경을 놓칠까 봐 할머니를 뚫어지게 쳐다보는데) 갑자기 자기 이마 위쪽을 탁 때렸다.

오! 하하하

할머니 머리가 자동으로 갈라졌다. 머리 중앙을 따라 일자로 쭉 뻗은 가리마.

한 올의 지저분함도 없이 원래 있었던 제 방향으로 자리 잡는 머리카락들. 그건 할머니의 이마 때리기 한 방으로 완성되는 거였다. 사실 이거 한 방 보려고 재미없고 지루한 머리 빗기를 계속 지켜본 것이다. 그리고 다시 참빗으로 양쪽 머리를 슥슥 빗다가 재빠르게 하나로 땋아 내렸다. 아, 그 속도감. 아직 땋아야 할 머리가 두 뼘쯤 남으면 입에 물고 있던 까만 끈 하나를 반 접어서 머리칼 사이에 넣어서는 두 가닥 된 까만 끈을 머리랑 함께 땋았다. 그럴 때 할머니는 조그만 뒤통수를 가진 색시 같았다. 긴 땋은 머리끝 쪽에 오면 그 끈 중 한 가닥을 휙 돌려서 넥타이처럼 마무리하고 이미 내 할머니가 견뎌 온 세월 동안 많이 품이 죽은 땋은 머리를 틀어 올려 빙빙 돌리고 동그랗게 만든 머리칼 사이로 마지막으로 은비녀를 들어 양쪽 끝이 보이게 찔러 넣었다. 약간의 물기가 남아 있는 할머니의 쪽진 머리칼 위에 버석거리는 양손으로 동백기름을 좀 비벼서는 머리에 윤기 나게 발랐다.

어린 날 웃으며 홀린 듯이 바라보던 외할머니의 퍼포먼스였다.

신기하게 바라보던 그 똥그란 머리 뭉치는 할머니 뒤통수에 돌아가실 때까지 붙어 있었다. 그때도 늙어 있던 우리 외할머니 또 보고 싶다.

초일연 씨 이야기

대학원 석사과정을 다닐 때 일이다. 나는 대구에서 꽤 인지도가 있는 계명대학교 일반대학원에 원서를 썼었는데 아무래도 아이 아빠를 혼자 버려두고 서울에서 늦깎이 미술 공부를 하기에는 여건이 어렵다는 생각이었다. 전공의 특성상 이론과 실기를 병행해야 할 것인데 내가 서울에서 학교를 다니면, 아이들은 엄마 밥을 먹고 다닐 수 있어서 좋겠지만 내가 밥해 주러 가는 것도 아니고 이제 아이들을 다 키워 놓고 내가 하고 싶은 공부를 하겠다는 마음이니 대학교의 이름이 무슨 상관이 있겠는가 싶은 마음이었다. 예전에 과학교육으로 이화여대 대학원을 다닐 때와는 내 상황에서 최선은 무엇인가라는 현실적인 생각이 더 들었다고 해야겠다.

관련된 웃긴 얘기가 하나 있다. 대학원 가기 전, 마침 면접이 있었고 입학 직전에 교수님 한 분이 전화가 와서 깜짝 놀랐는데 나더러 그 나이에 이론 공부를 어떻게 하려고 왔냐고 학력 세탁하러 왔냐고 하는데 조금 어이가 없기도 했었다. 후회하지 않으려고 정말 열심히 공부했고 나중에 나의 이력을 들은 그 교수님이 언젠가 사과를 하기도 했었다. 잘못된 선입관은 사람을 참 예의 없게 만드는 것 같다.

하여튼 나는 사적인 감정에 매이지 않고 공부하고 싶은 과목들을 수강했었는데 지방대의 한계인지 수업 개설이 되는 것이 다양하지 않았다. 나는 학부 전공이 과학인지라 다른 학생들보다 많은 과목을 들을 수 있어서 좋았는데, 한국화에 관심이 많아서 계획적으로 강의를 들었었다. 예를 들면 중국, 일본, 한국, 세 나라의 미술의 연관성과 문화의 전파를 다루는 '동양 근대 회화론'과 '한국 미술사 특수 연구'와 '현대미술 태동론'을 한 학기에 수강하는 식이었다. 거기에다가 지도교수님의 실기수업도 수강하면 한국미술에 관계된 고대에서 현대까지의 이론 공부와 나의 작업을 한꺼번에 할 수 있는 거니까 공부할 양은 엄청나게 많지만 내게는 매우 도움이 되었다.

그래서 미술학과와 미술사학과가 같이 수강하는 수업이 꽤 많았고 중국에서 유학 온 박사과정 학생들도 꽤 있었다. 다들 나의 아이와 비슷한 또래들이고, 아무래도 한국어가 자유롭지 않으니까 도움을 줄 기회가 좀 있었는데 따로 연락이 오면 그날 수업 내용을 천천히 설명해 주기도 했었다. 그중 가장 열심히 공부하는 학생이 하나 있었다. 어느 날 그 중국인 학생이 '언니'라고 부르며 '커피 한잔하십시다.' 하고 문자가 왔다. 도대체 내가 얼마나 어학을 못 하는지 모르고 이러는 거겠지. 다른 사람을 만나면 굉장히 어색해하는 나이지만 사적인 자리를 피하면 좀 이상할 거 같아 '좋아요' 하고는 이상하게 편안한 마음이었다. 만나서 웃기만 하자. 나를 만나기 전에 너무 떨리고 걱정되었다는 27살의 무려 배꼽티를 입고 온 이쁜 여학생은 연신 '감사해요'와 '죄송해요'를 연발하고, 나는 그녀의 한국인을 만나는 것에 대한 조심스러움과 다짜고짜 한국 드라마가 좋아 유학 왔다는 무모함에 기분이 좋아졌다. 아, 좋은 때이다. 그리고 듣기 좋은 말들을 접대성으로 날려 주는 학생, 더구나 좋은 사람이기도 한 것이다. 코로나 시절이어서 이론 수업도 줌으로 이루어지던 때였으니 컴퓨터에 조그맣게 나오는 언니가 자기보다 5살쯤 많은 줄 알았다고 하니 이 국제적인 나의 매력을 어찌할까. 꾸준히 미모와 젊음을 유지하려니 참 버겁다. 알고 보니 초일연 씨의 엄마랑 나랑 나이가 비슷했다. 그러니 이후에도 늘 엄마와 같은 마음으로 유학 온 아이 하나가 힘들어하는 모습을 지켜보았다.

중국에는 예술대학교 강사님을 선생님으로 부르고 예전에는 석사 학위 이상이라는 조건이었는데 경쟁이 심해져서인지 이제 법이 바뀌었다고 한다. 박사 이상의 학위를 요구하고 그래서 박사과정을 이수하려고 각 대학교에 입학하려는 학생이 너무 많아져서, 그로 인해 한국에서 받은 박사 학위도 인정해 준단다. 초일연 씨는 한국 드라마를 줄줄 꿰고 있었고 드라마가 재미있어서 보다 보니 한국어를 배웠다면서 몇 개의 조사 정도만 빼면 한국어가 매우 유창했다. 영어를 못해서 걱정했던 나는 이후로 매우 편하게 몇 번 초일연 씨를 만났는데 꽤 많은 중국에서 유학을 온 학생 중에서 유일하게 2년 만에 학위를 받고 중국으로 돌아가 대학 강사가 되었던 친구였다. 박사 논문 심사 때도 중국은 아직 공산국가라서 자신이 주제로 잡은 중국 여류작가 판위량에 대해 칭찬만 가득하고 비판이 부족하다고 하는 교수님의 피드백에 힘들어하던, 그래서 나랑 만나 눈물이 가득 고이던 눈으로 웃으며 얘기하던 일연 씨는 지금은 하남사범대학에서 학사과정 석사과정에서 강의를 하고 있다고 한다. 지난 톡에서는 이제 35세까지 부교수를 달아야 하는 법이 생겼다고 스트레스를 받고 있다고 한다.

한국과의 인연을 끊기 싫어서 한중 통역도 하고 있다고 한다. 나더러 시간만 나면 하남으로 놀러 오라는 일연 씨다. 예쁘고 예의 바르고 총명했던 그녀가 생각난다. 잘 지내고 있겠지.

나의 1/4들, 친할머니와
외할머니에 대한 이야기

나도 엄마이기에 집안에 엄마가 아이들의 성장에는 참 중요하고, 정신적인 부분을 책임져야 할 것이라는 점에 늘 약간의 두려움과 책임감을 느끼게 된다. 가령 엄마와 친할머니와의 갈등은, 그 집안의 아이가 자신의 뿌리의 양 갈래 중 한쪽을 애써 부정하거나 아니면 다른 한쪽만 자랑스럽게 기억하게 되는 결과를 낳지 않을까 싶다.

예를 들어 나의 경우를 얘기해 보겠다.

한 번씩 우리 외할머니 홍현이 여사는 105살에 돌아가셨다고 기억하면서, 친할머니 김근의 여사 또한 오래 사셨는데도 몇 살에 돌아가셨는지도 모르고 있다. 또한 친할머니에 대해서는 단편적 기억만 가지고 있으면서, 나의 엄마를 시어머니로서 드러나지 않는 구박을 하신 분으로만 기억하게 되니까 말이다.

한밤 홍 씨, 홍현이 여사는 시집온 이후 6남매를 낳아서 그중 건강한 셋만 건사하여 나의 엄마는 3남매의 막내로 자랐다. 외할머니 홍현이 여사는 시집올 때부터 담뱃대를 챙겨 와서 105세로 돌아가실 때까지 담배를 태우셨는데 이를 볼 때 무지하게 건강한 몸을 이미 타고 태어나신 분인 거 같다. 일찍 남편을 여의고 아이를 키우는데 혼자 힘들게 노력했다기보다는 터울이 큰 위의 아이들이 막내인 엄마를 돌보았던 것 같다. 한학자였던 외할아버지의 머리를 물려받은 창녕 조 씨 엄마는 외삼촌의 최소한의 경제적 도움과 무려 11살 차이의 이모의 보살핌으로 경북여고에 진학하여 반찬으로 콩나물 한 가닥씩을 먹으며 공부를 하고 시를 썼다고 한다. 아 물론 지금도 시인으로 활동 중이시다. 그렇다면 외할머니의 엄마로서의 역할은 거의 없었던 거 같은데 내 보기엔 크게 돈을 버는 일도 하지 않았고 한밤이라는 동네에서 큰집 작은집을 전전하면서 일 도우고 밥빌어먹는 그런 생활을 하였던 거 같고 어린 나이부터 담배를 태우고 자신이 낳은 애들도 50퍼센트만 살린 것이나, 아들의 결혼식 날 아들은 떨어진 내복을 입히고 자신은 새 옷을 해 입었다는 얘기를 듣고는 그다지 존경스러운 분은 아니라고 생각했다. 더구나 엄마의 머릿속에 있지만, 뿌리 박힌 기억인지 들은 얘기인지는 모르는, 한학자이신 엄마의 할아버지가 돌아가셨을 때 동네에 삼십 리 정도가 문상 온 사람들로 줄을 섰다는데 이는 내가 보지 못한 일이고 또 그놈의 양반 타령이 아버지 집안과 우리 최가 것들을 무시하는데 계속 사용된 것을 보면 참, 남에게 배려 없고 제 잘난 거 내세우는 데만 쓰이는 못난 것이 양반의 피인 거 같다.

　나의 친할머니 김근의 여사는, 만주로 다니면서 무역을 하였으나 또 그렇지 않은 날에는 노름에 빠져 살았다는, 그래서 시내 대구백화점 근처에 있던 몇 채의 집들을 노름빚으로 다 날려 먹고 하나만 남기고 돌아가신 친할아버지로 인해(아, 역시 오래 살아야겠다. 나는 친, 외할아버지들의 이름은 모르는구나 했는데 갑자기 생각났다. 복 복 자에 목숨 수 자를 쓰셨다는, 왠지 코미디물에 나오는 제대로 무술도 쓰지 못하는 주인공 이름 같은 최복수 씨가 우리 할아버지다.) 그때 고등학교 2학년이던 맏아들 우리 아버지와 유복자 막내 삼촌까지 포함된 9남매와 덩그러니 복닥복닥 남겨졌다. 그 9남매를 시내 한복판 무수한 사기와 유혹을 물리치고 홀로 아이스케키 공장을 하며 그중 여섯을 서울로 유학을 시킨 여장부셨다. 절대 웃음을 흘리지 않으셨고, 평소 무뚝뚝한 말투로 엄마는 질겁을 했지만, 힘든 집안 꾸리기에, 대구 유수의 대학 진학을 희생한 큰고모를 제외한 딸 넷을 경북여고에 보냈고, 며느리 넷 또한 다른 조건은 모두 배제하고 경북여고를 졸업한 사람만 고르셨다고 한다. 그게 내 친할머니의 드러내지 않은 자랑이었다고 한다.

아버지가 맏아들이었고 막내까지 모두 어느 정도 자리를 잡고 나서는 아들들에게 의지하지 않으셨고 홀로 시내에서 살면서 담배 가게를 하였는데 평생 담배 한 개비 피우지 않으셨다. 늘 애틋한 마음으로 키우신 유복자 막내 삼촌이 하는 한미약국 한편에서 돌아가실 때까지 담배를 팔고 계셨다.

이런 단편적 기억으로 볼 때, 굳이 비교한다면 나는 친할머니가 훨씬 훌륭해 보이고 닮고 싶은데, 어릴 적 내 머리엔 친할머니는 정이 없고 나쁜 사람, 외할머니는 정 많고 착한 사람이란 공식이 만들어져 있었으니, 엄마가 며느리 관점에서만 지켜본 잘못된 생각을 자식들에게 주입해서일 것이다. 그건 그렇고 하여튼 시내만 가면 볼 수 있었던 우리 무뚝뚝한 친할머니, 한 번씩 차비 아깝다며 전화로 '버스정류장에 나온나.' 하고는 푸성귀를 버스 창문으로 휙 던져주고 자신은 버스 타고 그냥 가던 외할머니, 돌아가신 두 분 다 보고 싶은 오늘이다. 그분들은 아직 내 머리에 살아 계시는 듯하다.

창문 내다보며 커피나 한잔 마셔야겠다.

정의란 무엇인가: 친구가 했던 말에 마음이 아프다

며칠 전 친구가 했던 말이 지워지지 않는다. 초등 6학년 때 반장이었던 그 친구네 부모님은 학교에 거의 오지 않았단다. 형과 터울이 크게 나서 막내아들이 초등학생일 때 큰아들은 대학생이었고 그러니 막내는 건강하게만 자라다오 라는 마음이었는지, 10년 넘게 차이 나는 큰아이 적 학교생활만 생각하고 어린 막내에게 관심을 많이 기울이지 않으셨는지, 학교에 오지 않는 부모님 때문에 친구는 공부를 굉장히 잘했었는데도 선생님께 미움을 받았단다. 내 기억엔 겉으로는 딸기코에 둥글둥글 사람 좋게 생겼던 그 반 담임 교사에게 친구가 반장이면서도 하도 많이 맞아서 이후 중학교 고등학교 때는 선생님들의 매가 하나도 무섭지 않았다고 했다.

하아, 정말 벌을 받아야 하는 사람들이 너무 많다.

그 사람을 찾아내서 당신이 그 조그만 권력으로 저질렀던 폭력이 어떤 이에게 평생 어느 정도의 상처를 남겼는지 아느냐고 소리 지르고 싶다. 내가 한때 선생이었음이 부끄러울 정도다(모범택시 불러야겠다).

그 친구와 나이 차가 많이 나는 형은 찾아보니 그 시절 서울대 법대를 나와서 판사가 되었다. 내가 만일 그런 취급을 당했다면 나는 우리 형에게 다 일러 주었을 거다. 내 친구는 참 큰 사람이다. 내 친구는 교사들의 그 압박에도 서울대 건축학과를 나온 수재이다. 그의 머리에 교사라는 집단은 어떤 이미지일까. 우리는 노력해야 한다. 내가 그 사람이 아니어서 받는 면죄부는 없다. 외면하지 않는 것, 그것이 정의일 것이다.

줄리언 오피에 대해 얘기할 때인 거 같아. 그리고 어제 나의 무모한 메일에 대해서도 얘기를 할 거야. 나의 작업은 거의 항상 검은 윤곽선을 가지지. 사실 이건 동양화에서 기인하는 특징이야.

내 그림을 보고 많은 이들은 고흐를 떠올리고 또 다른 이들은 일본화 같다는 말로 나를 무시하려는 의도를 보이는 경우도 있어. 어쩌면 내 생각일지도 몰라. 고흐를 닮았다면 기분이 좋아지다가도 일본화 같다는 얘기를 들으면 이거 뭐지? 일부러 이렇게 비하하는 건가 하는 무의식이 발동하더라고. 이건 좀 아닌 거 같아서 일단 인상주의에 대해서 공부해 보았어. 그랬더니 인상주의 시절 일본의 우키요에가 굉장히 유행하여 거의 모든 인상주의 화가들은 일본 목판화인 우키요에의 선과 구도와 색채의 영향을 받았고 자신의 그림에 적극 활용하였다는 것을 알았지. 모네, 마네, 고흐는 말할 것도 없고, 이후에 마티스나 클림트 같은 이들도 일본화의 특징을 그림에 그대로 보이는 경우가 많아. 특히 고흐는 자포니즘에 너무 열광해서 자화상 뒤의 배경으로 일본의 그림들을 그려 놓은 경우나, 심지어 한자를 그림처럼 베껴 놓은 그림도 있었지.

이렇게 인상주의 시대의 유럽의 미술은 자포니즘과 결합된 형태로 유행하였고 다시 여러 나라에 전파되어 이어져 내려왔다는 사실을 알게 되었어. 그러니 내 그림이 고흐의 것과 비슷하다면 또한 일본의 것과 비슷해야 하는 거지. 그게 당연한 거야. 그러니까 인상주의 작품들을 좋아한다는 사람이 일본 그림은 싫어한다고 하면 그림에 대해서 깊은 이해가 없는 말이겠지? 또한 평소 내가 무의식적으로 작업하던 검은 선에 대해서도 파고 들어가다 보니 영국의 현대 작가 줄리언 오피를 알게 되었어. 그러다가 줄리언 오피도 공공연히 자신의 작업은 일본 우키요에의 영향을 받은 거라고 얘기한다는 사실을 알았어. 그러나 그에 관한 책, 그 사람의 잡지 인터뷰, 홈페이지 글을 모두 읽었는데 명확히 검은 선이 우키요에에서 기인한 거라고 정의한 글은 발견할 수 없었지. 오랜 시간 동안 언저리만 빙빙 도는 느낌이었어. 명확한 문구가 없었으므로 추측으로만 그의 검은 선은 일본의 우키요에에서 왔다고 정의하면 안 될 거 같았어.

그러다가 어제 드디어 너무 답답하길래 밑져야 본전이라는 생각으로 홈페이지에 나와 있는 메일 주소로 몇 가지 알고 싶은 질문을 정리해서 메일을 보내보았지. 기대하지 않았는데 답장이 온 거야. 세상에 대박! 물론 내용은 실망스러웠어. '자신은 사실 너무 바빠서 메일의 질문에 하나하나 대답을 해 줄 수가 없다. 자기 홈페이지에 와서 작품에 대한 인터뷰 글들을 읽어 본다면, 검은 선에 대한 내용을 찾을 수 있을 거다. 행운을 빈다.' 이런 식의 답장이었어. 한번 왔으니 또 안 올 이유는 없다 싶어서 다시 메일을 보냈어. '안다고, 이해한다고, 당신 같은 세계적 작가가 얼마나 바쁘고 시간이 없을지. 그런데 나는 당신 홈페이지에 있는 인터뷰 글들과 에세이들을 다 읽어 보았다. 그런데 검은 윤곽선이 우키요에의 영향을 받았는지에 대한 직접적이고 명확한 문장은 찾을 수 없었다. 당신과 당신의 그림에 대해 공부하고 있는 한국의 학생에게 제발 도움을 달라'고 플리즈, 플리즈를 붙여 다시 보냈어. 또 한 번 답장이 온 거야. 그는 친절하게 자신의 검은 선의 의미, 그리고 영향을 받은 작가들과 일본 우키요에 작가의 명확하고 구체적인 이름까지 보내 왔더라고. 이어서 감사와 내년에 한국 국제미술관에서 계획되어 있는 자신의 전시 안내와 코로나 시대의 근황에 대한 세 번씩의 메일을 주고받았어. 그리고 자신의 사진을 보내 왔어. 세상에 줄리언 오피가 한국의 클로틸다라는 이름 없는 그림을 공부하는 이에게 자신의 그림 앞에서 찍은 사진을 보내 온 거야. 나는 너무 감동했어. 벅찼다는 느낌이 맞아. 내용은 사실 확인용이었지. 그의 확실한 대답이 나의 추측에 대한 확신으로 남게 되는 거지. 앞으로 잊을 수 없을 거야. 나도 이런 사람이 되어야 해.

이제 다시 그의 그림을 봐. 현대인의 서로에 대한 무관심, 그리고 외로움을 의미하는 걸어 다니는 사람들, 저렇게 그 그림에서 확실하게 보이는 검은 선에 대해서 명확한 질문을 한 이가 없었어. 유일하게 바로 내가 한 거야.

* 2020년 대학원 공부를 하며 내 그림과 비슷한 느낌의 인상주의 시대의 그림의 특징과 더불어 현대미술가 줄리언 오피의 작품에서 나타나는 검은 윤곽선에 대해 연구하고 발표하던 때의 일이다. 결과도 좋았지만 오피와 메일을 주고받는 과정에서 검은 선의 역사와 맥락을 밝혀 낸 스스로에게 만족할 만한 경험을 하였다. 이후에 코로나 시대였

음에도 꾸준히 우리나라에서 신작을 발표하는 그의 국제갤러리 전시
에 방문하였고 다시 메일을 주고받았다. 이후 영국 여행에서 그의 벽
화 작품을 찾아내기도 하였다.

승모 이야기

승모를 만났지. 이제 5학년이라네, 신학대학 성유스티노 신학교를 다니고 있다. 내년이면 사제 서품을 받고 2년만 있으면 졸업하고 그런 후면 신부님으로 발령을 받는단다. 예전 까불대던 중3 꼬맹이 승모는 없어지고, 이제 영락없이 바오로 신부님이다.

몇 년 만에 봤더니 이제 마음이던, 몸이던, 푸근하고 넉넉해진 그 모습이 낯설어서(진짜 종교인 같은 뭐랄까? 어떻게 보면 이 넘, 신부님 전형의 권위적인 얼굴 표정까지 생겨 버렸네. 아이가 예전에 나랑 같은 동네 살아서 아버지도 몇 번 부딪혔었는데, 크면서 저거 아버지 얼굴을 닮아가니 그게 내 눈에는 그렇게 비췄는지도 모르겠다.) 자꾸 그쪽 하나님에 대한 의문과, 과학적으로 이해 안 가는 부분들을 나열하고 있으려니 내가 참 속이 좁아터졌구나 싶다.

'자, 이제 쌤도 저 신부 되면 가겠다 약속했으니 성당 나가셔야죠' 하는데 변명도 줄줄 나왔다.

1. 우선 신부님이 미남이라야 해서 찾기가 어렵겠네. 나는 신부님 얼굴 보고 나갈 거거든. 그러니까 어느 성당 신부님이 잘생겼는데? 황당한 질문에 넘, 화도 안 내고 씩 웃더니 어느 성당도 괜찮고 어느 성당도 괜찮고 한다. 이거 안 통하네.

2. 그리고 나는 교리시험 치는 거 싫어. 네가 빽으로 교리시험 안 치고 세례받게 해 주면 나갈게. 역시 넉넉하게 웃더니 에이, 선생님까지 하셨던 분이 시험 걱정해요? 그거 아무것도 아닌데 시험이 중요한 게 아니고 교리 듣는 게 중요하니까 그럼 제가 일대일로 교리 가르쳐 드려요? 한다. 이것도 안 통하네.

3. 그리고 진짜 나는 겉멋이 중요한 사람이라서 세례명 그거 이쁜 거 아니면 안 갈 건데 했더니 이 이름은 어때요? 저 이름은 어때요? 한참 나열한다.

4. 결정적으로 이번 봄에 힘든 일이 있었을 때 양심적으로 고백하는데, 성당은 대중과 너무 멀리 있더라. 나는 딴 데 가서 마음으로 기도할 수밖에 없었어 했더니 갓바위 갔었어요? 괜찮아요, 아무리 유일신이라지만 다른 종교를 인정하지 않지는 않아요, 그래도 앞으로 성당 다니실 거죠 한다.

그리고, 책을 한 권 선물로 주는 아이다. 내가 책 좋아하는 건 알아 가지고 짜식, 늘 나보다 한 발 앞선다니까. 이태석 신부님의 『친구가 되어 주실래요』라는 책이다. 승모를 만나고 돌아와서 한참 숙제처럼 미뤄 놓았다가 보고 났더니 갑자기 이태석 신부님의 사진에 아이가 오버랩되어 버린다.

안 돼, 아이에게 문자했다. 나는 네가 이렇게까지 되는 건 싫다. 그래도 훌륭한 신부님 될 거다. 넘!

* 이 글을 쓰고 벌써 15년쯤이 지났다. 그사이 아이는 사제서품을 받고 신부님으로 발령이 나고 몇 개의 성당을 거쳐서 대구대교구의 소속된 가톨릭 선교 지원국인 볼리비아로, 페루로 외국에서 사제직을 수행하고 있다. 이제 신부님 하지 말라는 얘기는 못 하고 안전이 걱정되는 나라에서 별일 없이 안전하게 사제직을 수행하기를 기도드리게 된다. 나는 아이가 신부님이 되고 나서 몇 개의 성당을 찾아가, 예비자 교리를 몇 차례나 반복해서 듣고 드디어 때가 되었구나 싶었던 2018년 갑자기 대구 범물성당에서 세례를 받았다. 클로틸다라는 아름다운 세례명으로 세례를 받기 직전에, 가톨릭 미협과 연결이 되어서 가톨릭 미협 회원이 먼저 되었다. 이 모든 것이 그분의 부르심인 듯하다. 1년에 한 번씩 아름다운 마음의 가미회 회원전에 참여하고 있다. 또 다른 제자 성호와 함께 그림을 그리며 승모가 한국에 왔다면 또 가끔 보기도 한다. 신부님이 잘생겼나 아닌가를 따지던 나는, 이제 이해할 만한 가슴에 와닿는 강론을 하시는 신부님을 좋아하게 되었다.

우연히 오래된 서류철에서 발견했다. 나의 이름에 관한 작명서였다. 어쩌다 그 서류만 남아 있었는지도 모르겠으나 태어난 지 얼마 되지 않아서 받았을 게 틀림없을 그 서류에는 중학생이 되자마자 도덕 시간에 시험 쳤던 성씨의 본관과 내 이름이 연필로 삐뚤빼뚤 다시 한번 써 있었다. 갑자기 기억났다. 중학교 1학년이 되었는데 나의 이름을 한자로 쓰는 걸 시험 친다고 하였다. 나는 얼마나 억울했는지. 왜 이렇게 어려운 한자로 이름을 정해서 우리 반에서 제일 어려운 한자로 시험을 쳐야 하는가에 불만이 많았다. 그래서 내 이름에 얽힌 이야기를 듣고, 한 글자에 21획씩이나 되는 그 글자들을 오래오래 기억하게 되었다. 누구라도 나는 특별한 존재이고 싶지 않은가. 그런 맥락으로 나는 기대에 찬 첫째도, 귀염둥이 막내도 아니었던지라 그런 얘기를 통해 스스로 다독이고 싶었던 건지도 모른다. 역시 이런 얘기에서도 '그래서 내가 한 투쟁의 결과, 네 이름이 촌스럽지 않게 되었으니, 나한테 죽을 때까지 감사해라'라는 엄마의 은근한 생색이 있었다.

첫째 아들의 둘째 아이이자 커다란 눈의 첫 손녀딸이 태어나자, 나의 할머니 김근의 여사는 애가 크면 미스코리아에 내보내야겠다고 할 만큼 너무 좋아하고 예뻐했단다. 이모할머니는 애가 머리가 커서 미스코리아 는 내보낼 수 없을 거라고 했단다.

(커서 교사가 되었을 때 아이들이 선생님은 머리가 커서 멀리서도 잘 보여서 좋다 하였다. 나쁜 쉐이들. 이모할머니가 이겼다.)

그러거나 말거나 내 할머니는 만면에 미소를 띠며 치마를 팔랑거리며 얼마 지나지 않아 대구에서 유명한 작명소에서 손녀딸 이름을 받아오게 되었다, '최보금'이란 이름으로.

보배 보 자 쇠 금 자. 몸을 푼 지 얼마 안 되는 푸석한 나의 어머니가 바 닥을 뒹굴며 울었단다. 딸을 낳았는데 보석과 돈에 환장했냐고, 애 이름 이 보금이 뭐냐고. 좋은 이름이라고 설득을 하다가, 무안한 얼굴로 아이 가 태어난 지 스무날쯤 된 날 다시 할머니가 작명소에서 이름을 받아 왔 단다. 굳이 거기까지 가서 '영희'라는 이름을 얻을 뻔했으나 지금도 시를 쓰는 나의 어머니 조정향 여사가 다시 영희는 너무 흔해서 싫다고 두 글 자를 바꿔 불러도 되냐고 물었단다. 그래서 내 이름은 무지하게 어려운 한자 두 개로 빛날 희(曦), 햇빛 희(曦) 자에 옥구슬 영(瓔) 자로 마무리가 되었다. 그러니 옥구슬에 반짝반짝 빛나는 햇빛 같은 아이로 길러져야 할 것인데, 햇빛만 보면 알러지 때문에 피부가 울긋불긋하고 간지러워서 햇 빛 아래에서 하는 운동을 가장 싫어하는 사람이 되어 버렸다.

돈이나 보석도 별로 안 좋아하고, 햇빛이 없는 비 오는 날을 가장 좋아 하는 나는 두 이름과 참 맞지 않지만, 하여튼 두 분의 노고에 감사하는 하

루이다. 나이 들고 나니 보금이어도 괜찮았겠다 싶다. 다른 이들의 편안
한 보금자리 같은 사람이 되는 것도 좋지 않은가. 그 보금자리에 햇빛에
반짝이는 구슬이 놓여 있다고 생각하자.

꿈속의 풍경

맙소사.

꿈에 빈센트 반 고흐로 추정되는 인물이 나왔다. 그동안 흔히 접한 자화상과는 다르게 술도 즐기지 않고 음식을 잘 먹고 좀 더 건장하게 생겼었고, 집은 코벤트가든 쪽인데 일을 해야 하는 곳은 조금 떨어져 있다고 지도도 보여 주었다. 여기서부터 직장까지 열심히 걸어 다닌다고 하였다. 그림에서 보았던 그의 가죽 구두는 많이 낡아 있었다.

나는 현실의 나이기도 했고, 고흐의 이야기를 찾아가는 사람이기도 했고, 조금은 황량한 코벤트 가든을 쳐다보는 사람이기도 했고, 할아버지를 끌어안으며 흐느끼면서 고흐를 찾았다고 감동으로 털어놓는 사람이기도 했다. 주유소 옆방에 잠시 살았던 고흐의 이야기를 물어보았고, 이야기를 듣다가 고흐를 만나는 신기한 경험을 하는 사람이기도 했다. 지명, 내용, 사람, 다 뒤죽박죽으로 그 꿈을 꾸면서도 이건 꿈이구나 자각할 만큼 말도 안 되었다. 한 가지 확실한 건 그 사람의 이름이 고흐라는 거였다.

한참 후에 유튜브로 고흐의 생애에 대한 영상을 보다가 고흐가 16세부터 네덜란드의 구필화랑에 판화 판매 전담 직원으로 있다가 성실함 때문인지 인정을 받고 20세에 런던의 구필화랑으로 직장을 옮기게 되었다는 얘기를 들었다. 나는 그가 헤이그에서 바로 파리로 간 줄 알았다. 그런데 파리에 가기 전에 잠시 근무했던 런던 구필화랑의 위치가 '코벤트가든'이었단다. 소름이 돋았다.

와, 그럼 내 꿈속의 그 코벤트가든에 있던 고흐가 정말 고흐였단 말인가. 나는 그때 꿈을 꾸고 나서 왜 파리에 있었던 고흐가 영국의 코벤트가든에 사는 걸로 나왔냐며 내 꿈은 역시 개꿈이구나 했는데.

어쩌면 그날 꿈에서 정말 고흐를 만난 건지도 모르겠다.

고흐를 정말 좋아하는지는 모르겠다. 고흐의 생애가 불쌍하다고 느끼고 그의 그림이 독특하다고 생각했고 나와 설명하지 못할 뭔가가 통한다고 생각은 하고 있었다. 고흐의 그림을 사진 찍어 와서 최희영 그림이라고 얘기하는 몇십 명의 사람들이 있다. 또한 몇십 명의 사람들은 나의 그림이 고흐 같다고 한다. 그래도 그의 전반적인 생애를 보았을 때 너는 저 사람으로 살래? 한다면 싫다고 할 거 같다. 그럼에도 불구하고, 그가 내 꿈에 나타나는 것으로 보아 무언가 공감되는 것, 즉 그와 나는 파토스(예술에 대한 어떤 주관적 감정)가 통하는가 보다. 반가웠어요, 고흐 아저씨.

아침에 목과 가슴이 아파 일찍 깼다. 목구멍이 조여들고 흉통이 심할 때는 등까지 아픈데 그 부위가 심장은 아닌 것 같아 잠시 검색해 보니 아마 역류성 식도염 같다는 생각이 들었다. 책 좀 읽다가 다시 잠이 살풋 들고 꿈을 꾸었다. 새벽꿈은 개꿈이라던데.

무슨 일로 우리 가족이 모두 서울집으로 갔다. 그런데 친정엄마도 따라왔다. 승혁이 혼자 있던 집인데 우리가 모두 가서 좀 북적였고 방마다 티브이를 켜고 보려고 했는데 집중이 안 되는 그런 와중에 잠시 후 웬 모르는 나이가 좀 들어 보이는 사람들이 문을 두드렸다. 꿈에서는 우리 서울집이 자기 집이라고 하고 우리는 세를 들어 사는 것 같았다. 그 이상한 상황에서 '아, 그랬지' 하며, 우리들은 모두 수긍했는데 그 사람은 친정엄마가 친척으로 아는 사람이었다. 하여튼 그녀 특유의 친화력으로 서로가 친근한 모습이었다. 잠시 뒤에 우리 집 위인 2층인지 3층으로 놀러 가자고 했다. 우리 집이 17층인데?

(이건 뭐 해리포터 9와 3/4 승강장 위치도 아니고 뭐야.)

하여튼 올라가 보니 갑자기 아주 큰 공원처럼 보이는 곳이었다. 꽃이 만발하고 호수도 있고 잔디가 쫙 깔린 곳이었는데 보라색, 청색, 자색의 모란 나무가 너무 크고 탐스럽게 꽃이 핀 채로 있어서 사진 찍어야겠다 싶었다. 청색 모란 나무를 청탁이라고 표현하며 그 주인 할머니가 청탁은 처음이지? 사진은 줌을 넣어서 찍어야 한다고 했다. '사진은 승혁이가 잘 찍는데'라고 꿈에서도 생각했다.

그런데 알고 보니, 이 아파트는 뒤쪽 오래된 동네랑 연결이 되어 있어서 어디가 뒤쪽 초가집인지 어디부터 아파트인지 경계가 모호했다. 잔디밭으로 걸어가 쪼끔 떨어져서 보니 세트장처럼 지어진 앞이 트인 블록에는 움직이는 장갑차도 있고 헬리콥터도 있어 아이들이 놀고 있었고 중간엔 마치 요즘 유행하는 복고풍 이름처럼 궁서체로 마포 무슨 무슨 여섯 글자의 고깃집(대한 늬우스와 같은 느낌의 '마포궁중회관' 정도의 이름이었다.)이 거대하게 있었는데 아마 이 가게가 모든 놀잇감을 설치한 듯했다. 그 식당은 영상을 건물 앞쪽에 띄워서 홍보도 했는데 그 영상은 3D여서 실제 같았다. 건물에서 불이 막 나길래 놀랐는데 영상이라고 했다.

아~ 했지만 무서웠는데 왜냐하면 너무 실감 나는 영상이었기 때문이다. 미사일이 날아가고 날아간 곳에서 폭발이 일어나고 터졌는데, 정작 잔디밭은 멀쩡한 거 보니 영상이 맞긴 한 모양이었다. 세 번째 미사일은 여기로 날아갈 거라며 그 식당의 사장이 기다란 우산의 끝으로 나의 왼쪽 쇄골을 지그시 눌렀는데, 그 우산이 리모콘이라도 되는지 정말 미사일이 날아왔다. 내 몸 위에서 미사일이 터졌다. 아픔은 없었는데 깜짝 놀라 잠에서 깨 버렸다.

또 좋은 일이 생기려나 보다. 이렇게 뭔가 맞고, 터지고, 물리고 이런 게 좋은 거라며? 이건 모두 승혁이에게 행운이 가려고 그러는 걸 거야. 엄마 모드 발동, 신기한 꿈이었다. 그건 그렇고, 청탁이라는 푸른 모란이 참 예뻤다.

지구 귀환은 성공할까

어디서부터 얘길 해야 할까. 내 머리가 이상해진 거 같다.

꿈 얘기다. 꿈이면서 꿈이 아닌 거 같아서 그때는 혼란스러웠다. 우선 거기는 지구가 아니었다. 지구처럼 꾸며 놓은 가상의 행성, 가상의 곳이었다. 우리는 힘이 들었고 어딘가로 가고 있었다. 꿈이어서 그런지 공간이 왔다 갔다, 중간에 끊어지고 이어지고가 너무 계속되었다. 자다가 깨서 다시 자면 다시 그 꿈이 계속되는 밤이었다.

1.

웃으면서 식당으로 갔다. 한 무리의 시끄러운 팀과 함께 가서 뷔페식의 음식을 그득 담아 왔다. 너무 싸지 않고 너무 비싸지 않은 메뉴로 몇 접시를 담아서 방으로 가져왔다. 방으로 사람들이 몇 명 들어왔다. 기억엔 잡채도 있었고 김밥도 있었다. 막 먹으려는 찰나, 내 맞은편의 사람은 식사를 시작했다. 누군가 우리 팀이 있는 방으로 들어왔다. 뭔가 경계심이 느껴지는 사람이었다. 무슨 박사라고 하였다. 갑자기 먹지 않아야겠다고 생각했다. 꺼림칙해.

<u>2.</u>

 갑자기 느낌이 이상해지는 순간이 있었다. 시끌시끌했던 우리 방 밖이 일순간 조용해졌다. 이상해서 뭐지 하며 문을 열어 보았다. 우리 방에서 식사하겠다고 한 이들이 접시만 갖다 놓고 오지는 않았다. 방 안에는 몇 명밖에 없었다. 박사는 갑자기 몸을 덜덜 떨었다, 찬물이 그의 몸에서 뚝뚝 떨어졌다. 누군가가 난로를 꺼내 줬다. 창문을 열어 보았다. 사람들이 죽어 있었다. 식당에 오지 않은 사람들이니, 음식에 독극물을 탄 것은 아니었다. 모두 다 쓰러져 있었다.

 뭘까? 공기 중으로 뭐가 퍼졌을까? 세균? 바이러스? 유독가스? 뭔지는 모르지만 내 몸은 정상 반응인데? 그게 시끄러웠던 때와 10분 정도의 차이가 있었던 거 같으니까 빨리 창문을 닫아야겠어. 맙소사, 밥 먹을 때가 아니야. 박사가 난로 옆에서 죽어 있었다. 그리고 그 사람의 머리카락 아래의 피부가 이상했다. 피부가 철판으로 바뀌고 왠지 죽었는데 다시 살아날 거 같았다. 그래도 먹어야 한다면서 이것저것 가지고 오는 이들이 대단하다고 생각되었다. 그래도 덕분에 몇 젓가락 먹었다. 앗, 나도 음식을 먹었구나. 먹어 버렸다.

<u>3.</u>

 바로 귀환이 결정되었다.

 살아 있는 몇 명이 탄 우주선이 쉽게 날아올랐다. 숫자가 많이 줄어서 가벼워졌나 보다. 지구로 돌아가겠구나 싶었다. 뒤를 돌아보았다. 누구누구가 탔을까. 어라 죽었었는데 박사가 살아 있다. 저 사람은 사람이 아닌데 어떡하지? 지구로 같이 가게 되면 왠지 위험해질 거 같은데 어떡하

지구 귀환은 성공할까

나? 나는 살아 있는 거 맞겠지?

<u>4.</u>

내가 누군지 모르겠다. 누군가와 함께 있는데 그 사람은 사람이며 사람이 아니다. 기억이 있을 때 더 일찍 썼어야 했다. 기억은 왜 없어졌을까. 세세한 건 다 까먹어 버렸다. 그 사람은 뇌만 살아 있는 사람이다. 뇌를 제외하고 몸의 다른 모든 것은 대체제로 만들어진 사람이다. 팔다리는 원통으로 만든 젓가락 같은 형태이다. 그럴 수도 있는 거구나. 그 사람은 마치 사람처럼 보인다. 나랑 같이 얘기하고 고민도 하고 어쩌면 사람보다 더 신뢰감이 드는 무엇이었다. 그 사람 말고도 또 프로젝트가 진행 중이란다. 그래서 또 다른 실험을 하게 된단다. 이번엔 뇌 말고 다른 쪽, 다른 것을 유지시키고 나머지는 몽땅 대체시켜 또 살아가게 하는 것, 이번엔 심장일까? 그 사람은 그렇게라도 삶을 계속하는 걸 전혀 감사해하지 않는다. 고민한다, 정말 그런 실험을 계속해야 하는지. 나는 누구일까. 나는 대체시킨 사람일까, 대체시킬 사람일까. 나는 원본일까, 복제품일까. 어쩌면 누군가의 몸에 이식된 뇌일까. 끊임없이 궁금해했다.

이런 이상한 꿈을 꾸었는데 꿈속에서는 정말 심각했다. 이 삶을 계속 영위해야 하는지 내가 그만두고 싶다고 그만둘 수는 있는지도 모르면서 고민하고 생각하고 또 생각했다.

꿈과 맹장 수술

스페인 여행 후 며칠간 몸이 좋지 않아서 까무룩 잠이 들면 꿈을 꾸고, 눈을 뜨면 힘든 상황이 계속되고 있었다. 아주 다채로운 뭔가 미래를 암시하는 꿈 같았지만 결국 나는 아무 일 없었다는 듯 일어나서는, 오래 못 먹어서 내가 기억하는 한 가장 날씬한 나로 거듭났음을 미리 밝힌다. 이 글을 쓴 지 몇 년이 지난 지금은 원래의 나로 돌아왔다. 똥배가 나와서 슬픈 짐승이여.

꿈1

나는 술을 한잔 마셨고 그래서 차를 놔두고 가야겠다 싶어 주차장에 차를 잘 파킹시키려다 이미 주차되어 있던 두 대의 차를 왼쪽, 오른쪽 골고루 잘 박았다.

꿈2

새집으로 들어갔다. 이사를 갔는지는 명확히 알 수 없으나 뭐 이 집도 편안하구나 싶었다.

현실에서는 많이 아팠다. 아니 아직 아프다. 여행 말미 열이 오르고 배가 아프고 근육이 후들거리길래 때아닌 쌀쌀한 날씨 탓에 감기 몸살인가 했다. 한국 올 때까지만 잘 버티자 하고는 오는 비행기에서는 해열제를 계속 먹으며 잤고 대구공항에서는 곧 쓰러질 거 같았다.

감기 몸살로 배까지 살살 아픈 거라고 생각했고, 집에 도착하자마자 일단 죽 한 그릇 끓이고 된장 끓이고 그걸로 사흘을 버텼는데 몸살기는 차츰 없어지는데 배가 시시각각 요기조기 아프더니 하루에 설사도 한 열 번쯤하고 이틀 전엔 계속 구토 증세도 보이고 했는데, 하루 전부터는 그 전이랑 다른 쪽 배가 아프길래 새벽까지 끙끙거렸다. 급기야 신랑이 보더니 병원 한번 가 보자고 하였다. 병원에서는 급성장염이 원인이 되어 2차로 맹장염까지 왔다고 아침에 수술하자길래 입원도 했다.

아, 이게 첫 번째 꿈에서 암시된 내용인가 싶었다. 장염과 맹장염 두 군데를 들이박은 거구나. 그렇다면 그다음엔 새집으로 들어가던데, 흐미야, 나는 이제 어떻게 될까.

겨우 맹장 수술이지만 수술 전에, 0.0001 프로의 가능성이라도 새집으로 들어간다니 뭔가 좀 긁적여 둬야 할 거 같았다. 희한하게 담담하니 하나도 안 억울했다. 어, 괜찮은 삶이었다 싶었고. 만일 이번에 꿈속에서 친할머니나 외할머니가 나타나서 나랑 같이 가자 하시면 나풀나풀 혹은 다다다 좋아요~ 하고 뛰어갈 수 있을 거 같았다. 감사한 인생이었다 싶어 눈물이 조금 났다. 내 아이들 저렇게 넘치게 바르고 훌륭하게 크게 해 주셔서 감사하고, 풍족하게 마구 산 적은 없었으나 모자라지 않게 살게 해 준 신랑에게 제일 고마웠고 비록 친정엄마와 감정의 골이 깊었지만 풀고 살 수 있었던 몇 년이 다행스러웠고 그래서 나는 후회되는 게 하나도 없었다. 더구나 내 이름으로 된 그림 몇 점 있으니 더할 나위 없구나라는 생각이 들었다.

이렇게 혼자 블로그에 올려 두었는데, 우와, 근데 또 살아 버렸네. 수술하고 깨어나 버렸다. 맹장을 떼어 냈으니 몸무게는 고맙게도 조금 줄었을 것이고 이제 장염이랑 또 지루한 싸움으로 하루에 열 번의 설사를 치러 내는 중이다.

파이팅, 최희영.

8일간 먼데 싸돌아다니고 이후 집과 병원에서 6일째 꼼짝하지 못하고 갇혀 있다. 극과 극 체험인가.

꿈3

사실 또 하나의 꿈을 더 꿨었는데 마저 남겨 놓아야겠다. 꿈에서 뭔가 나는 큰일이 있구나 싶었다. 근데 분위기가 매우 경건했고 조용히 해야 할 거 같았다. 뭔가 허름한 종이상자가 하나 있었고 그 안에서 빛이 나고 있었다. 저 안에는 뭔가 아주 고급스러운 혹은 고귀한 뭔가가 있구나 감이 왔다. 박혁거세 내지는 김알지 같은 느낌, 이거 뭐냐. 사람들이 소곤소곤 얘기하고 있었다. 어느 순간 내가 그 앞까지 가 있었고 그 상자에 있었던 아이를 내가 매우 소중히 안고 있었다.

입매가 도톰하고 반듯한 아기. 너무 잘 생겨서 마음에 들었다. 오호 그

놈, 멋있는 영화배우처럼 크겠다. 이름이 김태규라고 아무도 가르쳐 주지 않았는데 저절로 알게 되는 신기한 체험을 했다.

그러면서 나는 또 고개를 끄덕였다. '아하, 나는 애구나, 내가 또 하나의 사람으로 태어나면 애가 되는 거구나' 마음에 들었고 아이를 아주 소중하게 안고 있었다.

사실 이 꿈 때문에 이때 아주 가벼운 수술이었어도 난 죽는 줄 알았다. 그런데 이렇게 설사 백번하고 얼굴 턱선도 살아나고 날씬해지다니 한 번쯤은 더 아파도 좋겠다는 생각이 든다.

유체 이탈의 경험

애를 등교시킨 후 많이 피곤하길래 오전 잠을 다시 조금 잤어. 혹시 너무 푹 잠들까 싶어서 불을 켜 놓고 잤는데 그래서 계속 누가 날 보고 있는 듯한 악몽에 시달렸어. 너무 오래 잤다 싶어 이제 일어나야지 했는데 몸을 일으키고 보니 내가 아직 누워 있는 게 보였어. 아, 왜 이래, 액자식 꿈인가 싶어 다시 벌떡 일어났어. 근데 보니 아직 누워 있었어. 아, 나, 참 못 깬다, 아직 꿈이냐, 하고 일어나서 발을 침대 아래로 내렸어. 근데 보니 난 아직 누워 있는 거 있지, 아까 그대로의 포즈로. 서서히 무서워졌어.

눈을 다시 감고, 자, 나는 이제 일어날 거야, 혼잣말을 하며 베게 위에 있던 팔을 내렸어. 그리고 끄응 힘을 주며 상체를 일으켰지. 그리고 살짝 눈을 떠 보니 팔이 베게 위에 그냥 있는 거야. 오, 마이 갓, 안 돼, 몸도 꼼짝도 않고 누워 있는 상태더라고. 고개를 오른쪽으로 돌렸는데 오른쪽 팔이 두 개가 보였어.

아, 유체 이탈이구나. 몸이랑 잠시 분리됐나 보다. 자연스럽게 행동하자, 다시 눈을 감고, 자, 나는 일어날 거야, 반응하자. 이제 하나, 둘, 셋. 손을 조금 움직여 봤어.

됐다, 서서히 풀리는 게 느껴졌어. 손이 움직여지고 그다음 팔이, 그리고 이제 입도 얼굴도 발도 움직여지네, 일어날 거야 하는 내 말이 들리고 풀려났어. 조금 무서웠지만 재미있었지?(2012년)

* 기억나는 유체 이탈의 경험이 세 번 있었다. 그중 이 글에 등장하지 않은 또 한 번은 너무 생생했다. 2001년이었고, 나는 학교 일과 육아와 이사로 몸과 마음이 지쳤을 때이기도 했다. 자려고 누웠는데 너무 힘들어서 오히려 잠이 오지 않았던 날, 부스럭거리며 뒤척이는 게 미안해서 거실에 나와서 소파에 누워 있었다. 밤이어도 아파트인지라 희뿌연 외부에서 들어오는 빛이 있어서 그리 캄캄하진 않았었다. 눈이 너무 피로하여 잠시 눈을 감고 있었는데 갑자기 주변이 온통 새까매졌다. 갑작스러운 변화에 이거 뭐지 하고 주변을 둘러보았는데 오디오 불빛만 빨갛게 한 개의 점으로 보이고 주변의 모든 것이 카메라 필름처럼 반전된 상태로 보였다. 만화 같은 느낌이라 신기해하며 밑을 내려다보았는데 내가 누워 있었고 또 다른 내가 그 사람의 머리 앞 대천문 쪽으로 허리까지 나와 있었다. 누워 있는 몸은 까딱도 하지 못했다. 소리 지르려고 했지만 입도 꼼짝도 하지 않았다. 나는 몸에서 떨어져나와 버릴까 봐 무서워서 내 머리를 붙들고 억지로 몸으로 비집고 들어갔다. 잠시 후 풀리고 소리를 질렀다.
(이 얘기를 학교에 가서 했더니 우리 반 아이 하나는 그렇게 나와서 밤새 멀리까지 가서 놀다가 들어가기도 한단다.)

기억하는 한, 내 생일 때도 한 번도 받아먹어 본 적이 없는 아주 훌륭한 음식들이 가득 차려져 있는 식사였어. 먹는 걸 얼마나 좋아하는지 에효, 나는 꿈만 꾸면 먹고 있어. 희한한 건 꿈속에서 짜장면을 먹으면 꼭 감기가 걸리게 되더라. 하여튼 이날은 국물이 찰랑찰랑한 음식들도 있었는데 하나도 흘리지도 않고 어머, 진짜 맛있구나 하였다.

(빨간 국물이 옷에 튀거나 흘리지 않고 먹은 것도 예의 바르고, 맛있다고 칭찬한 것도 꽤 매너 있다고 스스로 생각했다.)

그랬더니 음식을 차려 준 사람이 어디로 초대를 하더라.

(역시 따뜻한 말 한마디가 이렇게 이로운 거였어. 파티에 초대를 받다니 아주 멋지다고 생각은 했지만, 나는 드레스를 입은 주인공도 아닐 거 같고 혹시 파티의 도우미 같은 역할로 부른 걸까 불안하기도 했어.)

그 초대장이 굉장히 신박했는데 그림이 그려져 있었고 '어떤 방향으로 몇 미터 오라'식의, 장소의 명칭은 없는데 방법만 표시된 비밀 지도였어. 야, 이건 지도를 보지 못하면 찾아갈 수 없겠는걸. 내가 이과 출신인 걸 아는 걸까. 왜 등고선도 표시하지, 중얼거리기도 했는데, 어쨌건 그래서 나는 이상한 나라의 앨리스와 이상한 나라의 폴의 합작 만화처럼 굽 높은 구두를 신고 키 크는 약을 먹은 듯(아, 생각해 보면 아까 그 밥상이 좀 의심스럽기는 했어. 앨리스는 물약이나 버섯을 먹으면 키가 커지거나 작아지는데 나는 음식이었나 보지. 내가 낫네. 맛이 있었잖아. 예의 긍정적인 마인드로 그래도 초대에 즐겁게 응해야겠다고 마음먹고) 나는 왜 이렇게 키가 크지 의아해하며 다른 사람을 한참 밑으로 내려보다가 파티가 벌어질 별장은 정남 쪽 방향으로 150미터 가면 있다는 말대로 앞으로 쭉 걸어가다가 절대 별장이 없을 거 같은 느낌의, 곧 무너질 거 같은 벽에 다다랐지. 그런데 여긴 들어가는 문도 없는 거야. 시크릿 가든이야 뭐야. 여기가 설마 진짜 파티가 있는 장소인지 의아했는데 그 벽 바로 아래쪽에는 우리나라 1970년대식 뚜껑 달린 시멘트로 만든 쓰레기통이 있었어. 출입구가 이상한데 하면서도 벽에 낙서처럼 적어 놓은 '여기'라는 문구를 읽고 무서워하지도 않고 뚜껑을 열고 바로 슬라이딩하며 들어갔지. 와아아아아아, 다음 순간 마구 미끄러지는 거야. 아이쿠, 이렇게 자꾸 떨어지다가 지각, 맨틀, 외핵, 내핵을 외면서 지구 내부로 들어가겠다고 소리를 질렀지. 미끄럼틀처럼 생긴 그 통로로 한참 데굴데굴 구르게 되었어. 재밌다고 키득거리기도 했는데, 갑자기 미끄럼틀 통로가 끝나고 바닥으로 떨어졌지. 많이 아프지는 않았고 뭔가 꿈에서는 누가 가르쳐 주지 않아도 바로 알게 되는 사실이 있었어. 성처럼 보이는 건물이 내 눈앞에 있었고, 이 건물은 초대한 사람이 무려 15년간 지었다는 숨겨진 별장이었던 거지. 하늘에서 뾰족뾰족한 지붕 위로 사람들이 미끄러지며 내려오더라고. 우산도 들고 지팡이도 들고, 어라, 이 모습은 르네 마그리트의 그림 같기도 한데, 별장에 불이 켜졌어. 곧 파티가 시작되려나 보다. 우왕, 조금 설레기도 했어.

저승사자를 보았다

옛날의 직장 동료 선생님들과 만남을 가졌다.

남자 쌤 1과 2는 그 시절에는 서로 적대시하는 관계였으나 무슨 일인지 아주 친해진 척하는 모습으로 나와서, 나와 친구 둘 a, b와 또 다른 친구 c와 한자리에서 음식을 먹었다. 확실히는 모르겠는데 다슬기 살도 있었고 홍어도 있었다. (홍어라니, 내가 음식을 차릴 때 홍어를 메뉴에 한 번도 넣어 본 적이 없었지만) '어, 맛이 괜찮네' 하며 나는 골고루 아주 맛나게 먹었는데 문제는 그 자리의 분위기였다. 시도 때도 없이 그 남자 쌤 1, 2가 하는 성희롱이 난무하는 자리였다. 나와 친구들은 꽤 불쾌하였는데, 그쯤은 예전 동료이자 직장인으로서, 화를 벌컥 내고 나오기에는 좀 분위기가 망가질 거 같아 솔직히 그들의 말을 무시하고 있었다. 새벽 두 시까지 먹고 마시고 농담하다가 마침 내가 휴대폰을 보려니까 남자 쌤들이 막 빼앗아 갔다. 아, 정도가 지나치다 생각했는데 옆자리 c가 화를 대신 내주었다. 그리하여 그 자리는 슬슬 파장이 되어 집에 가자고 다들 나오게 되었다.

눈이 와서 길이 뽀득 뽀드득 기분 좋은 소리가 나는 날이었는데, 나는 철에 맞지 않게 하얀색 샌들을 신고 있었다. 갑자기 '아, 아까 올 때는 a, b랑 같이 택시를 타고 왔는데'라는 생각이 나기도 했다. 어쨌건 그 위치는 내가 아는 곳이었는데 그 새벽 두 시에 버스도 다니고 있었다. 814-1번인가 314-1번인가가 불을 환히 켜고 지나가고 있었고, 그래도 왠지 우리는 택시를 타야겠다고 택시 승강장에서 기다리고 있었다.

그때 내 주위에는 동료 a인지 c인지 확실치 않은 이 하나와 b, 이렇게 둘이 있었고 갑자기 눈이 내리는 하늘을 보았는데 눈과 더불어 하얀 갓을 쓴 사람이 하늘에서 내려오고 있었다. 그걸 보고 우리는 '헉스, 저승사자지? 저승사자야, 모르는 척하고 있자', 그러면서 b와 같이 벽 쪽으로 고개를 돌리고 있었다. 눈 마주치면 안 될 거야, 이러면서.

마침 우리 옆에 수녀님도 한 분 줄을 서 계셨는데(완전 디테일한 기억, 어쩌면 수녀님이 지켜 줄 거라는 어떤 믿음이 있었나?) 그런데 다른 사람들이 나를 흘깃흘깃 쳐다보는 것이었다. 마치 수건돌리기 게임을 하는 중간에 수건이 내 뒤에 왔는데 나만 모르는 그런 느낌적인 느낌이 왔다.

갑자기 나 뒤에 저승사자가 서 있구나 싶었다.

'나야?' 했더니 동료들이 끄덕 끄덕거렸다. 그때 기분은 '어, 뭐, 그럴 수도 있지' 하는 담담한 느낌이었다. 문득 돌아보니, 키가 조금 작고 눈동자는 아주 크고 눈의 흰자가 밝은 회색인 갓을 쓴 사람이 있었는데, 왠지 여자처럼 느껴졌다. 저승사자를 보고 '나인가 봐요' 했더니 사람처럼 느껴지는 그 무엇은 고개를 끄덕끄덕하였다. 그러면서 '1년이 지났으니 이제 때가 되었네'라고 하였다. 아, 그러고 보니 나는 1년 전에 또 죽을 운명이었음에 자연스럽게 동의하고 있었다. '아, 괜찮아요' 하고 잠시 우리는 함께 계단에 앉았다. 다른 사람들도 도망가지 않고 같이 앉아 있었다. '다들

의리가 있네'라고 생각했다. 적절하게 내가 따라가기 전에 잠시 괜히 소원 비슷한 걸 말하는 자리가 되었다. 이상하게 내 가족 생각은 얼마 안 났다. '저는 죽는 거 괜찮은데요, 죽을 때 너무 많이 아프지는 않았으면 좋겠어요' 했더니 많이는 말고 조금은 아플 거라 하는데 그의 배려가 느껴져서 마음이 따뜻해졌다. 좋은 분이구나 싶었다. 또 한마디, '다시 태어나지 말았으면 싶어요' 했더니, '다시 태어나지 않는 사람은 더 완전한 사람들이고, 그건 심사를 받아 봐야 한다'고 하였다. 음 이건 영화 《신과 함께》랑은 반대 이론이군 싶었는데 그 저승사자와 함께 그럼 어떻게 죽을까에 대한 진지한 토의가 시작되었다. 저승사자가 뭔가를 들여다보더니 중얼거렸다. '코피가 나야 하는데.' 그래서 '어, 제가요, 어릴 적에 코피가 정말 잘 났던 아이였어요. 지금도 어쩌면 조금만 때리면 코피가 좍좍 날지도 몰라요' 하고 왠지 도와야 할 것 같은 생각에 스스로 콩콩 코를 때리고 있었다. 스토리도 내가 짰다.

'그럼, 어젯밤 회식에서 홍어를 많이 먹어서 뱃속에 들어간 암모니아가 코 혈관을 자극해서 코피가 팍 터지고 그렇게 기도를 막아서 죽는 걸로 하지요'라고 합의가 되었는데 저승사자의 왼쪽에 같이 앉아 얘기를 듣고 있던 a인지 c인지, 피가 온몸을 적시더니 죽어 버렸다. 이럴 수가, 화도 대신 내 주던 친구가 죽는 것도 대신 해 주다니, 이게 꿈의 장르가 호러야, 코미디야, 뭐야? 근데 하나도 안 무서웠다.

어? 어? 하는데 다들 내가 죽을 차례에 그 사람이 대신 죽은 걸로 인정하는 분위기가 되었다. 저승사자도 일어나더니 '그럼, 되었다' 하고 가려고 했다. 무지하게 황당하였는데, 나도 이래도 되나 싶다가 또 사나 싶어서 아주 많이 좀 미안해졌다. 아이도 많이 있는 친구인데라고 생각했다.

눈을 감았다가 뜨니 그 친구의 아이들까지 다 우리 집에 같이 살고 있었다, 나는 6인분의 밥을 준비하고 있었고. 결국 밥에 관계된 꿈이었나. 시작으로 밥을 먹었는데 끝날 때는 밥을 하고 있었네.

신기한 건 흰 갓을 쓴 저승사자를 바로 옆에서 봤다는 거다. 옷은 두루마기인지 아닌지 기억이 안 나는데 그이의 생각 깊어 보이는 얼굴이 너무 예뻤다.

맨날 소설책을 보니 소설을 쓰고 있었나, 맨날 드라마를 보니 드라마를 쓰고 있었나. 음 드라마 스토리로 무난하겠다. 살을 붙여 볼까나.

아 아, 주인공은 좀 오래된 배우지만 하희라 씨를 써야 할 것이다. 마지막 장면에서 예쁘게 애피타이저를 6개 준비하는 인물이 마치 하희라 씨처럼 나왔었다. 결국 이 꿈의 주인공이 나였는데 내가 하희라 씨처럼 예쁜 사람은 아닌데 좀 양심이 없는 거겠지. 어쨌건 그 애피타이저는 하얀색 휘핑 생크림 세 스푼을 수프 위에 띄우고, 그 위에 노릇한 세 조각의 조개관자를 얹고, 마지막으로 또 색깔진 뭔가를 하나씩 더 올리는 아주 예쁜 애피타이저였다. 이렇게 디테일한 꿈을 꾼 사람이 있으면 나와 보라 해.

* 2018. 08. 15.에 꾼 꿈이다. 나는 꿈에서도 죽는 게 두렵지 않은 씩씩한 사람이었나 보다. 저승사자를 봤다고 주위의 사람들에게 몇 번 꿈 얘기를 했더니 흰 갓에 흰 도포를 입고 있었다면 그건 저승사자가 아니라 보호령 내지는 수호신인 거 같단다. 하여간 좀 희한한 꿈이라 이건 꼭 남겨야지 싶더라고.

나는 다른 사람을 보면 자꾸 뭔가 떠오르는 사람이 절대 아니다. 가끔

뭔가가 예지력이라도 있으면 좋겠다고 생각하는데 코를 탱크처럼 고
는 아이 아빠가 나는 잠을 자면 자꾸 푹 자지 못하고 중얼거리며 말한
단다. 꿈도 영화처럼 꾸는 나는 꿈에서도 신기한 게 많다.

2012년 9월 30일의 돼지 꿈

추석날 새벽이다. 나는 매우 샤랄라한 블라우스를 입고 들꽃이 가득한 풍경 좋은 공원을 거닐고 있었다. 차를 둔덕 한쪽에 세워 두었고 바람도 적당히 불고 하늘도 맑고 높아서 기분이 썩 좋았던 곳이었다. 걷기 딱 좋다 하며 손에는 데이지 같은 들꽃을 조금 꺾어서 행복하게도 팔랑팔랑 걸어왔다.

아, 그런데 갑자기 맞은편에서 검은 새끼 돼지 두 마리가 나타났다. 툴툴거리며 검고 작은 것들이 철이 없게 사람이 다니는 길로 쫄레쫄레 나타났는데, 우리가 익히 알고 있는 핑크색 돼지가 아닌 것으로 보아 야생의 돼지였다. 살짝 무서운 마음이 들었다. '어떻게 하지? 여기 있으면 물리겠는데 일단 차에 타고 있다가 애들이 어디로 사라지면 그때 차를 몰고 가면 되겠다' 했지. 걔들 피해서 반 바퀴 정도 빙 둘러서 차를 타러 가다가 갑자기 녀석들의 눈에 내가 띄었나 보다. 나도 차가 멀지 않아서 막 달려가서 차 문을 열고 '성공했다' 싶은 순간 둘 중, 조금 더 천방지축으로 보이는 한 마리가 쿵쿵거리며 달려들어 내 왼쪽 바지를 꽉 물었다. 아니, 왼쪽 발목을 물었나 보다. 갑자기 아야 놀라서 들고 있었던 꽃도 하늘로 날아가고 나는 벌떡 일어났다.

이건 예사롭지 않다.

아무에게도 얘기하지 않고 있다가 인터넷 검색을 해 보니 아무래도 좋은 일이 생길 꿈인 것 같았지만 마침 추석날이라 집안의 며느리로서 설거지 지옥에서 벗어날 수 없었다. 저녁에 우리 집으로 돌아온 후에야 아이 아빠더러 심각한 얼굴로 '아무것도 묻지 말고 따지지도 말고 따라가자' 하였다. '어디를?' 하는데 '묻지 마, 이건 무조건 가야 돼' 하며 차를 타고 로또복권을 사러 나가 봤지만 명절이라 그런지 문을 열어 놓은 복권 가게가 한 군데도 없었다. '아, 어떡하면 좋지? 곧 12시인데'라는 생각이 들었다. 왠지 그때의 기분은 12시가 지나면 신데렐라처럼 좋은 기운이 모두 사라져 버릴 거 같았다. 그리고 곰곰 생각해 보니 갑자기 로또가 돼서 돈이 생긴다고 내가 썩 좋을 거 같지도 않았다. '돈은 충분히 있지 않나'라는 웃긴 생각도 아울러 났다. 그때부터는 빨리 집에 가야 된다고 아이 아빠를 들들 볶았다. 그래서 11시가 넘었는데 얼른 집으로 돌아왔다. 후다닥 들어오면서 생각하니 상혁이는 이미 대학교도 갔으니 이제 승혁이에게 좋은 일이 생겨야 할 것 같았다.

'아들아, 묻지 말고 엄마에게 만 원만 줄래?' 하니 애가 엄마가 갑자기 돈이 없나? 하는 표정으로 쳐다보았지만 착한 승혁이가 얼른 만 원짜리 한 장을 내밀길래 '내 꿈, 승혁이에게 팔았다' 하고 얘기했다. 아이도 덩달아 '엄마 꿈, 내가 샀어요' 했다.

하하, 다행이다. 오늘 안에 신기한 꿈을 팔았다. 왠지 뿌듯한 마음으로 나보다는 승혁이에게 좋은 일이 막 시작될 것 같다.

2012년 9월 30일의 돼지 꿈

249

요기까지가 추석날의 일기였고 며칠 지나서 갓바위 문예 대전 결과 발표가 있었다. 우리 승혁이 전국 규모의 그림 대전 고등부에서 대상을!!!! 탔당, 아싸~~~

다 엄마 꿈 덕일 거야, 아들아. 기쁘당.

*극 문과형으로 태어난 상혁이와는 다르게 수학, 과학을 어릴 때부터 재미있어한 승혁이는 손재주가 뛰어나서 아이가 학교에 가고 나면, 늘 '이놈이 어제 또 공부는 하지 않고 뭔가 그렸구나, 만들었구나' 하는 생각이 드는 무언가를 방에 남겨 두고 갔었다. 예를 들면, 종이컵으로 만든 익룡이라든지, 또 어느 날은 연습장 가득 그려진 가슴 아픈 만화책이었다. 그 중 〈눈물 소리〉라는 작품이 있었는데 청소 중 우연히 발견해서 읽다가 마음이 아파서 혼자 얼마나 울었는지 모른다. 나중에 아이가 원하면 꼭 책을 내 줘야지 결심할 만큼 훌륭했다. 이런 슬프고 감동적인 작품을 만들어 내기도 하던 아이는 고등학교 1학년 때 진로를 미술로 결정했다. 그전까지 수학, 과학 영재 반이기도 했었던 아이인지라 사실 조금 안타깝기도 했지만, 행복한 일을 하며 사는 게 아이에게 더 좋지 않을까 하는 마음에 기쁘게 찬성하였다. 첫 번째 수능에 실패하여 원하던 대학교에 진학하지 못해서 재수를 하게 되었을 때 엄마 마음은 미어졌다. 그 길이 그렇게 어려운 길인 줄 몰랐다. 두 번째 수능을 치고 실기를 준비하여 원하던 대학교 영상디자인과에 합격했다. 대학교를 졸업할 때 다시 한번 아이가 전공과는 다른 방향의 길을 선택하겠다 했다. 결국 지금의 승혁이는 웹툰 작가로 살아가고 있

다. 마음을 먹은 후, 혼자 데뷔를 하고 이야기를 꾸미고 간지 나는 그림을 그리는 아이를 보면 나는 늘 승혁이의 팬이 될 수밖에 없다. 멋있는 아이다.

아침에 아이들을 보내고 오늘은 아침에 꼭 자야지 마음먹고 침대에 다시 누웠다.

1.

꿈에서는 아이들을 보내고 세차를 맡겼다. 그리고 틀림없이 세차장에 있었을 아저씨 두 명과 알바생으로 보이는 한 명, 그렇게 세 명이 나를 다른 차에 태웠다. 어디로 대기할 수 있는 곳으로 데리고 가는 거라고 생각했다. 내가 집이 아닌 어딘가 다른 곳으로 가니 왠지 알려야 할 거 같아서 아이 아빠에게 전화를 하고 맨 매지막엔 땡큐~ 길게 소리치고 전화를 끊으니 그 사람들이 내 폰을 바로 빼앗았다.

'어디 가는데요?' 했더니 대답하지 않았다.

'나 지금 납치하는 거예요?' 했더니 그렇다 하였다. 누가 데리고 오라 했단다. 그러지 마라, 난 별로 중요한 사람이 아니다. 누가 데리고 오라 했냐고 묻는 중에 차가 어딘가에 도착했다. 무섭기도 당당하기도 했다. 사람을 잘못 찍은 거 같았기에 아마 금방 돌려보낼 거다 싶었다.

2.

내렸더니 시내 대구백화점 앞이다. 어라, 여기는 우리 할머니 집이 있던 곳이다. 근데 내 눈엔 별로 아름답지 않은 새 건물이 하나 서 있다. 건물을 새로 지었는데 '참 못나게도 지었네'라고 혼잣말을 했다.

꿈에서는 할머니 집 바로 옆이라 생각했다.

(깨고 나서 곰곰 생각해 보니 할머니 집은 대백 맞은편 코너에 있는 집인데 내가 보고 있는 쪽은 아버지 집 쪽이고 그러면 그런 새 건물이 들어올 공간이 없다.)

별로 무섭게 보이지 않는 어떤 아저씨가 맞은편 차에서 내렸다. 날 부르길래 갔더니 건물 자랑만 하더라. 저 못생긴 건물이 무슨 자랑할 게 있다고 자랑을 하는지 약간 우습기도 했다. 자기 건물인데 둘러보러 왔다고 했다.

'그런데 왜 날 불렀어요?' 했더니 문제가 하나 있단다. 접하고 있는 건물에 뭐 어쩌고저쩌고하는데 잘 들리지 않았다.

3.

아, 내가 옆집 딸이라고 뭐 부탁하려나 보다 싶었다. 납치인데도 협박하는가보다 라는 생각이 들지 않을 만큼 납치한다는 사람들이 어설퍼 보이기도 했다. 그냥 그 아저씨도 저렇게 아름답지 못한 건물을 자기 건물이라고 자랑스럽게 얘기하는 모습이 좀 안되어 보이기까지 했다.

에그 나는 힘 없는데 싶어서 '그건 저한테 말씀하실 게 아닌 거 같아요' 하고는 걸음을 옮겼다. 이 건물은 아버지 집인데 왜 나한테 이러나 싶기도 했고 내가 우리 집에서 얼마나 힘이 없는 존재인데 차라리 할머니 방까지 안내해야 할 거 같았다.

이상했다.

골목 입구부터 할머니 방까지는 얼마 되지 않는 거리인데 여긴 골목길이 좀 길었다. 바로 여기구나 했는데 또 거기가 아니고 길이 한 번 꺾이고, 그리고 내 보기엔 조금 이상한 줄이 쳐진 방문이 하나 나타났다. 실제로 할머니 방은 이렇게 골목길에 바로 붙어 있지 않은 방인데, 이상하다 했다.

4.

그래도 그냥 드르륵 문을 열었다. 나는 우리 할머니 방문을 그렇게 기척 없이 열어도 되는 사람이다.

'할머니, 희영이 왔어요' 하는데 할머니가 누워 있었다. 아파서 누워있는 듯 보였다. 내가 문 연 쪽으로 머리를 향하고 구부러진 허리 때문에 똑바로 눕지도 못하고 옆으로 누워 있었다. 가늘게 숨을 쉬고 눈을 감고 있었다. 새로 자세히 보니 문밖에 쳐진 줄에 뭐라고 메모가 붙어 있었다. [지금은 너무 편찮으셔서 하루에 세 시간 정도 깨어 계신다] 뭐 그런 내용이었다. 덜컥 겁이 나면서 할머니 돌아가시려고 하나보다 싶었다.

5.

그때부터 주변 사람들은 신경도 안 쓰였다. 할머니 누워 계신 옆으로 포스트잇 쪽지가 세 장 붙어 있었다.

첫 번째 쪽지를 봤더니 우리 할머니 인생 일기 같은 거였다. 할머니가 쓰신 거 같진 않은데 글씨가 동글동글 읽기 편했다.

[나는 매일 아침 일찍 일어났다. 매일 하도 일찍 일어나니 사람들이 나더러,] 거기까지 보는데 갑자기 눈물이 막 나왔다. 살아 내는 게 얼마나 힘들었을까 싶어서 울음이 막 났다. 우리 할머니는 할아버지 돌아가시고 뱃속에 있던 막내 삼촌까지 아홉 아이를 홀로 키우셨다. 그렇게 힘들면서도 할아버지가 물려주신 집은 절대 안 파셨다. 그러니 어떻게 아침 일찍 일어나지 않을 수 있었을까. 그냥, 할머니가 젊었던 시절부터 홀로되어 시내에서 아이들 데리고 집 건사하며 반듯하게 장사해서 아이들 유학까지 모두 보내며 살아 내기가 너무 힘들었을 것인데 이리 돌아가시기 직전까지 방에 홀로 누워계셨구나 싶어서 큰 소리로 할머니 부르고는 꺼이꺼이 막 울었다. 그래서 깼다. 깨고 나서 한참을 더 울었다. 한 번은 진심으로 울어 드려야 하는데 오늘이 그날이었나보다.

6.

10년도 더 전에 돌아가신 할머니가 꿈에 보이다니 그동안 한 번도 나타나지 않으셨는데, 나 무서울까 봐 정면의 얼굴도 한 번 보이지 않으시고 눈도 감고 그냥 정수리 반듯한 가르마 쪽만 보여 주셨다. 어쩌면 날 부른 사람은 그 어설펐던 아저씨가 아니라 우리 할머니였는지도 모르겠다.

나 지켜 주시나 보다. 고맙고 불쌍한 우리 할머니다.

* 이 글을 쓸 때는 큰아이가 대학입시 수능을 막 쳤을 때다. 할머니가 꿈에 나타나고 나서 한참 울고 난 후 뭔가 모르게 개운한 느낌이 들었다. 좋은 꿈이다 싶었는데 아이는 우수한 성적으로 대학교에 합격했다. 이후에 할머니는 두 번 더 꿈에 나타났다. 둘째 아이의 대입 시험과 재

수할 때 수능 친 직후에 2년 연속으로 나타나셨다. 둘째 아이의 경우엔 첫해에는 안타까운 표정으로 나타나셨다. 뭔가 네 번째 자리에 앉으시길래 '할머니 거기 앉으면 안 돼요' 하고 말을 걸었지만 아쉬움 가득한 얼굴을 보이셨다. 가, 나, 다군 모두 떨어졌다. 재수 때 수능을 치고 나서 다시 꿈에 나타나셨다. 우리 서울 집에 따라 들어오시더니 웃으며 둘째 아이의 방으로 들어가셨다. 그리고 방이 뜨끈하다고 좋다고 허리를 지진다고 누우셨다. 둘째는 그해 원하던 대학교에 합격하였다. 할머니는 아이들이 수능을 치고 대학을 갈 때면 꼭 나타나셨다. 살아 계실 때도 할머니는 공부를 가장 중요하게 생각하셨다.

누가 타겟인가

연쇄 살인자가 나타났다. 이미 두 명이 죽었고 우리는 피해 다녀야 한다. 어딘가 집에서 숨어 있다가 우리가 이미 발각된 걸 알았다. 힘들게 그 집을 빠져나왔다. 나오고 보니 뭔가 잔뜩 쌓인 시장통 거리였다. 시장이 열리기 전의 더 새벽의 희뿌연 공기와 어수선한 느낌의 시간적 공간적 배경에서 누군가의 차가 다가오는 걸 느꼈다. 몸을 숨기고 저들의 동향을 보는데 나는 이쪽 짐 더미 뒤쪽으로 몸을 감추고 아이 아빠는 앞쪽 짐 더미에 이마까지 내놓고 길을 살피는 중인데 헉, 그 차가 아이 아빠를 보아 버렸다.

맙소사, 저 사람이 세 번째 타겟이 되어 버리는 건가. 조용하게 쉿소리를 내며 불렀다. '몸 낮춰. 도망쳐.'

차가 소리 없이 180도를 돌아왔다. 내 눈에는 차와 아이 아빠가 다 보이는데 저 사람은 뒤통수를 여지없이 드러내고 길 쪽만 주시한다. 차에 창문이 내려가고 나는 봤다. 총을 들고 있는 사람은 여자다. 차 안에 네 사람이 앉아 있고 운전자가 킬러였다. 아이 아빠의 뒷머리가 조준되고 있었다. 그때부터 무언가 흔들어 대며 미친 듯 소리를 질렀다.

'여기야, 여기라고, 여기 내가 있다고, 나를 쏴, 이것들아.'

'제발 도망가고 니들은 나를 쏴라', 손을 흔들어 대고 발버둥을 치는데 저들은 나를 보지 못한다. 미치겠다. 부채인지 천인지를 펄럭이며 나 여기 있다고 소리치다가 깼다. 깨고 나서 첫 마디, '아직 총은 쏘지 않았다'. 꿈이지만 내가 그를 살린 거 같다.

대통령 꿈 - 어디로 가야 하나요

신기하게 대통령 내외가 꿈에 나왔다. 뭐가 내 인생에 큰일로 다가오려고 하는지, 어쨌든 길몽이라길래 가족과 함께 나누기로 했다. 어느 대통령인지는 말하지 않는 게 좋겠다. 그게 중요한 것 같지는 않다.

대충 대통령 내외 두 분이 나타났다. 대구의 어느 곳을 가야 하는데 어떻게 가는지 나에게 물었다. 버스인지 지하철인지를 타고 있었다. 설명이 쉬웠다. 그분들 옆에는 처음에는 경호원도 있었던 거 같다. 영부인이 먼저 위치를 물었고 다음번에 내리시라 했는지, 내려서 한 블록을 걸어가시라 했는지 길을 가르쳐 드렸다. 익히 보아 온 것같이 영부인이 앞장서고 대통령은 한두 발 짝 뒤에 걸어갔다.

'내가 바로 옆에서 대통령을 만나다니' 많이 신기했다. 어딘가에 혼자 사무실에 있는데 문이 열리고 이번에는 대통령이 혼자 또 들어오셨다. 수행원도 없이 오셨길래 헛, 이래도 위험하지 않나 하며 다시 쳐다보니 사람 좋은 미소를 띠며 같이 가며 안내를 다시 원하는 듯했다. 그리고 뭔가 나에게 개인적 용무가 있는듯한 태도여서 슬슬 같이 걸으며 경대병원역에서 한 정거장 더 걸어가서 그다음은 어디로 가야 하고 어쩌고저쩌고 안 내해 드렸다.

　어떻게 보면 개인적으로 썩 좋아하는 사람도 아니고 내가 뉴스를 즐겨 보는 사람도 아닌데 두 번이나 대통령을 본 꿈이, 더구나 두 번째는 그분 이 나 있는 곳으로 찾아왔다는 게 좀 신기하다. 앞으로도 잘 안내해 드릴 게요.

전투기의 조종사와 눈이 마주쳤다

새벽 세 시였다. 누군가와 통화 중이었는데 갑자기 전화기 안에서 쇳소리가 끼익 끼익 나고 그 소리가 점점 커져서 통화를 계속할 수가 없어서 끊었다. 배터리도 많이 남았는데 뭐지 하며 무심코 우리 집 큰 창문을 봤는데, 우리 집은 31층이어서 그런지 아름답게도 전투기들이 저속으로 줄을 서서 비행 중이었다. 전투기 조종사들이랑 내가 눈이 마주칠 정도로 천천히 낮게 조용하게 비밀리에 훈련 중이었다.

'아, 그래서 전화기에서 이상한 소리가 났구나. 그래도 그렇지, 이렇게 낮게 날다니' 하고 창문을 계속 봤는데, 아파트 옆으로 조.용.하.게. 줄지어 비행 연습 중인 전투기들이 어떤 건 배를 보이고 어떤 건 똑바로 우리 집 창문 옆을 지나가길래 마치 유영하는 고래처럼(갑자기 느려지는 속도는 낭만적으로 느껴질 정도였다. 자전거 지나가는 속도 정도라고 할까?) 느껴졌다. 어떤 전투기를 모는 조종사는 고글 안의 깜짝 놀란 눈으로 나를 쳐다보았다. 나는 창문 옆으로 바짝 붙어 서서 정말 보기 힘든 광경이구나, 뭔가 장엄한데라고 생각했다. 전투기의 행렬이 끝나고 나니 무슨 꿈을 꾼 것 같았다. 새벽 3시 좀 지난 시간이라 고래 한 무더기가 지나간 것 같은 아름다운 광경을 나만 본 거 같아서 꿈에서도 일기를 썼다.

눈을 뜨고 일어났더니 돌림노래처럼 또 새벽 3시다. 밖으로 나가서 거실 창문을 오래 내다보았다. 지나가는 전투기를 기대했나 보다.
겨울에는 노란 가로등이 많았던 거 같은데 불빛이 흰색으로 많이 바뀌어 있다.

시간은 화살같이 흐른다더니 컴퓨터가 뭐야, 폰도 없던 시절의 기억이 아직도 생생하길래 내가 쓴 글들도 차곡차곡 정리가 되어 있을 줄 알았다. 한때 열심히 글을 남기던 카페나 블로그는 사라져 버렸고 근황을 올리던 페이스북에서는 글을 찾기가 힘들어지고, 광고투성이에, 어느 순간 해킹을 당해서 인스타그램에 올렸던 많은 사진과 글을 찾을 수가 없다. 가끔 시간이 지나서 보면 조금 젊었던 내가 신통하게도 어떻게 그런 생각을 했을까 탄복할 때도 있고 그때의 내가 안쓰러워서 지금 다시 글을 읽다가 울컥할 때도 있다. 간혹 나와 얽힌 사소한 역사는 없어져도 좋을 것이나, 또 가끔 추억한다면 내일의 힘이 되지 않을까 싶은 글들이 있길래 용기가 더 없어지는 내일, 모레, 글피, 혹은 내년 말고 생각난 오늘 당장 정리를 해 본다.

나는 한때, 훌륭한 선생님이 되어 보겠다고 다짐했으나, 곧 훌륭한 엄마로, 다시 거짓말하지 않는 그림을 그리는 이로 Life Tunning을 몇 차례 했다.

다행히 교사를 한 결과 생각나는 훌륭한 제자들이 생겼고 충실한 엄마로서 살았더니 아들 둘과 함께 한 시간이 보석 같았다. 낮의 시간이 생겨서 사람들을 만나고 그림을 오래 하였더니 내가 스스로에게 충실해지고 누가 뭐라 해도 믿어 주는 우리 편이 생겼다. 어린 날, 그렇게 억울하고 간절하여 힘들었던 내가 어쩌면 이렇게도 행복하게 되었을까 생각해 보니 내 주변에는 그림과, 책과, 놓치지 않았던 꿈과, 기억과, 사람들이 있었다. 그런 순간순간들의 특별했던 풍경들을 모아 책으로 엮어 본다.

글들이 나의 기억 속에서 어떤 장면의 형태로 캐낸 것 같은 느낌인지라 제목을 『딕씬(Dig Scene)』으로 정하였다. '풍경의 발굴'이라고 해야 할까. 아울러 앞으로도 살아가며 어떤 풍경을 건져 낼 수 있을지 스스로 궁금하다.

현재 나는 '마음의 풍경'이라는 주제로 그림 작업을 한다. 이 마음의 풍경이 결국 글을 쓰게 하고 그림을 그리는 힘의 원천이지 않을까. 결국 쌓인 시간에 내가 하고 싶은 이야기는 이것이 아닐까 하여, 시간의 흐름에 따라 꾸민 몇 개의 이야기들을, 글의 앞쪽으로 배치해 보았다. 이 몇 개의 글들로 인해 주변의 사람들이 재미있어하고 용기를 주었다. 많이 부족하고 망설였지만, 모른 척하고 펴 보이려 한다. 쉽고 재미있게 쓰려고 노력했지만 두서도 없고, 온전히 아는 게 없어서 쉬운 글일 가능성이 크다. 그럼에도 이번에는 책을 펴고 읽어 주는 당신들이 쉬운 여자, 나에게 용기를 줄 차례이다. 미리 감사를 드린다.

같은 직장에서 근무했다가 평생 내 옆에 머물게 된 유생 언니, 현미 언니, 남숙 쌤, 희영 쌤, 진향 쌤, 학교에서 나온 첫해 덜컥 만나 버려 각인된 새들 마냥 여러 일들을 숨김없이 얘기하고 응원해 주는 영어 반 동생들,

아네스, 모니카, 스텔라, 친구 언수, 현정, 전시 때 무조건 도와주는 형도 맘, 성현 맘, 우리 가족 이종호 쌤, 상혁이, 승혁이, 그리고 가끔씩 아직도 잊지 않고 연락해 주는 의리파 제자님들께 감사드린다. 이들은 글의 소재가 되어 등장인물로도 간혹 활약해 주셨다. 생각만 해도 너무 가슴 아픈 손가락들은 차마 글로 옮기지 못하고 마음에 숨겨 놓았다. 그러니 등장인물이 되지 못한 이들은 내가 더욱 애틋하게 생각하고 있음을 기억해 주면 좋겠다.

아울러 아직도 찐하게 기억에 남아 있지만 마지막 정리 시에 제외된 정화중 앞 100원짜리 솜사탕 아저씨, 오토바이를 타고 가다가 학생들이 다다다 뛰어나오는 바람에 넘어져서 정말로 어린 아이처럼 큰 소리로 울던 아저씨, 어릴 적 우리 집 마루에서 펄럭이던 달력 귀신 이야기, 머리에 버섯이 돋아나고 벌이 날아들던, 개구리가 뛰어들던, 연예인들이 나와 함께 하던 꿈 이야기 등 많은 글이 아쉽게 탈락하였다.

(심지어 어젯밤에는 박보검 씨가 미안하게도 계속 나의 손을 잡고 용기를 주었다.)

이제 또 나의 마음에 새롭게 그려질 풍경들을 사냥할 시간이 다가온다. 글을 모아 책까지 내게 되다니, 온전히 행복하다.

2026년 1월에
화실에서 글도 썼다
최희영

딕씬

ⓒ 최희영, 2026

초판 1쇄 발행 2026년 3월 23일

지은이 최희영
펴낸이 이기봉
편집 좋은땅 편집팀
펴낸곳 도서출판 좋은땅
주소 서울특별시 마포구 양화로12길 26 지월드빌딩 (서교동 395-7)
전화 02)374-8616~7
팩스 02)374-8614
이메일 gworldbook@naver.com
홈페이지 www.g-world.co.kr

ISBN 979-11-388-5653-9 (03810)